《诗经》纺织服饰文化解析

曹振宇 编著

东华大学出版社·上海

图书在版编目（CIP）数据

《诗经》纺织服饰文化解析 / 曹振宇编著. —上海：东华大学出版社，2017.8
 ISBN 978-7-5669-1222-0

Ⅰ.①诗… Ⅱ.①曹… Ⅲ.①《诗经》—诗歌研究 ②服饰文化—研究—中国 Ⅳ.①I207.222②TS941.12

中国版本图书馆CIP数据核字（2017）第104274号

封面设计：魏依东
责任编辑：张　静

《诗经》纺织服饰文化解析

曹振宇　编著

出　　版：东华大学出版社（上海市延安西路1882号，200051）
网　　址：http://www.dhupress.net
天猫旗舰店：http://dhdx.tmall.com
营销中心：021-62193056　62373056　62379558
印　　刷：苏州望电印刷有限公司
开　　本：710 mm×1 000 mm　1/16
印　　张：13
字　　数：295千字
版　　次：2017年8月第1版
印　　次：2017年8月第1次印刷
书　　号：ISBN 978-7-5669-1222-0
定　　价：79.00元

前言

《诗经》是我国最早的一部诗歌总集，共三百零五篇，二万九千六百四十余字。它产生的年代大约在公元前11世纪至公元前6世纪，即西周初期至春秋中叶。《诗经》原先是一部诗集，最早称为《诗》或《诗三百》，并未有"经"。到了汉代，汉武帝"罢黜百家，独尊儒术"，将孔子整理过的这部诗集称为"经"，并列入"五经"（《诗》《书》《易》《礼》《春秋》），《诗经》居"五经"之首，而且地位最尊。

一部《诗经》所述内容包括从西周初年至春秋中期的五百多年的历史，所留下的诗篇千姿百态、丰富多彩，犹如一幅历史长卷，记载了周王朝及各国诸侯有关政治、经济、思想、文化、生活等方面的内容，其中包括农事、狩猎、行役、战争、宴饮、祭祀、歌舞、婚姻、爱情、历史，以至天文、地理、纺织服饰、花木鸟兽，无所不有。在这些内容里面，有关纺织原料、服饰款式、着装礼仪、染料色彩等方面的描写，随处可见。可以说《诗经》既是一部"中国古代社会的百科全书"，又是一部研究我国古代纺织服饰文化的重要文献。

一百七十万年前，我们的祖先就使用兽皮和植物叶片，用于御寒、驱暑、遮羞，这个时期应该说已经进入到纺织时代。在新石器时代，大约是我国的黄帝时期，有了养蚕、缫丝、织绸。到了周代及春秋战国时期，我国的纺织服饰已经达到相当完备的程度。细读《诗经》，我们可以感受到浓烈的纺织服饰文化气息。

本书将《诗经》中与纺织服饰文化相关的篇章列选出来，共计一百零七篇，其中《国风》中选取八十四篇，《雅》中选取二十一篇，《颂》中只选取一篇。笔者尝试着从纺织服饰文化的视角对这些诗篇进行解读，或者说，从这些诗篇中探寻我国纺织服饰的历史发展轨迹和文化内涵。首先，对原文进行注释；然后，给出译文，更注重体现纺织服饰文化的特色；最后，在简析部分则更多地从纺织服饰层面进行解读。为了读者更好地理解诗意,为有些诗配了简图。

  本书是笔者在前人研究成果的基础上,结合纺织服饰的相关知识撰写而成的。在此,对这些成果的研究者特表感谢,尤其是笔者的老师戴明暄先生,他一生酷爱传统文化,他对《诗经》的研究和讲解点燃了笔者在其中寻找纺织服饰文化的激情。

  由于笔者的水平有限、学识浅陋,这只是笔者对《诗经》这部大作进行解读的一次尝试,恳请专家及读者不吝赐教。

编著者 曹振宇

目 录

一 国风 /1
  周南 /2
    葛覃 /2
    卷耳 /4
    樛木 /5
    螽斯 /6
    兔罝 /7
    芣苢 /8
  召南 /10
    采蘩 /10
    羔羊 /11
    小星 /12
    野有死麕 /13
    何彼襛矣 /15
  邶风 /17
    柏舟 /17
    绿衣 /19
    匏有苦叶 /21
    谷风 /22
    旄丘 /25
    简兮 /27
    静女 /28
    新台 /30

鄘风 /32
　　柏舟 /32
　　君子偕老 /33
　　桑中 /35
　　定之方中 /37
　　干旄 /39
卫风 /41
　　淇奥 /41
　　硕人 /43
　　氓 /45
　　竹竿 /49
　　芄兰 /50
　　伯兮 /51
　　有狐 /53
　　木瓜 /54
王风 /56
　　黍离 /56
　　兔爰 /58
　　葛藟 /59
　　采葛 /61
　　大车 /62
　　丘中有麻 /63
郑风 /65
　　缁衣 /65
　　将仲子 /66
　　大叔于田 /67
　　羔裘 /69
　　女曰鸡鸣 /70

有女同车 /72
山有扶苏 /73
褰裳 /74
丰 /75
东门之墠 /76
子衿 /77
出其东门 /79
齐风 /81
　　著 /81
　　东方之日 /82
　　东方未明 /83
　　南山 /84
　　甫田 /86
　　载驱 /87
魏风 /89
　　葛屦 /89
　　汾沮洳 /90
　　十亩之间 /91
唐风 /93
　　山有枢 /93
　　扬之水 /94
　　绸缪 /96
　　羔裘 /97
　　鸨羽 /98
　　无衣 /100
　　葛生 /101
秦风 /103
　　车邻 /103

小戎　/104

　　　终南　/106

　　　黄鸟　/107

　　　无衣　/109

　　　渭阳　/111

　陈风　/112

　　　东门之枌　/112

　　　东门之池　/113

　桧风　/115

　　　羔裘　/115

　　　素冠　/116

　曹风　/118

　　　蜉蝣　/118

　　　候人　/119

　　　鸤鸠　/120

　豳风　/123

　　　七月　/123

　　　鸱鸮　/128

　　　东山　/130

　　　九罭　/133

　　　狼跋　/134

二　雅　/137

　小雅　/138

　　　皇皇者华　/138

　　　南山有台　/139

　　　六月　/141

　　　采芑　/144

　　　庭燎　/147

　　　黄鸟　/148

　　　我行其野　/149

　　　斯干　/151

　　　无羊　/154

　　　小弁　/156

　　　巷伯　/159

　　　大东　/162

　　　頍弁　/165

　　　采菽　/167

　　　都人士　/169

　　　采绿　/171

　　　隰桑　/173

　大雅　/175

　　　文王　/175

　　　公刘　/178

　　　桑柔　/182

　　　韩奕　/188

　　　瞻卬　/192

三　颂　/197

　周颂　/197

　　　丝衣　/198

一

国 风

周　南

葛　覃

一、葛之覃兮[1]，施于中谷[2]，维叶萋萋[3]。黄鸟于飞[4]，集于灌木[5]，其鸣喈喈[6]。

二、葛之覃兮，施于中谷，维叶莫莫[7]。是刈是濩[8]，为絺为绤[9]，服之无斁[10]。

三、言告师氏[11]，言告言归[12]。薄污我私[13]，薄浣我衣[14]。害浣害否[15]，归宁父母[16]。

【注释】

[1]葛：葛藤，多年生植物，葛纤维是我国古代重要的纺织原料。之、兮：均为语助词。覃（tán）：长，延伸，指葛的藤条延伸蔓延的样子。 [2]施（yì）：蔓延。中谷：山谷中。 [3]维：发语词；另一说为"其"。萋萋：形容茂盛。 [4]黄鸟：黄雀，或指黄鹂，均为鸣声悦耳的小鸟。于：语助词。 [5]集：群鸟栖息于葛藤上，这里的"木"指葛藤。 [6]喈喈（jiē）：鸟的和鸣声。 [7]莫莫：形容葛藤生长茂密。 [8]刈（yì）：割。濩（huò）：煮。煮葛取其纤维，用来织布。是：乃，于是。 [9]絺（chī）：细葛布。绤（xì）：粗葛布。 [10]服：穿。斁（yì）：讨厌。 [11]言：语首助词（下同）。师氏：女佣人；另一说师氏指女师。 [12]告：告诉（把向公婆、丈夫告假回娘家之事告诉女师）。归：回娘家。 [13]薄：语首助词，含有勉励之意（下同）。污：动词，洗去污垢。私：贴身内衣。 [14]浣（huàn）：洗。 [15]害（hé）：通"曷"，疑问词，哪些。否：不。 [16]归宁：出嫁女子回娘家探亲。

【译文】

葛藤长长

（一）葛藤枝蔓青又长，攀延爬到谷中央，
　　　叶子茂盛长得旺。
　　　黄鸟葛藤上荡漾，落在丛生葛藤上，
　　　叽叽喳喳在欢唱。

（二）葛藤枝蔓青又长，攀延爬到谷中央，
　　　葛叶茂密长势旺。
　　　割下葛藤煮葛忙，粗细葛布缝衣裳，
　　　穿在身上喜洋洋。

（三）忙把心事告女师，要回娘家去探望。
　　　干净内衣先换上，
　　　再把外衣洗清爽。哪些该洗不该洗，
　　　回家我去问爹娘。

【简析】

　　本诗写已出嫁女子准备回娘家探亲的事。全诗三章：首章以茂盛的葛藤和黄鹂婉转的歌声起兴，激起女子思乡的情绪；第二章追忆当年采葛、煮葛、织葛布的情景；第三章点明主旨，写女子要回娘家探望父母。诗中对女子的着装方式也有详细的描写，用葛藤蔓延、黄鸟飞跃做烘托，充满了欢乐的气氛。前两章写得轻快亮丽、色彩鲜艳，后一章写得急切紧张、委婉曲折。主人公的内心活动通过外部景物的描写得以表达，热烈的劳动场面更衬托出女子内心的喜悦。

　　这首诗中弥漫着服饰文化的浓浓色彩。第一章主要描述葛的生长情况。葛是一种藤状植物，生长在山谷之中，枝叶茂盛。第二章主要谈葛的加工和用途。首先要把葛藤割下来；然后通过煮这个加工工序，取出葛纤维；最后织成葛布，做成葛衣。

葛藤

第三章中谈到内衣，说明当时的服饰分类已有内衣之名，并对女子回娘家时的着装习俗进行了描写，包括换上干净的内衣、穿上漂亮的外衣等。

卷　耳

一、采采卷耳[1]，不盈顷筐[2]。嗟我怀人[3]，寘彼周行[4]。

二、陟彼崔嵬[5]，我马虺隤[6]。我姑酌彼金罍[7]，维以不永怀[8]。

三、陟彼高冈，我马玄黄[9]。我姑酌彼兕觥[10]，维以不永伤[11]。

四、陟彼砠矣[12]，我马瘏矣[13]，我仆痡矣[14]，云何吁矣[15]！

【注释】

[1]采采：采了又采。卷耳：即苍耳，一种植物，可食用，也可药用。 [2]盈：满。顷筐：浅筐，形似簸箕。 [3]嗟（jiē）：感叹词。我：女子自称。怀人：想念的人。 [4]寘（zhì）：同"置"，放置。彼：指顷筐。周行（háng）：大路。 [5]陟（zhì）：登上。崔嵬（wéi）：高而不平的土石山。 [6]我：自此句以下的"我"，均指征夫，是女子设想之词。虺隤（huī tuí）：疲病无力。 [7]姑：姑且。酌：斟酒。金罍（léi）：青铜酒器。 [8]维：发语词。以：即"以之"，意为借此。永怀：长久思念。 [9]玄黄：玄，黑色；黄，黄色。 [10]兕觥（sì gōng）：犀牛角制的酒器。 [11]永伤：犹"永怀"，长久地思念、忧伤。 [12]砠（jū）：有土的石山。 [13]瘏（tú）：马病了而不能行走。 [14]痡（pū）：疲困，不能行走。 [15]云：语首助词。何：多么。吁（xū）：忧愁。

【译文】

卷　耳

（一）采卷耳啊采摘忙，总采不满一箩筐。

　　只因思念心中夫，把筐扔在大路旁。

（二）骑马登上土石岗，马儿有病腿发慌。

　　且把铜壶斟满酒，借酒浇愁永思望。

（三）骑马登上高山冈，马儿有病毛黑黄。

　　且把金樽斟满酒，借酒浇愁免忧伤。

（四）骑马登上土石岗，病马前行忧泱泱。

　　仆人累得走不动，不尽忧愁和哀伤！

【简析】

本诗写女子思念远征的丈夫。全诗四章：首章写女子因思念丈夫,心神不定、焦躁不安,而中止了采卷耳的劳作;其余三章写她想象丈夫在崎岖的山路上爬山过冈,艰难地行走,马累病了,仆人病倒了,人困马乏,但归途茫茫,他只能借酒消愁,哀叹不已。诗中并未直写思念之情,而是由事言情,通过丰富的想象,婉转曲折地表达妇人思念丈夫的深切感情。这种从对比着笔的写法,很有特色,充满戏剧色彩,对后世文学作品有积极的影响。

本诗中与纺织服饰有关的内容主要是对色彩的描述和牛角使用的记录。"玄黄"中的"玄"本义指黑色,"黄"本义指黄色。诗中的"玄黄"是指马因疾病而枯瘦黑黄。当时已经使用牛角做盛酒的器具,说明当时宰牛已很普遍,用牛皮做衣物也已经常见,所以推测当时牛皮已成为制作衣服的重要原料。

樛　　木

一、南有樛木[1],葛藟累之[2]。乐只君子,福履绥之[3]。

二、南有樛木,葛藟荒之[4]。乐只君子,福履将之[5]。

三、南有樛木,葛藟萦之[6]。乐只君子,福履成之[7]。

【注释】

[1]樛(jiū)木:向下弯曲的树木。 [2]葛藟(lěi):蔓生植物,葛的一种。藟:攀缘。只:语中助词。 [3]福履:福禄,幸福。履,通"禄"。绥(suí):安宁。绥之:使之太平,安宁。 [4]荒:草覆盖着地,掩盖之意。 [5]将:扶助,护佑。 [6]萦:回旋缠绕。 [7]成:成就。

【译文】

大树弯弯

(一)南山大树树枝弯,葛藤枝条绕树干。

　　君子成婚多快乐,福禄降临他身边。

(二)南山大树树枝弯,葛藤枝条将它掩。

　　君子成婚多快乐,福禄把他来护佑。

（三）南山大树树枝弯，葛藤枝条绕其间。

君子成婚多快乐，福禄为他来成全。

【简析】

这是一首祝福诗。诗篇以葛藤攀附大树起兴，以树喻人，表达对这位"君子"的敬仰爱慕和美好祝福。关于这位"君子"指何人，各注家说法不一。一说指礼贤下士、令人尊敬的贵族君子；另一说指女子心爱的如意郎君。本诗写夫妇相爱，可见后解为妥。诗中把夫妇比作"樛木"和"葛藤"，互相依附，相亲相爱，终成伴侣，比喻形象，委婉生动。

此诗中再次谈到葛藤，说明葛藤的普遍性。关于葛藤的用途，前已述及。这里要说的是，但凡某一物品在某一时期比较流行，人们总是会在一些场合频频引用，就像当今对牡丹的描写、对互联网的重视等。

螽　　斯

一、螽斯羽[1]，诜诜兮[2]。宜尔子孙[3]，振振兮[4]。

二、螽斯羽，薨薨兮[5]。宜尔子孙，绳绳兮[6]。

三、螽斯羽，揖揖兮[7]。宜尔子孙，蛰蛰兮[8]。

【注释】

[1]螽（zhōng）斯：蝗一类的昆虫，产子多；另一说螽即蝗虫，斯为语助词"之"。羽：翅膀。[2]诜诜（shēn）：同"莘莘"，形容众多。[3]宜：多。尔：你，指被祝福的人。[4]振振：繁盛振奋；另一说诚实仁厚。[5]薨薨：昆虫群飞的声音。[6]绳绳：绵延不断；另一说指多而戒慎。[7]揖揖：群聚的样子。[8]蛰蛰（zhí）：多，聚集而和谐相处。

【译文】

蝗虫之羽

（一）蝗虫展翅在飞翔，密密麻麻聚一堂。

你的子孙多又多，族盛支繁族兴旺。

（二）螽虫展翅在飞翔，嗡嗡齐鸣在欢唱。

你的子孙多又多，绵延不断福寿长。

（三）螽虫展翅在飞翔，你挤我拥多欢畅。

你的子孙多又多，合家共乐度时光。

【简析】

此诗之意旨，历来有不同的解释。一说以螽虫为喻，祝愿人们多子多福；一说称颂贤母使子孙仁厚贤德之意。清代学者王念孙说："首章之'振振'言其仁厚，二章之'绳绳'言其戒慎，三章之'蛰蛰'言其和集，皆称其子孙之贤，非徒其子孙之众多而已。"不过总观全诗，这是一首祝愿人们多子多福的祝辞。古人认为，人丁繁衍是家族兴旺的保证，故以螽斯作比，喻人之多子。但为什么以为害之螽虫设喻呢？诗人之意是只取螽虫生殖能力之强一面，正如颂虎之力而弃虎之暴。"螽斯衍庆"为后世祝福多子多孙之颂词。

诗中出现了"绳绳"，是指绵延不断。可见绳很早就有了，用麻加捻而成，只要不断加续麻纤维，绳就会不断延长，即诗中的绵延不断之意。

麻绳

兔罝

一、肃肃兔罝[1]，椓之丁丁[2]。赳赳武夫[3]，公侯干城[4]。

二、肃肃兔罝，施于中逵[5]。赳赳武夫，公侯好仇[6]。

三、肃肃兔罝，施于中林[7]。赳赳武夫，公侯腹心[8]。

【注释】

[1]肃肃：整齐细密。兔罝（jiē，又读 jū）：捕兔的网。 [2]椓（zhuó）：敲击。丁丁（zhēng）：象声词，敲击声。 [3]赳赳：雄壮威武。 [4]公侯：周代分封的爵位。天子下面有公、侯、伯、子、男四等（子、男同等）。干城：干为盾

一 | 国风　7

牌，城为城墙，比喻坚强的护卫者。 [5]施：设置。逵（kuí）：四通八达之大路。中逵：大路中。 [6]仇（qiú）：同"逑"，指同伴、助手。 [7]中林：即林中，树林里。 [8]腹心：心腹，指亲信。

【译文】

捕兔之网

（一）整齐细密大兔网，叮叮当当钉木桩。
　　　威武雄壮好勇士，公侯卫士保边疆。
（二）整齐细密大兔网，放置畅通大道上。
　　　威武雄壮好勇士，公侯帮手好干将。
（三）整齐细密大兔网，荒郊野林来安放。
　　　威武雄壮好勇士，公侯心腹有保障。

【简析】

　　这是一首赞美干城武士的诗。首章以设网打猎起兴，意在说明要想捕兽，必先设网，而忠诚的武士正是捕兽的网；第二、三章反复吟咏，赞颂御外卫内之武夫，他们是公侯坚强的保卫者，是公侯知心的朋友和忠诚的心腹。全诗层层推进，充分表达出"赳赳武夫"为"公侯干城"的主题。诗篇从张网打猎写起，布置周密，细心谨慎，虽为武士，不失缜密。"赳赳武夫""一介武夫"，今天已经成为成语，但多含贬义。而此诗中的"武夫"，则是干城之将才，是保卫边疆、忠于公侯之勇士。后世广为使用的"干城"一词，即源于此。

　　从纺织服饰文化层面来看，本诗中主要是"兔罝"一词的出现，这里指捕猎用的网。据考古发现，我国最早的绳子是1978年第二次发掘河姆渡六千年前的居民遗址时出土的一些带芯的由植物茎皮捻成的线和一段草绳。据记载，到春秋时期，人们打猎已经开始使用立式网，说明当时织网技术的发达程度。

芣　苢

一、采采芣苢[1]，薄言采之[2]。采采芣苢，薄言有之[3]。
二、采采芣苢，薄言掇之[4]。采采芣苢，薄言捋之[5]。

三、采采芣苢，薄言袺之[6]。采采芣苢，薄言襭之[7]。

【注释】

[1]采采：采之不已；一说茂盛的样子。芣苢（fóu yǐ）：车前子，野菜，可入药，治妇女不孕症。苢，又写作"苡"。 [2]薄言：薄、言均为语助词。采：采摘。 [3]有：已取得之。 [4]掇（duō）：拾取，捡起。 [5]捋（luō）：用手掌握住，成把地扯下。 [6]袺（jié）：用手提着衣襟兜物品。 [7]襭（xié）：把衣襟掖在腰带上兜物品。

【译文】

车 前 子

（一）车前子啊我来采，高高兴兴采下来。
　　　车前子呀你来采，快快乐乐收起来。
（二）车前子啊我来采，高高兴兴捡起来。
　　　车前子呀你来采，快快乐乐捋起来。
（三）车前子啊大家采，咱用衣襟揣起来。
　　　车前子呀大家采，咱用衣襟兜起来。

【简析】

　　此诗描写一群劳动妇女采摘车前子的劳动场面，可视为一首妇女劳动时唱的歌曲。全诗三章，共四十八个字，只换了"采""有""掇""捋""袺""襭"六个动词。通过这六个动作，把采摘车前子的整个过程形象地表达出来。全诗欢快流畅，节奏明快，描写细致，情景宛然。读完此诗，似乎眼前看到一群妇女边唱边劳动的动人场景。劳动妇女心中的喜悦、诗章所蕴含的立意，在反复咏唱中得到充分体现。

　　此诗中可以看到"袺""襭"两字。"袺"是指用手提着衣襟兜物品；襭是指把衣襟掖在腰带上兜物品。这是《辞海》中的解释，说明这两个字的出现与服装的关系密切。另外，诗中描写人们用衣襟兜起采摘下来的车前子，说明当时的上衣为斜袵状。

一 | 国风

召 南

采 蘩

一、于以采蘩[1]，于沼于沚[2]。于以用之，公侯之事[3]。

二、于以采蘩，于涧之中[4]。于以用之，公侯之宫[5]。

三、被之僮僮[6]，夙夜在公[7]。被之祁祁[8]，薄言还归[9]。

【注释】

[1]于：介词，在。以：疑问代词，何，什么。于以，在什么地方。蘩（fán）：白蒿，生长在沼泽中，可食用，常用来做祭品。 [2]沼：沼泽。沚（zhǐ）：水中小洲。 [3]事：祭祀之事。 [4]涧：山间水道。 [5]宫：宗庙。 [6]被（bì）：通"髲"，妇女的假发。僮僮（tóng）：头上佩戴的首饰高而多。 [7]夙夜：早晚，指勤劳。公：公室之事，指祭祀。 [8]祁祁（qí）：首饰多而华丽。 [9]薄言：语助词。还归：回家去。指祭祀完毕回家。

【译文】

采 白 蒿

（一）何处能够采白蒿，沼泽沙洲找得到。

采来白蒿作何用，公侯祭祀价值高。

（二）何处能够采白蒿，山涧溪流能找到。

采来白蒿作何用，公侯宗庙不能少。

（三）发髻光洁多俊俏，早出晚归忙宗庙。

发髻首饰多盛美，祭完回家已不早。

【简析】

　　本诗写女子在沙洲溪旁采白蒿的劳动场景。首章点出采白蒿的地点和用途，第二章描写用白蒿祭祀的地点，第三章描写祭祀的情况。本诗也涉及一个主人公身份的问题。有学者认为这些采蒿女子是贵族夫人，为了祭祀祖先，她们亲自去采。但笔者认为此说欠妥，因为贵族夫人不可能干这些辛苦劳作之事。另一说认为是养蚕女子，因为白蒿可以喂蚕。这虽是猜想，但有这个可能，因为当时用白蒿养蚕是很正常的事情。采白蒿用来祭祀的苦差事，只能是下等身份的女仆（宫女）去做。至于佩饰打扮之事，也是为人作嫁衣裳。因为采蒿是为了祭祀，不同于一般农活，必须修饰打扮，庄重严肃，以表达对神灵的虔诚。

　　这里的"被"指假发，说明当时已有装饰头部的所谓头套。"僮僮""祁祁"都是描写女性头饰美丽的用语。假发有如此悠久的历史，真可谓久远，但未考证这些假发是如何做成，又是用何种原料做的。

羔　　羊

　　一、羔羊之皮[1]，素丝五紽[2]。退食自公[3]，委蛇委蛇[4]。

　　二、羔羊之革[5]，素丝五緎[6]。委蛇委蛇，自公退食。

　　三、羔羊之缝[7]，素丝五总[8]。委蛇委蛇，退食自公。

【注释】

　　[1]羔羊之皮：羔羊皮袍。　[2]素丝：白丝。紽（tuó）：量词，丝数，以五根丝为一紽，五紽即二十五根丝。一说五通"午"，交叉之意，非数目，笔者认为这里不为此意。　[3]退食自公：倒装句，即"自公退食"，指从公府吃过饭后回家，或说从公府回家中吃饭。笔者认为后者较准确，即现在所说公务员是吃公家饭的人，早些时候则说"吃商品粮"。　[4]委蛇（yí）：即"逶迤"，形容走路悠闲得意、摇摇摆摆的样子。　[5]革：皮。　[6]緎（yù）：四紽为緎，五緎为一百丝。　[7]缝：缝制。一说指皮革。　[8]总：四緎为总，五总为四百丝。

一 | 国风　11

【译文】

羔 羊

（一）羊羔皮袄暖融融，素丝根根缝织成。
　　　公干做完回家转，悠闲自得多从容。
（二）羊羔皮袄暖融融，根根丝线绣又缝。
　　　悠闲自在多快活，公务干完回家中。
（三）羊羔皮袄暖又轻，根根丝线密密缝。
　　　悠闲自得多逍遥，公事完结往家行。

【简析】

　　本诗描写身穿皮衣、吃官府公饭的官员们悠闲自得的生活。关于本诗的主旨，《毛诗序》说是赞美在位者"节俭正直，德如羔羊"。其实，这些吃官饭、衣轻裘、悠闲自在的公卿大夫们，只不过是一群饱食终日、尸位素餐的寄生虫。本诗实为讥讽之辞，何有"赞美"之论？

　　不论其他意义，本诗是具有重要学术价值的。首先是皮衣的穿着，说明当时羔羊皮衣不是一般人能够穿上的，即使官差们穿上也是很得意的样子。其次，诗中出现了"皮""革""缝"等与皮衣有关的字，这里的皮指羊皮，以羊皮做棉袄；革，也是皮，即所说的皮革；缝，不是缝制的意思，而是指皮革。第三，出现了"纮""緎""总"等描写丝的数量的字。这些量词是较早的有关纤维的计量单位，而且有明确的换算关系，即五根丝为一纮、四纮为一緎、四緎为一总。

小　　星

　　一、嘒彼小星[1]，三五在东[2]。肃肃宵征[3]，夙夜在公[4]，寔命不同[5]。
　　二、嘒彼小星，维参与昴[6]。肃肃宵征，抱衾与裯[7]，寔命不犹[8]。

【注释】

　　[1]嘒（huì）：光芒微弱。彼：那。 [2]三五：形容星星稀少。一说即下文所讲的参（shēn）星与昴（mǎo）星，均属二十八宿之一。 [3]肃肃：快速走路

的样子。宵征：夜晚赶路。［4］夙夜：早晚。在公：指办公事。［5］寔：此、是。命：命运。［6］维：只有。一说语助词，无实义。［7］衾（qīn）：被子。裯（chóu）：床帐。［8］不犹：不如、不同，此处指命运不同。

【译文】

小 星

（一）星星点点闪微光，稀稀拉拉挂东方。
　　　匆匆忙忙赶夜路，早起晚归公差忙，
　　　命运与人不一样。

（二）小小星星闪微光，参星昴星挂天上。
　　　匆匆忙忙赶夜路，背着被子和床帐，
　　　命运与人不一样。

【简析】

　　本诗写一个官职低下的小官吏为公务日夜奔忙的哀怨之情。两章均以小星闪微光开篇，虽写景，却是小官吏的自我写照，自然景物与人的命运联系在一起，蕴含着一种深沉的哀怨之情。而这个小人物的呼号，却能震动人心、发人深思。天底下有多少这样的小人物啊？他身背行囊、日夜奔忙，却囊中羞涩、缺衣少食，与那些花天酒地、坐享清闲的达官贵人相比，形成多么明显的反差！而这种愤愤不平之情无从消散，只有自怨自艾，埋怨自己的命运不好、生不如人。这只是一种心灵的自慰，其他又能怎样？！从小官吏思想情绪的反复变化中，可以看出他恭敬从命又无可奈何的悲哀。小诗只有四十个字，却有叙述、有议论，有景有情，描绘了一幅"小吏夜行图"的画面。

　　诗中提到"衾"和"裯"，说明当时官员的床上用品，除了被子还有床帐，可见床帐的历史悠久。

野 有 死 麕

一、野有死麕[1]，白茅包之[2]。有女怀春[3]，吉士诱之[4]。
二、林有朴樕[5]，野有死鹿。白茅纯束[6]，有女如玉。

一 ｜ 国风　13

三、舒而脱脱兮[7]，无感我帨兮[8]，无使尨也吠[9]。

【注释】

[1]麇（jūn）：獐子，鹿的一种，没有角。 [2]白茅：白色的软而细的草，可用来包东西。 [3]怀春：情窦初开，对异性产生爱慕。 [4]吉士：对男子的美称，这里指男猎人。诱：引诱，求爱。 [5]朴樕（sù）：丛生的小树。 [6]纯（tún）束：包裹，捆扎。 [7]舒而：舒然，慢慢地。而、如、然，均为形容词词尾。脱脱（tuì）：轻缓的样子。 [8]感：同"撼"，动摇。帨（shuì）：佩巾。 [9]尨（máng）：长毛狗。

【译文】

野有死麇

（一）俩人相约在野林，把鹿射死草包身。
　　　妙龄少女春心动，乐坏身边打猎人。

（二）前行走在树林中，又见野外死鹿停。
　　　割些白茅将它捆，终见美女动心情。

（三）慢慢抚摸美女身，轻轻扶起她围裙，
　　　轻声细语说情话，莫让邻家狗出声。

【简析】

　　这是一首叙写男女青年谈恋爱的情诗。首章写青年获得猎物并作为聘礼，送给怀春少女，表示爱慕之情。第二章写少女貌美如玉，温柔纯洁。第三章写女子与男子私会时的情景。三章分别描写了三个场景：相识、相会、相爱。诗篇把这一过程写得细致入微、惟妙惟肖，生动地展现了他们感情的发展。他们的感情纯朴大方、热烈真挚，读来让人感到亲切自然、清新明快。特别是后三句描写少女的语句，形象逼真、情节如画，给人留下了非常美好的印象。

　　诗中出现了"帨"字，是佩巾的意思，说明当时的女子着装中除了主体服装，还有配饰。诗中还有对白色的描写，如"白茅""有女如玉"等。周代尚赤，到春秋战国时期，转向对白色的崇拜，以及对赤色的僭越。

何彼襛矣

一、何彼襛矣[1]？唐棣之华[2]。曷不肃雝[3]？王姬之车[4]。

二、何彼襛矣？华如桃李。平王之孙[5]，齐侯之子[6]。

三、其钓维何[7]？维丝伊缗[8]。齐侯之子，平王之孙。

【注释】

[1]襛（nóng）：花木茂盛的样子。 [2]唐棣（dì）：即棠棣树，状似白杨，开白花，结小果。华：同"花"。 [3]曷不：何不。曷，同"何"，什么。肃雝（yōng）：肃，庄重。雝，同"雍"，和谐。肃雍，指庄重大方、齐整和睦。 [4]王姬：君王的女儿。周王姓姬，他的女儿或孙女称"王姬"。 [5]平王：周平王姬宜臼。平王之孙：指平王之外孙女王姬。 [6]齐侯：齐国国君。齐侯之子：指王姬所嫁之人，即齐桓公。一说"齐侯之子"，即齐国国君的女儿，与上句"平王之（外）孙"同指王姬一人。 [7]其：语气词，表推测。维：语助词，有"用"的意思。 [8]维：语助词，有"是"的意思。伊：语助词，与"维"同义。缗（mín）：钓鱼的粗丝线。维丝伊缗：即用丝线钓鱼。钓鱼之事，常用来比喻男女结婚。

【译文】

何物繁茂

（一）何物繁盛多优雅？棠棣花开白花花。

　　　庄重和美多俊美，王姬乘车把婚嫁。

（二）何物繁茂多俊美？桃李朵朵颜如画。

　　　平王要嫁外孙女，齐侯公子迎到家。

（三）何物钓鱼最优雅？合股丝线鱼到家。

　　　齐王公子多英俊，平王外孙美娇娃。

【简析】

　　本诗描写王姬下嫁齐公子的盛况。首章以棠棣之花设喻，写王姬出嫁时车队之华美隆重，衬托其出身的高贵。第二章以桃李之花喻男女双方身世尊贵、风华正茂。第三章写用丝线钓鱼，喻双方结合。而本诗的意旨究竟是什么？是赞美，还是讥讽？是门当户对的美满婚姻，还是一厢情愿的政治婚姻？对此，历来有两种不同的看法。有学者认为，诗中以钓鱼作比，而被钓之鱼，岂能美满幸福？顾炎武《日知录》说："且其诗刺诗也。以王姬徒有容色之盛，而无肃雍之德，何以使化之，故曰何彼襛矣。"他认为这是为了政治需要，迫不得已的婚姻。有人则认为王女嫁侯子，门当户对、永结同心，应当祝贺。不同的观点，见仁见智，各有一定道理。从诗中所描写的气氛、热烈的场面，可以看出诗人对这场隆重盛大的婚礼是称赞的，人们对王孙贵族的结合是祝贺的，社会是祥和的。

　　诗中有关纺织方面的内容，主要是对颜色的描写，如对白色的崇尚，用白色的棠棣花来衬托婚礼的美景。对钓鱼丝线的描写则反映了当时渔民已使用丝线而且是合股的丝线进行钓鱼，说明此时合股技术已普及。

邶 风

柏 舟

一、泛彼柏舟[1]，亦泛其流[2]。耿耿不寐[3]，如有隐忧[4]。微我无酒[5]，以敖以游[6]。

二、我心匪鉴[7]，不可以茹[8]。亦有兄弟，不可以据[9]。薄言往愬[10]，逢彼之怒[11]。

三、我心匪石，不可转也。我心匪席，不可卷也。威仪棣棣[12]，不可选也[13]。

四、忧心悄悄[14]，愠于群小[15]。觏闵既多[16]，受侮不少。静言思之[17]，寤辟有摽[18]。

五、日居月诸[19]，胡迭而微[20]。心之忧矣，如匪浣衣[21]。静言思之，不能奋飞。

【注释】

[1]泛：顺水漂流。柏舟：柏木小船。 [2]亦：语助词。泛其流：任凭船在水中漂流。 [3]耿耿：忧愁烦躁，心中不安。寐：睡着。 [4]如：此处为连词"而"。隐忧：隐藏深处的忧愁。 [5]微：非，不是。 [6]以：用来。敖：同"遨"，遨游。 [7]匪：同"非"，不是。鉴：明镜。 [8]茹：容纳。 [9]据：依靠。 [10]薄、言：均为语助词。愬（sù）：同"诉"，诉说。 [11]逢：遇上。彼：他们，指兄弟。 [12]威仪：威严仪容。棣棣（dì）:雍容娴雅、从容文静。 [13]选（xùn）：同"巽"，屈从，退让。 [14]悄悄：忧愁的样子。 [15]愠（yùn）：怨恨。群小：众多奸邪小人。 [16]觏（gòu）：同

"遘",遭遇。闵(mǐn):忧患。[17]静言:即"静然",静静地。言,相当于"然""焉",形容词词尾。[18]寐:指不能入睡。辟(pǐ):同"擗",用手拊胸。有摽(biào):即"摽摽",拍胸,捶胸。[19]日、月:太阳、月亮,喻丈夫。居、诸:均为语助词。[20]胡:为什么。迭:更迭,轮回交替。微:昏暗无光。[21]浣(huàn):洗。如匪浣衣:就像没有洗净的脏衣服。

【译文】

柏 木 舟

(一) 孤身荡起柏木舟,飘来荡去顺水流。
　　 心中烦乱难入睡,无限忧愁在心头。
　　 不是无酒来浇愁,不是无处去遨游。

(二) 我心不是照面镜,不能何事都看清。
　　 家中也有胞兄弟,想去依托靠不成。
　　 我向他们去诉说,他们恼怒不肯听。

(三) 我心不是大磐石,不能让人乱搬动。
　　 我心不是芦苇席,不能随意乱卷动。
　　 威仪庄重又雅静,不能退让不屈从。

(四) 我心忧愁难除净,痛恨群小心不正。
　　 遭受中伤无数次,蒙受侮辱数不清。
　　 静心思考这些事,醒来拊心又捶胸。

(五) 太阳月亮挂天空,为何昏暗不光明。
　　 深深忧虑在胸中,好像脏衣未洗净。
　　 静坐思考心中事,心欲振翅飞空中。

【简析】

　　本诗主旨,按《毛诗序》的说法,是"仁人不遇,小人在侧",意思是,君子怀才不遇,受小人欺侮,不能奋飞。作者可能是卫国的大夫。朱熹认为这是一首怨妇诗:"妇人不得于其夫,故以柏舟自比。"另一说则认为是丧夫之妇矢志不移,表达她决无二嫁之心。总观全诗的语气及"我心匪石""我心匪席""如匪浣衣"

等诗句,诗的主人公是女性的可能性更大,为怨妇诗。全诗每六句一章,共五章。首章以水中飘荡的木舟起兴,喻女子置身江中,无所依归。第二章写女子委屈无告的心情。第三章写女子矢志不变的决心。第四章直接倾诉女子内心的忧愁,虽拊心捶胸,亦不能消愁解忧。第五章写烦恼不能解除,如不浣之衣,污垢长在。五章环环相扣,一气呵成,将女子不幸的遭遇、内心的苦楚,淋漓尽致地表达出来。

总观全诗,或理解为写家庭,或理解为写政治,均无不可,甚至有可能是借家庭写政治。因此,后世学者将此诗与《离骚》相比,"孤臣弃妇同一哀怨""一部《离骚》之旨全括其内"。(牛运震《诗志》)诗中多用比喻,深刻精警,既哀怨感伤,又古朴绮丽,深切感人。诗中有许多名句,如"我心匪石……不可卷也""忧心悄悄,愠于群小""心之忧矣,如匪浣衣"等等,流传后世,广为引用。此篇为《诗经》中的重要篇章。

诗中的"浣衣"是洗衣服的意思。心中的忧愁为何化作未洗的脏衣服呢?笔者的理解是,当时的人们对衣服清洁非常重视,看到没有洗的脏衣服,心情会变得很烦恼忧伤。诗句"我心匪席"中的"席",即铺在床上的席子,由于使用的原料不同,故有芦苇席和高粱秆席之分。编席技术是早期编织技术的一种,在织造技术出现之前,是通过编织来制作衣服的。

绿　　衣

一、绿兮衣兮,绿衣黄里[1]。心之忧矣,曷维其已[2]。
二、绿兮衣兮,绿衣黄裳[3]。心之忧矣,曷维其亡[4]。
三、绿兮丝兮,女所治兮[5]。我思古人[6],俾无訧兮[7]。
四、絺兮绤兮[8],凄其以风[9]。我思古人,实获我心[10]。

【注释】

[1]里:衣服的衬里。　[2]曷:何。维:语助词。其:犹"可"。已:停止。　[3]裳(cháng):下衣,形如现在的裙子,古有"上衣下裳"之说。　[4]亡:通"忘",忘记,亦可作"停止"讲,同上文中的"已"。　[5]女:你,指亡妻。治:理丝为治,此处指理丝纺织;一说通"织"。　[6]古人:故人,指亡妻。　[7]俾(bǐ):使。訧(yóu):同"尤",

一 | 国风　19

过失。　[8]绨(chī)：细葛布。绤(xì)：粗葛布。　[9]凄其：即"凄凄"，形容寒冷的样子。以：连词，而。　[10]实：的确，确实。获：获得，称心如意的意思。

【译文】

绿　衣

（一）绿色衣呀绿色衣，绿色衣服黄色里。
　　　看到此衣内心伤，忧伤情感何时息。
（二）绿色衣呀绿色衣，上衣绿来下裳黄。
　　　目睹此衣内心伤，怎么能够忘亡妻。
（三）绿色丝啊丝色绿，丝丝缕缕你纺织。
　　　心中思念我的妻，亡妻保我无过失。
（四）细葛布啊粗葛布，寒风吹来冷凄凄。
　　　无限忧伤思我妻，心中有妻事如意。

【简析】

　　这是一首描写丈夫悼念亡妻的诗。首章、第二章写丈夫看见亡妻穿过的衣服，睹物思人，不尽感伤。第三章写丈夫看见亡妻纺织的丝线，想到妻子治家有方，使自己避免了许多过错。第四章写初冬季节，丈夫身穿葛布衣服，感到阵阵寒意，想到如果妻子在世，早已准备好冬装，使自己称心如意。本诗所写只是夫妻间的生活琐事，通过对这些生活细节的描写，表达了丈夫见物如见人而不禁黯然神伤、忧痛难抑的情感，读后让人荡气回肠、心酸不已。

　　诗中有关服饰的描写对服饰文化的贡献很大。全诗通过对亡妻服饰的追忆来表达丈夫思念妻子的情感，睹物思人，是儒家"衣人合一"服饰观的具体体现。在具体的描写中，首先是衣服的颜色，通篇的绿色，也有黄色；其次是衣服有表里之分，绿色外表，黄色衬里；第三是上衣下裳之述；治，即理丝，其实就是丝织；第四，葛布，即由葛纤维做的衣服，是普通百姓穿的，有粗细之分，"绨"为细葛布、"绤"为粗葛衣。

匏 有 苦 叶

一、匏有苦叶[1]，济有深涉[2]。深则厉[3]，浅则揭[4]。

二、有弥济盈[5]，有鷕雉鸣[6]。济盈不濡轨[7]，雉鸣求其牡[8]。

三、雝雝鸣雁[9]，旭日始旦[10]。士如归妻[11]，迨冰未泮[12]。

四、招招舟子[13]，人涉卬否[14]。人涉卬否，卬须我友[15]。

【注释】

[1]匏（páo）：葫芦。大葫芦挖空后拴在人的身上可以渡河。苦：通"枯"，叶枯则葫芦可用。[2]济：水名，发源于河南济源市，流经山东入海。涉：此处指渡口。[3]厉：穿着衣服渡水。[4]揭（qì）：提起衣襟渡水。[5]有弥（mí）：即"弥弥"，水满的样子。盈：满。[6]有鷕（yǎo，又读wěi）：即"鷕鷕"，野鸡的叫声。[7]濡：沾湿。轨：车轴头。[8]牡：雄野鸡。[9]雝雝（yōng）：群雁的鸣叫声。[10]旭日：初升的太阳。始旦：天刚亮；旦指天亮。[11]士：男子。归妻：娶妻。[12]迨（dài）：及，趁着。泮（pàn）：合，指结冰。未泮：指不结冰时。泮，一说融解。[13]招招：摆手相招。舟子：船夫。[14]卬（áng）：我。否：不。人涉卬否：人家渡河我不渡。[15]须：等待。

【译文】

葫芦熟了叶子黄

（一）葫芦长熟叶子黄，济水渡口南北往。
　　　水深腰系葫芦过，水浅提衣把水趟。

（二）茫茫济河水涨满，岸边野鸡叫得欢。
　　　水深不过车轴头，野鸡鸣叫求陪伴。

（三）大雁和鸣相对唱，旭日东升天色亮。
　　　你若娶我做妻子，趁河未冻好时光。

（四）船夫摆渡来招手，别人渡河我不走。
　　　别人过河我没走，我要留下等好友。

【简析】

　　本诗写一位女子在济水河岸焦急地等待情人的情景。首章从匏可渡水起兴，想象情人无论水深水浅，都会涉水渡河，与对方相会。第二章写女子见河水上涨、闻野鸡求偶，她思念情人的心绪更加强烈。第三章写大雁和鸣、旭日东升，女子盼望情人在河未结冰时赶快回来。第四章写女子拒绝登舟渡河，决心留在岸边，等候情人的到来。诗中的景物描写与人物的心理活动相照应。女子的所见、所闻、所想，并配合旭日东升、大雁和鸣等景物，美丽的女子在河边遥望，一幅"靓女河边盼归夫图"的画面展现在读者面前，意境深远，引人遐思。

　　本诗中有关服饰的内容有"深则厉，浅则揭"，"厉"指穿着衣服渡水，"揭"指提起衣襟渡水。为什么水深要穿着衣服过河，而水浅要提着衣襟过河呢？笔者的理解是，一方面说明当时人们的着装特点，水浅的时候，提着衣襟就可以过河，而水深的时候，提着衣襟也无济于事，干脆穿着衣服过河。另一方面，是指女子当时思念情人心切，无论河水深浅，都要过河去和情人相会。

谷　　风

　　一、习习谷风[1]，以阴以雨[2]。黾勉同心[3]，不宜有怒。采葑采菲[4]，无以下体[5]。德音莫违[6]，及尔同死[7]。

　　二、行道迟迟[8]，中心有违[9]。不远伊迩[10]，薄送我畿[11]。谁谓荼苦[12]，其甘如荠[13]。宴尔新昏[14]，如兄如弟。

　　三、泾以渭浊[15]，湜湜其沚[16]。宴尔新昏，不我屑以[17]。毋逝我梁[18]，毋发我笱[19]。我躬不阅[20]，遑恤我后[21]。

　　四、就其深矣[22]，方之舟之[23]。就其浅矣，泳之游之。何有何亡[24]，黾勉求之。凡民有丧[25]，匍匐救之[26]。

　　五、不我能慉[27]，反以我为仇。既阻我德[28]，贾用不售[29]。昔育恐育鞠[30]，及尔颠覆[31]。既生既育[32]，比予于毒[33]。

　　六、我有旨蓄[34]，亦以御冬[35]。宴尔新昏，以我御穷[36]。有洸有溃[37]，既诒我肄[38]。不念昔者，伊余来墍[39]。

【注释】

　　[1]习习：风声。谷风：来自山谷中的大风。 [2]以阴以雨：又阴又下雨。以：且，又。此句喻丈夫脾气暴躁。 [3]黾（mǐn）勉：努力，勤奋。 [4]葑（fēng）：蔓菁，俗称大头菜。菲（fěi）：菜名，属于萝卜一类的菜。 [5]无以：不用；以是用的意思。下体：根茎。 [6]德音：善言，指丈夫以前说过的好听的话，即下文的"及尔同死"。莫违：不要违背。 [7]及：与。尔：你。 [8]行道迟迟：走路缓慢，意谓"不想走也得走"。 [9]中心：心中。违：怨恨。 [10]伊：语助词；一说"是"。迩：近。 [11]薄：语助词。畿（jī）：门槛。 [12]荼（tú）：一种苦菜。 [13]荠（jì）：荠菜，味甜。 [14]宴：快乐的样子。尔：形容词词尾，相当于"然"。昏：同"婚"。 [15]泾、渭：二水名，发源于甘肃，在陕西中部合流。古人认为泾浊渭清，实则泾水清、渭水浊。此处泾水喻女子自己，渭水喻新人。以：因。这里是说，泾水因渭水才显得浑浊。喻因有新人，自己才被抛弃。 [16]湜湜（shí）：水清的样子。沚（zhǐ）：水停止流动；一说"底"，水清见底。 [17]不屑：不肯。以：与。不我屑以：即"不屑以我"，指丈夫不肯和自己接近；一说"屑"意谓"洁，洁美"，"不屑"即"不以我为洁"。 [18]毋：不要。逝：往，至。梁：鱼梁。 [19]发：打开；一说为"拨"的假借字，指搞乱。笱（gǒu）：捕鱼的竹篓，鱼能进不能出。 [20]躬：自身。阅：见容，容纳。 [21]遑：空闲，闲暇，此处为反诘语气，何暇。恤：忧虑，顾及。遑恤：何暇顾及。我后：我以后的事情。 [22]就：靠近，面临。 [23]方：竹木编的筏子，此处与"舟"均做动词，指驾竹筏、船只渡河。 [24]亡：同"无"，没有。 [25]民：人，指邻居。丧：灾祸，丧葬。 [26]匍匐：手足并行爬着走，此处为尽力而为的意思。 [27]能：乃，竟然。慉（xù）：养。不我能慉："能不慉我"的倒装，意思是丈夫竟不爱我。 [28]阻：拒绝，看不见。 [29]贾（gǔ）：卖。用：货物。不售：卖不出去。丈夫把弃妇看作卖不出去的货物。 [30]昔：过去。育：生活。恐：恐慌。鞠（jū）：穷困。 [31]及尔：与你一起度过。颠覆：困苦患难。 [32]既生既育：生活已有好转；一说指生儿育女。 [33]予：我。毒：毒虫，毒物。 [34]旨：美味。蓄：收藏或腌制的过冬菜。 [35]亦：语助词。御：抵挡、对付。以：用，以（之）备冬天之用。 [36]以我御穷：夺用我的东西抵挡贫穷。 [37]洸（guāng）、溃：原意都指水势汹涌的样子，此处比喻丈夫凶暴，又打又骂。洸：动武。溃：暴怒。有：又。 [38]既：尽。诒（yí）：遗留，给予。肄（yì）：劳苦。 [39]伊：惟。余：我。来：语助词。墍（jì，又读xì）：爱。

【译文】

山谷来风

（一）山谷阵阵起大风，天阴下雨还不晴。
　　　夫妻同心互勉励，为何对我气汹汹。
　　　蔓菁萝卜要摘采，难道舍弃地下茎。
　　　山盟海誓莫违背，哪有相守共死生。

（二）走在路上慢腾腾，心怀怨恨登路程。
　　　没有指望远相送，送我门槛脚步停。
　　　谁说荼菜味道苦，如吃荠菜甜心中。
　　　你又新婚多快乐，亲密好似亲弟兄。

（三）渭入泾水浊泾中，实则清者水自清。
　　　你在新婚多快乐，当然对我冷冰冰。
　　　莫到我的拦鱼坝，不要打开我鱼笼。
　　　既然不能把我容，哪顾以后诸事情。

（四）过河遇到水上升，坐筏乘船河中行。
　　　过河遇到水浅处，下水过河似游泳。
　　　家里无论多贫穷，努力备办不减轻。
　　　邻居不幸办丧事，爬着过去表心情。

（五）你我相爱没持续，反而把我当仇敌。
　　　种种美德你不顾，犹如好货无人理。
　　　过去生活多穷苦，夫妻患难都过去。
　　　如今生活好起来，你却看我如瘟疫。

（六）我把菜肴藏家中，留到天寒好过冬。
　　　你们新婚多快乐，夺我积蓄挡贫穷。
　　　对我拳脚来打骂，苦活累活我劳动。
　　　往日恩情全不顾，恩爱一场成泡影。

【简析】

　　本诗写一位被丈夫遗弃的女子的哀怨之情。全诗六章。首章以暴风阴雨起兴，怨恨丈夫无义，并委婉相劝，希望丈夫能回心转意。第二章写女子虽已被弃，仍迟迟不肯离去，想到丈夫新婚之乐，感到无限痛苦。第三章以泾渭设喻，说明女子被弃的原因，并表达她对往日的眷恋之情。第四章回忆昔日女子在丈夫家勤劳持家、辛勤操劳的情况。第五章写今昔对比，斥责丈夫忘恩负义。第六章诉说丈夫不念旧情，粗暴凶残。诗中有对往事的回忆，也有对丈夫的规劝，用对比的手法刻画了男子的无情和女子的凄凉，情感真挚，如泣如诉，然而终不能打动薄情寡义的丈夫。有谚云："由来只见新人笑，有谁知道旧人哭。"一边是"宴尔新昏，如兄如弟"，一边是"不我屑以""反以我为仇"。两种境遇，令人心碎！诗中屡屡提到"宴尔新昏"一语，更是弃妇滴血的心声、哭诉的告语。总观全诗，这是一曲被弃妻子的悲歌，这是一纸控告负心丈夫的诉状。古人说"读《谷风》之诗，未尝不掩卷太息"。诵读此诗，读者痛恨负心汉的怒火中烧，同情弃妇的泪眼欲滴，激愤的心情久久不能平静。

　　编制鱼篓在当时应该是非常流行的现象，使用的原料一般为竹子等。编制技术是在纺织技术之前出现的，这对纺织技术的发展和进步有重要的作用。诗中的竹筏就是用竹子编制而成的。

旄　丘

一、旄丘之葛兮[1]，何诞之节兮[2]？叔兮伯兮[3]，何多日也[4]？
二、何其处也[5]？必有与也[6]。何其久也？必有以也[7]。
三、狐裘蒙戎[8]，匪车不东[9]。叔兮伯兮，靡所与同[10]。
四、琐兮尾兮[11]，流离之子[12]。叔兮伯兮，褎如充耳[13]。

【注释】

　　[1]旄（máo）丘：卫国一座前高后低的小丘。葛：葛藤，一种植物，古代重要纺织原料之一。　[2]诞：延长。节：葛藤的枝节。　[3]叔、伯：当时人们对贵族的一种称呼。　[4]多日：指拖延多日不救难。　[5]处：居住。　[6]与：结交，

一 | 国风　25

同伴。[7]以：原因。[8]狐裘：狐皮大衣。蒙戎：蓬乱。[9]匪：彼，指大夫。东：向东走，指流亡者的住处。[10]靡：无。同：同心。[11]琐：细小。尾：通"微"，卑微。[12]流离：漂泊流亡。流离，本为鸟名，指枭鸟。此处为双关语，以流离之鸟喻流离之人。[13]褎（yòu）：服装华美。如：形容词词尾，犹"然"。充耳：挂在帽子两侧用作塞耳的玉饰，此处有充耳不闻的意思。

【译文】

难忘旄丘

（一）葛藤长在山坡上，藤枝蔓延长又长。
那些贵族叔伯们，为何不救俺返乡？

（二）为啥安心在家住？定有盟国在交往。
这么长久不露面？必有原因不好讲。

（三）狐皮大衣毛茸茸，为何战车不东行？
那些贵族叔伯们，你我心思不相同。

（四）我们渺小又卑微，流离在外难保命。
那些贵族叔伯们，华衣盛装不作声。

【简析】

　　本诗描写一批黎国流亡者逃到卫国，盼望卫国出兵相救，而救兵迟迟不至的哀怨心情。诗篇以当时盛产的葛藤枝条蔓延设喻，指责卫国久不出兵，对流亡者漠不关心的态度。（黎国旧地在今山西境内，这些人被狄人追逐而逃至卫国）。诗中运用对比手法，既表现出黎国流亡者的可怜处境，又谴责了卫国君臣薄情寡义，毫无同情之心。关于此诗主旨，另有一说认为是写女子思念丈夫之情。此解似乎不如前解。

　　诗中有关纺织服饰文化的内容，一是对葛藤的描写。远离家乡的人们，看到葛藤爬满山坡，触景生情，就想起自己的家乡，也说明当时葛藤种植之普及和应用之广泛。二是对狐裘的描写，贵族所穿的狐裘是用狐狸皮做的皮大衣，雍容华贵，表现

挂在帽子两侧的充耳

出其地位之高贵，因为普通老百姓穿的是粗布葛衣。三是对服装华美的描写及充耳的记述。裒指服装华美，表明贵族穿着讲究。充耳是挂在帽子两侧的玉饰。古代帽子前有帽正、侧有充耳，十分讲究。现在的"充耳不闻"一词即来于此。

简 兮

一、简兮简兮[1]，方将万舞[2]。日之方中[3]，在前上处[4]。

二、硕人俣俣[5]，公庭万舞[6]。有力如虎，执辔如组[7]。

三、左手执龠[8]，右手秉翟[9]。赫如渥赭[10]，公言锡爵[11]。

四、山有榛[12]，隰有苓[13]。云谁之思[14]，西方美人[15]。

　　彼美人兮，西方之人兮。

【注释】

[1]简：勇武的样子；一说为鼓声。 [2]方将：将要。万舞：周代的一种大型舞蹈，包括文舞、武舞两个部分，文舞手执雉羽和龠（乐器），武舞手执盾、斧兵器。 [3]方中：正午。 [4]在前上处：在前列领头。 [5]硕人：身材高大魁梧之人。俣俣（yǔ）：威武雄壮的样子。 [6]公庭：诸侯宗庙的庭前。 [7]辔（pèi）：马缰绳。组：丝线编织的宽带子。 [8]龠（yuè）：古代的一种管乐器，似笛，有三孔。 [9]秉：持，拿。翟（dí）：野鸡的尾羽。 [10]赫：红色而有光泽。渥（wò）：沾湿，润泽。赭（zhě）：红褐色的土。此句描写舞蹈者的脸色。 [11]公：国君。锡：赐。爵：古时酒器，此处代指酒。 [12]榛（zhēn）：树名，果仁可食。 [13]隰（xí）：低湿地。苓（líng）：药名，即甘草。 [14]云：语助词。谁之思：即"思之谁"，思念谁。"之"为句中助词。 [15]西方：西周王室。美人：舞师。古时男子也可称美人。

【译文】

威 武

（一）高大魁伟又威武，舞师领起跳万舞。

　　太阳高照正当午，舞师站在最前处。

（二）身材高大多魁梧，公庭之上当众舞。

　　雄壮有力如猛虎，手握缰绳似织组。

一 | 国风

（三）左手拿笛吹嘟嘟，右手握着雉尾挥。

　　　舞罢脸色泛红晕，国君赏赐酒一壶。

（四）高山顶上有榛树，甘草生在低湿处。

　　　心中思念他是谁，西方美人心中念。

　　　西方美人真英俊，撩动我心多羡慕。

【简析】

　　本诗写一位女子对魁伟英武的舞师的爱慕之情。全诗四章。首章写太阳当头，鼓乐齐鸣，舞师出场。第二章写舞师表演武舞的舞姿，矫健英武、雄壮如虎。第三章写舞师表演文舞的舞姿，姿态翩翩、容光焕发。第四章以草木起兴，写女子直抒胸臆，热情赞叹，表达了对舞师的喜爱。全诗细致描写了舞师表演的场景，以及舞师的身材、面容、舞姿，使这位观看表演的女子产生了深深的仰慕之情。结尾为"彼美人兮，西方之人兮"，古人评论此诗说："细媚淡远之笔作结，神韵绝佳。"（牛运震《诗志》）这位舞师来自当时政治文化中心的西周之地，由此也可以想象诗人对西周礼乐文化的向往。

　　此诗中，辔是象形字，明显与丝有关；组是指由丝线织成的宽带子。甲骨文中有"糸"旁的字，《说文解字》中也有"糸"旁的字。诗中还出现了描写颜色的字，赫、赭均指红色。由于周代崇拜红色，诗中出现对红色的描写是很自然的。

古代马及配饰

静　女

一、静女其姝[1]，俟我于城隅[2]。爱而不见[3]，搔首踟蹰[4]。

二、静女其娈[5]，贻我彤管[6]。彤管有炜[7]，说怿女美[8]。

三、自牧归荑[9]，洵美且异[10]。匪女之为美[11]，美人之贻[12]。

【注释】

　　[1]静女：文静娴雅的姑娘。姝（shū）：美丽。一说静为"靖"的假借字，善良美好。[2]俟（sì）：等待。城隅（yú）：城墙的角落。[3]爱：通"薆"，隐蔽。[4]踟蹰（chí chú）：徘徊，犹豫。[5]娈（luán）：美好。[6]贻（yí）：赠送。彤（tóng）管：一说指涂有红颜色的乐器；另一说为红色管状之草；朱熹说"未详何物"；《辞海》释为"赤管笔，古代女史以彤管记事，后因用于女子文墨之事"，本文取此解。[7]有炜（wěi）：即"炜炜"，红而有光的样子。[8]说怿（yuè yì）：喜爱。女：通"汝"，你；此处指彤管。[9]牧：野外牧地。归（kuì）：通"馈"，赠送。荑（tí）：初生的白茅草。[10]洵（xún）：的确，确实。异：奇异。[11]匪：非，不是。女：你；此处指荑。[12]美人：《诗经》中，不少地方称美男子为"美人"。

【译文】

文静之女

（一）娴静姑娘多美丽，约我城角会佳期。
　　　故意躲起不见面，抓耳挠腮好着急。
（二）娴静姑娘多美丽，送我彤管有用意。
　　　红色彤管多鲜艳，我爱彤管更爱你。
（三）郊野牧场赠美荑，确实美丽又奇异。
　　　不是荑草长得美，美人所赠有深意。

【简析】

　　本诗写一对青年男女密约幽会，互赠礼品的情景。首章写青年男子如约相见，姑娘却故意躲藏，令男子焦躁不安。第二章写情侣相见，男子接受女子的定情礼品，如获珍宝。第三章写男子回赠从牧场带来的白茅，"匪女之为美"，而是"美人之贻"。全诗从等待、相见到互赠礼品，按顺序展开描写，有对心理活动的刻画，有对场面的描写，男子憨厚可爱，女子开朗活泼，人物形象栩栩如生。诗中一个"爱"字，概括了全诗内容。诗篇意境优美，清新活泼，婉转细腻，别开生面。诗美，人美，情更美！

　　诗中描写女子美丽的用语是"姝""娈"。因周代尚赤，所以女子给男子赠送"彤管"这样的红色乐器。管为吹奏的乐器，即管乐器，是圆而细长的中空物。

一 ｜ 国风

彤为红色。彤管即红色的管状乐器。

新　台

一、新台有泚[1]，河水弥弥[2]。燕婉之求[3]，籧篨不鲜[4]。

二、新台有洒[5]，河水浼浼[6]。燕婉之求，籧篨不殄[7]。

三、鱼网之设，鸿则离之[8]。燕婉之求，得此戚施[9]。

【注释】

[1]新台：卫宣公所筑之台。卫宣公在此地娶了原本许配给儿子伋的齐女。其旧址在今山东鄄城县北。有泚（cǐ）：即"泚泚"，鲜明。　[2]弥弥（mǐ）：水势盛大。河：黄河。　[3]燕婉：安和美好，常用以形容夫妻；燕指安娴文静，婉指和顺有礼。求：女子所求爱之人。　[4]籧篨（qú chú）：本指用粗竹或芦苇编的粗席子，粗硬而不能折叠；此处比喻不能弯腰的残疾，俗称"鸡胸"，这里指卫宣公；一说"籧篨"即癞蛤蟆。鲜：善，美。　[5]有洒（cuǐ）：即"洒洒"，高峻。　[6]浼浼（měi）：河水涨满。　[7]殄（tiǎn）：同"腆"，美。　[8]鸿：旧解为鸟名，据闻一多先生考订为蛤蟆。离：同"罹"，本义为遭遇；此处从鸿的角度来讲，是落网的意思。　[9]戚施：此处指驼背，同"籧篨"，即癞蛤蟆。

【译文】

新台之地

（一）新台泱泱多华美，黄河滔滔东流水。

　　欲嫁心中美男子，却遇鸡胸老色鬼。

（二）新台高大多辉煌，黄河之上水浩荡。

　　欲嫁心意美少年，却是鸡胸没人样。

（三）撒下渔网把鱼捕，却把蛤蟆用网堵。

　　欲嫁意中美少年，却遇蟾蜍让人恶。

【简析】

本诗讽刺卫宣公强占儿媳为妻。第一、二章采用比兴手法，先赞美新台华美、河水浩荡，而这个美貌的少女却嫁给了癞蛤蟆似的丑老头，对比鲜明、讽刺辛辣。

第三章写设网捕鱼，喻女子本想嫁给一位英俊公子，却得到一只"癞蛤蟆"。据史书记载，卫宣公本来是替儿子伋娶齐女做妻，后来听说齐女貌美，便将其占为己有，并在黄河岸边筑新台迎亲。"国人恶之，而作是诗"。本诗以齐女之口吻，哭诉自己的不幸遭遇，充分表达出了齐女的痛恨悲伤之情。诗中反复以癞蛤蟆作比，并与华美巍峨的新台、盛大浩茫的黄河对照，更反衬出卫宣公癞蛤蟆似的丑态。历史是无情的，世人的眼睛是雪亮的。一个人所做的见不得人的丑事、坏事，总会大白于天下，为后世所不齿，为天下所唾弃。

诗中的"篷篨"两字表明当时已有编织技术。

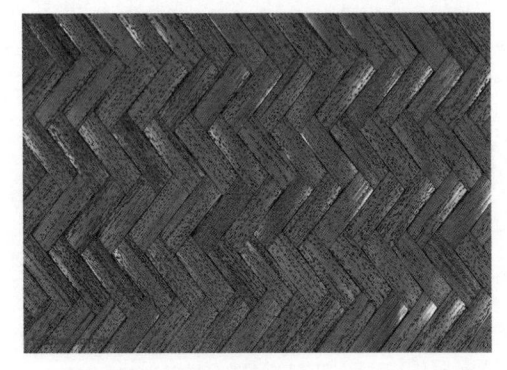

竹编席子

鄘 风

柏 舟

一、泛彼柏舟[1]，在彼中河[2]。髧彼两髦[3]，实维我仪[4]。之死矢靡它[5]！母也天只[6]，不谅人只[7]！

二、泛彼柏舟，在彼河侧。髧彼两髦，实维我特[8]。之死矢靡慝[9]！母也天只，不谅人只！

【注释】

[1]泛：在河中漂流。 [2]中河：河中。 [3]髧(dàn)：头发下垂。两髦(máo)：古代未成年男子的发型，将齐眉的头发向两边分开。 [4]实：是。维：为。仪：配偶。 [5]之：到。之死：至死，到死。矢：通"誓"。靡：无。它：别的，指二心。 [6]母、天：母亲、苍天。人在困苦到极点时，往往呼告苍天、父母求助。也、只：均为语助词。 [7]谅：体谅。 [8]特：配偶。 [9]慝(tè)：通"忒"，更改。

【译文】

舟中求偶

（一）驾舟就是柏木舟，飘飘荡荡水中流。

额前垂发美少年，我要把他做配偶。

到死就此别无求！

我的天啊我的娘，何不体谅我感受！

（二）驾着一只柏木舟，漂到岸边顺水流。

额前垂发美少年，就是我的好配偶。

到死不改这追求！

我的天啊我的娘，何不体谅我感受！

【简析】

　　本诗写一个少女要求婚姻自主，自己找到了一个意中人，却遭到了母亲的反对，但她义无反顾，宁死不易其志。诗篇以船在水中飘浮不定起兴，喻自己飘浮不定的命运和婚姻不能自主的悲哀。"髧彼两髦"的翩翩少年是自己的心上人，心仪已久，时刻记在心中，矢志不会改变。可是她力单无助，痛苦无奈，只能呼天喊娘："苍天！老娘啊！你怎么不理解女儿的心意呢？"诗中后三句反复呼喊，增强了诗篇的表现力。这呼喊会使苍天感动，会使母亲猛醒，更会使读者深表同情之心和由衷的支持。

　　诗中有对男子发型的描写，"髧彼两髦"，即齐眉的头发向两边分开，这应该是当时俊美男少年的典型发型的记载。

君 子 偕 老

　　一、君子偕老[1]，副笄六珈[2]。委委佗佗[3]，如山如河[4]。象服是宜[5]，子之不淑[6]，云如之何[7]？

　　二、玼兮玼兮[8]，其之翟也[9]。鬒发如云[10]，不屑髢也[11]。玉之瑱也[12]，象之揥也[13]，扬且之皙也[14]。胡然而天也[15]，胡然而帝也。

　　三、瑳兮瑳兮[16]，其之展也[17]。蒙彼绉絺[18]，是绁袢也[19]。子之清扬[20]，扬且之颜也[21]。展如之人兮[22]，邦之媛也[23]。

【注释】

　　[1]君子：指卫宣公。偕老：共同生活到老。　[2]副：妇女的首饰。笄（jī）：簪子。珈（jiā）：首饰名，悬挂在簪子下面，玉饰，走路时会摇动，所以又称"步摇"；侯、伯夫人可以用六珈（六颗）。　[3]委委佗佗（tuó）：形容走路姿态从容自得、庄重美丽。　[4]如山如河：形容举止行动像山一样稳重，像河一样深沉。　[5]象服：画有鸟羽图案的衣服，为王后所服。是：语助词。宜：适

一 ｜ 国风　33

宜，合身。［6］子：你，指宣姜。不淑：不贤德，品行不端。［7］云：语首助词。如之何：即"奈之何"，拿他没有办法。［8］玼（cǐ）：本指玉色鲜明，此处形容衣服鲜艳。［9］其：她的。翟（dí）：一种绣有野鸡图案的女服。［10］鬒（zhěn）：头发又黑又密。［11］不屑：不肯用。髢（dì）：假发。［12］瑱（tiàn）：耳旁、冠冕两侧垂下的玉，用以塞耳。［13］象：象牙。搋（tì）：象牙制的搔头簪子。［14］扬：前额宽广方正。且（jū）：语助词。晳（xī）：白嫩。［15］胡：何。然：这样。而：如。天、帝：指天仙神女。［16］瑳（cuō）：同"玼"。［17］展：展衣，一种红色或白色的夏季礼服。［18］蒙：披盖。绉絺（zhòu chī）：细葛布。［19］绁袢（xiè pàn）：内衣。［20］清扬：眉目清秀美丽。子：指宣姜。［21］颜：指容颜美，有光彩。［22］展：诚然，确实。之人：此人，指宣姜。［23］邦：邦国。媛（yuán）：美女。

【译文】

白头到老

（一）誓与君子终相守，首饰六颗插满头。
　　　从容庄重悠然走，稳重如山似水柔。
　　　合身礼服绘鸟兽，品行不端何所谓，
　　　对她无法太苛求。

（二）服饰鲜艳又靓丽，锦绣礼服绘山鸡。
　　　头发乌黑又发亮，不须再把假发饰。
　　　美玉耳饰两边系，象牙簪子多美丽，
　　　方面大额白又晳。
　　　何以人间出仙子，莫非神女降人世。

（三）华美服饰多绚丽，身着白纱会宾衣。
　　　披上轻薄细纱衫，夏天内衣世间稀。
　　　眉宇之间多清秀，方正额头多艳丽。
　　　实实在在俊俏美，倾城倾国一美女。

【简析】

　　本诗讽刺了卫宣姜品行不端、淫乱无耻之行径，所写内容虽是宣姜外貌的美丽、服饰的华贵，看似赞美她的娇艳美丽、雍容华贵，实则是通过她的貌美装盛来反衬她肮脏的灵魂、丑恶的行为。这种以美写丑、寓贬于褒的写法，委婉含蓄，构思奇特，极尽铺陈张扬之能事。"子之不淑"四字，画龙点睛，点破主题。作者笔下的这个花容月貌、国色天香、倾城倾国的贵妇人，原来是一个内心丑恶、道德败坏的淫妇。如此笔法，可谓曲尽其妙、涉笔成趣。

诗中多处对卫宣姜的服装和配饰做了生动描写，如副笄六珈、象服、玼、瑳、翟、鬒髢、瑱、展、绉、絺、绁、袢。

桑 中

一、爰采唐矣[1]，沬之乡矣[2]。云谁之思[3]？美孟姜矣[4]。期我乎桑中[5]，要我乎上宫[6]，送我乎淇之上矣[7]。

二、爰采麦矣，沬之北矣。云谁之思？美孟弋矣[8]。期我乎桑中，要我乎上宫，送我乎淇之上矣。

三、爰采葑矣[9]，沬之东矣。云谁之思？美孟庸矣[10]。期我乎桑中，要我乎上宫，送我乎淇之上矣。

【注释】

[1]爰：于何，在什么地方。唐：一种蔓生植物，女萝，又名"菟丝子"。 [2]沬（mèi）：卫国地名，在牧野附近，今河南淇县南。乡：郊外，乡间。 [3]云：语首助词。谁之思：宾语前置句，即"思之谁"，思念谁人；之，助词。 [4]孟：排行老大。姜：姜姓姑娘。 [5]期：约会。乎：于。桑中：桑林间。 [6]要：同"邀"。上宫：城角楼。 [7]淇：即淇水，在今河南淇县。 [8]孟弋（yì）：弋姓大姑娘。 [9]葑（fēng）：蔓菁，俗称大头菜。 [10]孟庸：庸姓大姑娘。

【译文】

桑林相约

（一）何地我采菟丝忙，就在卫国沬邑乡。

心中想念人哪位？美丽姜姓大姑娘。

她约我到桑林中，邀我城角楼相商，

送我淇河水边上。

（二）何处要我采麦忙，沫城北郊那地方。
心中想念人哪位？美丽弋姓大姑娘。
她约我到桑林中，邀我城角楼相商，
送我淇河水边上。

（三）何处要我采葑忙，沫城东郊那地方。
心中想念人哪位？美丽庸性大姑娘。
她约我到桑林中，邀我城角楼相商，
送我淇河水边上。

【简析】

　　本诗是抒写一男子与情人幽会的爱情诗。诗篇从采唐、采麦、采葑起兴，用自问自答的形式，男子回忆起和美丽的姑娘幽会于桑林间、相约上宫、送别于淇水的美好时刻，表达了对意中人的深深思念之情。诗中所写，欢快炽热之情溢于言表，密约幽会之乐喜形于外，且采用一问一答形式，语句轻松自然，流畅明快，反复咏唱，声韵和谐悦耳。全诗三章，每章的后三句直接叙写幽会地点，毫无矫揉造作之处，充分表现出当时的人们对爱情的追求、大胆泼辣、豪放自由。

　　"桑中相约"一词，成为后世男女幽会的代称，足见此诗影响之大。桑树之叶是养蚕的重要原料，人们对桑树和桑林有着特殊的感情，相约于桑林中，说明当时桑林之普遍，以及桑树在人们生活中的重要价值。

桑树　　　　　　桑林

定 之 方 中

一、定之方中[1]，作于楚宫[2]。揆之以日[3]，作于楚室[4]。树之榛栗[5]，椅桐梓漆，爰伐琴瑟[6]。

二、升彼虚矣[7]，以望楚矣[8]。望楚与堂[9]，景山与京[10]。降观于桑[11]，卜云其吉[12]，终然允臧[13]。

三、灵雨既零[14]，命彼倌人[15]，星言夙驾[16]，说于桑田[17]。匪直也人[18]，秉心塞渊[19]，騋牝三千[20]。

【注释】

[1]定：星宿名，即营室星，二十八宿之一。方中：正中，指定星位置。夏历每年十月十五日至十一月初，定星于黄昏时出现在天空中，人们往往在此时建造房屋，故此星名为"营室星"。[2]作于：建造之意。楚宫：楚丘的宗庙，楚丘在今河南滑县东。[3]揆（kuí）：测度。之：指方位。日：日影。揆之以日：古人建房，往往立一竖竿测定日影，以定方向。[4]楚室：即"楚宫"。[5]树：种植。榛、栗、椅、桐、梓、漆：为栽种的树名，这几种树均为制造琴瑟的材料。[6]爰：于是，乃。伐：指伐木制琴瑟。[7]升：登上。虚：同"墟"，丘，指漕邑的故墟，与楚丘相近。[8]楚：楚丘。[9]堂：卫国邑名，地近楚丘。[10]景山：大山。京：高岭。[11]降观：下来观看。桑：即下文的桑田。[12]卜：占卜。云：占卜得的言辞。[13]终然：指结果。允：诚然，确实。臧：善，好。[14]灵雨：好雨。零：落。[15]倌（guān）人：掌管车马的小官。[16]星：星夜。言：语助词。夙：早。驾：驾车出行。[17]说（shuì）：停车休息。[18]匪：即"彼"。直：正直。匪直也人：即"匪（彼）直人也"。人：指卫文公。[19]秉心：用心。塞渊：诚实深沉。[20]騋（lái）：七尺以上的马。牝（pìn）：母马。三千：泛指多。

【译文】

定星在中

（一）定星放在正中间，楚丘吉日新宫建。

利用日影测方向，建造楚宫把基奠。

榛树栗树前后栽，再把梓梧栽其间，

　　　　伐木制琴个个贤。

（二）登上高高山顶上，远望楚丘细端详。
　　　瞻望楚丘与堂邑，再看大山与高冈。
　　　下山考察养蚕桑，占卜卦辞很吉祥。
　　　这里果真好地方。

（三）及时好雨渐沥沥，吩咐管车小官吏。
　　　满天星斗早起身，文公视察桑田里。
　　　他是正直好君主，心地诚实又远虑，
　　　拥有良马三千匹。

【简析】

　　本诗称赞卫文公迁都楚丘，勤于政事，建国兴邦的功绩。据史书记载，公元前660年，卫国被狄人攻破，卫懿公被杀，卫国亡。在宋桓公的帮助下，卫国遗民连夜渡过黄河，露居漕邑（今河南滑县境内），立卫戴公。一年后戴公死，立卫文公。后来，齐桓公又率诸侯兵帮助文公迁居楚丘，在楚丘建新宫。文公励精图治，兢兢业业，勤劳政事，国力日强。卫国的中兴，与宋、齐两国的大力支持分不开。本诗首章写卫文公率领民众在楚丘营造宫室。第二章追述迁徙楚丘的情况，升、降、望、观，占卜定吉凶。第三章写卫文公重农桑，强国力，为人正直，深谋远虑。全诗重点叙写卫文公营建宫室的情况，突出文公艰苦勤劳的形象，以及诚实正直的品德。诗篇也表达了卫国人民对未来的美好憧憬，以及对国君敬重爱戴的感情。

　　诗中两次提到桑字，一处是说卫文公下山考察农桑，另一处是说卫文公视察到桑田边，都说明卫文公高度重视蚕桑业，也说明当时蚕桑业的重要程度。

干旄

一、孑孑干旄[1]，在浚之郊[2]。素丝纰之[3]，良马四之[4]。彼姝者子[5]，何以畀之[6]？

二、孑孑干旟[7]，在浚之都[8]。素丝组之[9]，良马五之。彼姝者子，何以予之？

三、孑孑干旌[10]，在浚之城。素丝祝之[11]，良马六之。彼姝者子，何以告之[12]？

【注释】

[1]孑孑（jié）：独立特出。干：同"竿"，旗杆。旄（máo）：一种旗杆上用牦牛尾做装饰的旗子。 [2]浚（xùn）：卫国的城邑，在今河南浚县。 [3]素丝：白丝。纰（pí）：旗子上的镶边。 [4]四之：指四匹马拉的马车。 [5]姝（shū）：美好，和顺。子：此处指贤者。 [6]畀（bì）：给予。 [7]旟（yú）：一种画有鹰隼的旗子。 [8]都：古代地方的区域名，国都近郊。 [9]组：绕丝成束，编织宽丝带；与上文的"纰"、下文的"祝"，都是缝制、装饰旗子的方法。 [10]旌：一种用野鸡尾做装饰的旗子。 [11]祝：通"属"，连缀。 [12]告：忠告；一说给予。

【译文】

旗杆

（一）牦尾旗子高高飘，驾车来到浚城郊。
　　　白丝滚边旄旗招，骏马四匹拉车跑。
　　　美好和顺大贤才，送何礼品为最好？

（二）鹰隼旗子高高飘，车队来到浚城郊。
　　　白色丝线织旗上，骏马五匹车上套。
　　　美好和顺大贤才，送何礼品为最好？

（三）鸟羽旗子高高飘，车马行到浚城郊。
　　　白丝连接缀旗上，骏马六匹车上套。
　　　美好和顺大贤才，又该如何来相告？

【简析】

　　本诗写卫国战乱后卫文公求贤若渴,招揽贤才之事。卫国经过内乱外患之后,百废待兴,卫文公为了重建卫国,高树求贤旗帜,广纳贤才,励精图治。本诗具体描写求贤的盛况。地点:"在浚之郊""在浚之都""在浚之城"。车驾:"四之""五之""六之"。彩旗:"干旄""干旟""干旌"。装饰:"纰之""组之""祝之"。场面如此盛大,礼仪如此隆重,深刻表明了文公对贤才良士的尊重和敬仰。"何以畀之""何以予之""何以告之",屡屡表达求贤之诚意,令贤者动心,令世人动容,何患贤者不趋之若鹜、云集而至呢?本诗语言生动,用词精当,读来给人以美的享受。

　　诗中多处与纺织服饰有关,如"素丝",彩旗有"干旄""干旟""干旌",装饰有"纰之""组之""祝之"。

卫风

淇奥

一、瞻彼淇奥[1]，绿竹猗猗[2]。有匪君子[3]，如切如磋[4]，如琢如磨[5]。瑟兮僩兮[6]，赫兮咺兮[7]。有匪君子，终不可谖兮[8]。

二、瞻彼淇奥，绿竹青青[9]。有匪君子，充耳琇莹[10]，会弁如星[11]。瑟兮僩兮，赫兮咺兮。有匪君子，终不可谖兮。

三、瞻彼淇奥，绿竹如箦[12]。有匪君子，如金如锡[13]，如圭如璧[14]。宽兮绰兮[15]，猗重较兮[16]。善戏谑兮[17]，不为虐兮[18]。

【注释】

[1]瞻：远望。淇：淇水。奥（yù）：通"澳"，水岸弯曲的地方。 [2]猗猗（yī）：长而美。 [3]有匪：匪，通"斐"；有斐，即"斐斐"，有文采。君子：诗中所赞美的主人公；一说指卫武公。 [4]切：雕刻骨器。磋：雕刻象牙。 [5]琢：雕刻玉器；磨：磨光。 [6]瑟：庄重。僩（xiàn）：威武。 [7]赫：光明正大。咺（xuān）：威仪显著；一说指心胸坦荡。 [8]谖（xuān）：忘记。 [9]青青：通"菁菁（jīng）"，草木茂盛。 [10]充耳：古代帽子两侧悬挂在耳边的玉饰。琇（xiù）：宝石。莹：晶莹有光泽。 [11]会（kuài）：帽子缝合的地方。弁（biàn）：皮帽。如星：指帽缝上缀的玉石如星光一般灿烂。 [12]箦（zé）：本指用竹编的床垫，此处指竹子茂密。 [13]如金如锡：此句和下句均指君子品德高尚。 [14]圭、璧：玉制品，圭为长方体、上端尖，璧为圆形、中间有孔。 [15]宽：气量宽宏。绰：性格和缓。 [16]猗：通"倚"，依靠。重较（chóng jué）：车厢两旁的横木，供人扶靠。 [17]戏谑（xuè）：开玩笑。 [18]虐：残暴伤人。

【译文】

淇水弯弯

（一）看那淇河水弯弯，绿竹葱茏一片片。
　　　才华横溢美君子，切磋学问甚精湛，
　　　琢磨之德人称赞。
　　　仪容庄重又勇武，光明正大好威严。
　　　才华横溢美君子，人们永远记心间。

（二）看那淇河水弯弯，绿竹青青一片片。
　　　才华横溢美君子，晶莹美玉挂耳边，
　　　冠上缀玉光闪闪。
　　　仪容庄重又勇武，光明正大好威严。
　　　才华横溢美君子，人们永远挂心间。

（三）看那淇河水弯弯，绿竹茂密连成片。
　　　才华横溢美君子，品德高如金锡坚，
　　　又如玉璧美名传。
　　　心胸开阔又仁厚，登车倚立更尊严。
　　　谈吐幽默多风趣，待人亲切暖心田。

【简析】

　　本诗赞颂一位才华出众、品德高尚的君子。全诗三章，首章称赞君子的才华文采，第二章称赞君子的举止仪容，第三章称赞君子的风度品德。三章均以岸边绿竹起兴，兴中有比，喻君子挺拔秀美，四季常青，虚心有节。无论是满腹经纶的文采、温文尔雅的风度，还是怀瑾握玉的品德、幽默风趣的性格，都是令人难以忘怀、赞叹不已的。至于这位君子所指何人，大多认为是指卫国的武和，史称"卫武公"。

　　本诗意境优美，想象丰富，大量运用比喻，给后世留下了诸多名言佳句。"如切如磋""如琢如磨""如金如玉""如金如锡""如圭如璧""不为虐兮"等，堪称精金美玉、字字珠玑，为千古不朽之名言。

诗中的"充耳""弁""簪""圭""璧"等，都具有重要的服饰文化价值。"充耳"在前文中已经多处出现，是指古代挂在帽子两侧、悬挂在耳边的玉饰。"会弁如星"中的"弁"指用兽皮做的皮帽。君子所戴皮帽上缝缀有星光灿烂的玉石，显得高贵典雅。

弁

硕　人

一、硕人其颀[1]，衣锦褧衣[2]。齐侯之子[3]，卫侯之妻[4]，东宫之妹[5]，邢侯之姨[6]，谭公维私[7]。

二、手如柔荑[8]，肤如凝脂[9]，领如蝤蛴[10]，齿如瓠犀[11]，螓首蛾眉[12]。巧笑倩兮[13]，美目盼兮[14]。

三、硕人敖敖[15]，说于农郊[16]。四牡有骄[17]，朱幩镳镳[18]，翟茀以朝[19]。大夫夙退[20]，无使君劳[21]。

四、河水洋洋[22]，北流活活[23]，施罛濊濊[24]，鳣鲔发发[25]，葭菼揭揭[26]。庶姜孽孽[27]，庶士有朅[28]。

【注释】

[1]硕人：身材高大、体态丰满的人，古人以高大为美，此处指本诗主人公庄姜。其颀（qí）：即"颀颀"，身材修长高大。　[2]衣：穿。锦：古代重要丝织品。（丝织品根据经纬线组织方式不同，分为锦、绫、罗、绸、缎等，锦是其中的一种。）褧（jiǒng）衣：麻布罩衣，女子出嫁途中挡风尘用。　[3]齐侯：齐庄公。子：女儿，指庄姜。　[4]卫侯：卫庄公。　[5]东宫：齐太子（因太子居东宫，所以常以东宫代指太子）。　[6]邢侯：邢国的国君（邢国原建都于河北邢台，后迁都至山东聊城）。姨：妻子的姊妹。　[7]谭公：谭国国君（谭国建都于山东历城东南）。维：是。私：古时女子称姐妹的丈夫为私。　[8]柔荑（tí）：初生的柔软的白茅草。　[9]凝脂：凝冻的油脂。　[10]领：脖子。蝤蛴（qiú qí）：天牛的幼虫，白色体长，此处形容庄姜的脖颈长而白。　[11]瓠（hù）犀：葫芦籽。　[12]螓（qín）：虫名，似蝉而小，额头方广而正。蛾眉：眉毛像蚕蛾的须那样弯曲细长。蛾，蚕蛾。　[13]巧笑：俏丽巧妙的笑容。倩：笑时两颊出现的酒

窝。［14］盼：眼睛黑白分明。［15］敖敖：身材高大。［16］说（shuì）：同"税"，停车休息。农郊：近郊。［17］四牡：驾车的四匹公马。有骄：即"骄骄"，马匹健壮。［18］朱幩（fén）：马嚼子两边作为装饰的红色绸子。镳镳（biāo）：马饰盛美。［19］翟（dí）：长尾野雉。茀（fú）：遮盖车子的竹席或苇席。翟茀，指茀上用雉羽装饰的车子。［20］夙退：早点退朝。［21］无：通"勿"，不要。"大夫夙退，无使君劳"，此两句是说，大夫们早早退朝，不要使国君过于疲劳，以便和庄姜亲近。［22］河水：黄河水。洋洋：水势盛大。［23］北流：黄河水向北流（黄河在齐国的西面、卫国的东面，北流入海）。活活（guō）：水流声。［24］施：此处为设或撒的意思。罛（gū）：渔网。濊濊（huò）：撒网入水声。［25］鳣（zhān）：大鲤鱼。鲔（wěi）：鲟一类的鱼。发发（bō）：鱼尾摆动的声音。［26］葭（jiā）：芦苇。菼（tǎn）：荻草。揭揭：高而长。［27］庶：众多。庶姜：齐国陪同庄姜出嫁的众女子。（齐国姓姜，故称庶姜。）孽孽（niè）：服饰华丽。［28］庶士：指齐国护送庄姜的众臣。有朅（qiè）：即"朅朅"，英武健壮。

【译文】

硕　人

（一）身材高大一美女，身穿锦绣单罩衣。
　　　她是齐侯乖姣女，又是卫侯绝色妻，
　　　她是太子亲妹妹，邢国国君美小姨，
　　　谭公是妹好夫婿。

（二）手如白细嫩荑草，肤如凝脂多细腻，
　　　脖颈细白像蝤蛴，齿如瓜子白又齐，
　　　额头方正细蛾眉。
　　　笑靥醉人真美丽，美目顾盼多情意。

（三）淑女身材胖又高，停车休息在近郊。
　　　四匹雄马多健壮，马嚼两旁红绸飘，
　　　山鸡羽车上朝去。
　　　大夫退朝应该早，莫让国君太操劳。

（四）黄河之水浩荡荡，哗哗不停流北方，
　　　撒网捕鱼沙沙响，鳣鲔扑棱跳入网，

芦荻稠密高又长。

陪嫁姑娘着盛装，随从武士好雄壮。

【简析】

　　本诗描写了齐庄姜出嫁给卫庄公时的盛况及庄姜貌美尊贵的形象。全诗四章。首章写庄姜显赫的地位，高贵的身份；第二章描写庄姜的美貌，绝代佳人，无与伦比；第三章写庄姜车服之美盛，礼仪之隆重；第四章赞叹庄姜出嫁时陪嫁队伍的浩大声势。本诗历来被称为描写美人的奇文，是形象逼真的"美人图"。清人姚际恒称此诗"千古颂美人者无出其右，是为绝唱"。尤其第二章中使用了五个比喻来描绘庄姜形体之美，极尽铺陈夸张之能事，加之"巧笑倩兮，美目盼兮"的动态描写，生动地描绘出了庄姜无比艳丽的姿态。这两句诗也成为描写美人的千古名句。末章则通过"河水洋洋""葭菼揭揭"的优美环境，描绘了一幅开阔、诱人的画面。在这美丽的自然环境中，又铺写了陪嫁队伍的浩大盛况，更增加了诗篇的诗情画意，给人留下了无尽的回味。后世称美人为"硕人"，即典出于此。

　　"衣锦褧衣""朱帻"等，都是和服饰文化相关的词句。描写一位美人，自然要描写她的着装。"衣锦褧衣"，"衣锦"内穿着锦衣，褧衣则是麻布罩衣。内穿锦衣，为何还要外穿麻布罩衣呢？这是儒家服饰文化的体现。孔子认为，穿衣不能裸露肌肤，因为裸露肌肤是失德行为，如果穿了裸露透明的衣服，出门就必须再穿上罩衣。锦是非常轻薄而且透明的高级丝织品，穿上后还要加穿用麻布做的外罩衣。

氓

　　一、氓之蚩蚩[1]，抱布贸丝[2]。匪来贸丝[3]，来即我谋[4]。送子涉淇[5]，至于顿丘[6]。匪我愆期[7]，子无良媒。将子无怒[8]，秋以为期。

　　二、乘彼垝垣[9]，以望复关[10]。不见复关，泣涕涟涟[11]。既见复关，载笑载言[12]。尔卜尔筮[13]，体无咎言[14]。以尔车来，以我贿迁[15]。

　　三、桑之未落，其叶沃若[16]。于嗟鸠兮[17]，无食桑葚[18]。于嗟女兮，无与士耽[19]。士之耽兮，犹可说也[20]。女之耽兮，不可说也。

四、桑之落矣，其黄而陨[21]。自我徂尔[22]，三岁食贫[23]。淇水汤汤[24]，渐车帷裳[25]。女也不爽[26]，士贰其行[27]。士也罔极[28]，二三其德[29]。

五、三岁为妇[30]，靡室劳矣[31]。夙兴夜寐[32]，靡有朝矣[33]。言既遂矣[34]，至于暴矣[35]。兄弟不知，咥其笑矣[36]。静言思之[37]，躬自悼矣[38]。

六、及尔偕老[39]，老使我怨[40]。淇则有岸，隰则有泮[41]。总角之宴[42]，言笑晏晏[43]。信誓旦旦[44]，不思其反[45]。反是不思[46]，亦已焉哉[47]。

【注释】

[1]氓（méng）：农民。蚩蚩（chī）：笑嘻嘻；另一说为敦厚。[2]布：布匹，当时把布匹当作流动交换中介物，相当于货币。贸：交换，买卖。[3]匪：非，不是。[4]即：就，靠近。即我：接近我，来我这里。谋：商量，谋划，即谋划婚事。[5]子：古代对男子的尊称。涉：渡水。淇：淇河，古水名。[6]顿丘：卫国地名，在今河南清丰县。[7]愆（qiān）期：耽误，过期。[8]将（qiāng）：请，愿。[9]乘：登上。垝（guǐ）：毁坏。垣：土墙。[10]复关：指男子住的地方。以：而。[11]泣、涕：皆为眼泪。涟涟：泪流不止。[12]载：语助词，又……又……。[13]尔：你。卜：占卜，用龟甲占吉凶。筮（shì）：用蓍（shī）草占吉凶。[14]体：卦体，卦象，即占卜的结果。咎言：不吉利的话。[15]贿：财物，此处指嫁妆。贿迁：把嫁妆搬走。[16]沃若：即"沃然"，肥美润泽。[17]于嗟（xū jiē）：通"吁嗟"，叹词。鸠：斑鸠。[18]桑葚：桑树的果实（古人认为，斑鸠食桑葚过多会醉倒）。[19]士：对男子的美称。耽（dān）：入迷，沉溺。[20]说（tuō）：通"脱"，解脱，丢开。[21]陨（yǔn）：坠落。[22]徂（cú）：往，到。徂尔：到你家。[23]三岁：虚数，指多年，下文同。食贫：过贫苦日子。[24]汤汤（shāng）：形容水势浩大。[25]渐（jiān）：浸润。帷裳：车上的布幔。[26]爽：过失，差错。[27]贰：有二心。贰其行：行为前后不一致。[28]罔：无，没有。极：准则。[29]二三其德：指男子三心二意，前后行为不一致。[30]妇：主妇。[31]靡：无，没有。室：家中事务。劳：辛劳。靡室劳矣，指不以家务为劳苦。[32]夙兴夜寐：早起晚睡。[33]靡有朝矣：没有一天不是如此。[34]言：语助词。遂：生活称心。[35]暴：暴虐。[36]咥（xì）：大笑的样子。[37]静言：静静地。[38]躬自：自身，自己。悼：悲伤。[39]及尔偕老：和你共同生活到老。及，与、和的意思。[40]老使我怨：老了却使我产生哀怨。[41]隰（xí）：低湿之地。泮：同"畔"，河岸。[42]总角：古时儿童的头上束成两角式的发髻。宴：快乐。[43]晏晏：和悦温柔。[44]信誓：诚挚地

发誓。旦旦：诚恳。 ［45］不思：没想到。反：反复，变心。 ［46］是：此，这，指誓言。 ［47］亦：语助词。已焉哉：算了吧。已：罢了。焉哉：连用叹词。

【译文】

农　家

（一）农家小伙笑嘻嘻，抱布换丝来交易。
　　　不是真心来换丝，商量婚姻是真意。
　　　我送你过淇水去，送到顿丘才离去。
　　　不是我要推婚期，没有良媒把婚提。
　　　请你不要生我气，金秋时节为佳期。

（二）登上高高旧城垣，秋水欲穿望复关。
　　　复关茫茫还不见，泪水涟涟湿衣衫。
　　　既见你从复关来，又说又笑两相欢。
　　　你曾占卜算了卦，卦象没有不吉言。
　　　赶着车子来娶我，我带嫁妆一同搬。

（三）桑叶未落正适时，嫩叶润泽很新鲜。
　　　斑鸠你可要留意，贪吃桑葚醉难堪。
　　　姑娘你要听我言，别把男人太迷恋。
　　　男人把女来爱恋，想不要你甩一边。
　　　女人若把男子恋，要想撒手实在难。

（四）桑叶凋零秋风紧，枯黄坠落压行人。
　　　自我嫁到你家来，多年吃苦受穷贫。
　　　淇水滔滔伴我回，溅湿帷帐凉我心。
　　　我在你家无过错，你却不念夫妻恩。
　　　没有规矩没准则，三心二意你不仁。

（五）你我夫妻多少年，家中事务我干完。
　　　早起晚睡不怕苦，这样不是一两天。
　　　生活才算有好转，你却粗暴又凶残。

一 ｜ 国风

兄弟不知我遭遇，见我高兴笑开颜。
　　静思默想向谁诉，自悲内酸心中咽。
（六）白头偕老盟过誓，人老珠黄把我嫌。
　　淇水虽宽总有岸，沼泽再广也有边。
　　儿时情景真快乐，温柔和悦共笑谈。
　　山盟海誓多真诚，不想翻脸把心变。
　　你违誓言不念旧，你我之情已走完。

【简析】

　　这是一首描写弃妇悔悟的诗，是《诗经》中的著名诗篇。诗中生动地叙写了女主人公与氓从相识、相爱、结婚、受虐到被弃的过程。首章写女子追述与丈夫相识、相约的过程。第二章写两人相爱及结婚的过程，表达了女子对爱的追求和忠贞。第三章以告诫斑鸠不要贪吃桑葚设喻，写女子悔恨自己对丈夫过于痴情，现身说法，劝其他女子不要轻信男人的诺言，不要沉溺于爱情。第四章以桑叶枯黄陨落设喻，写女子艰难度日，并无过错，却因年老色衰而被遗弃。第五章写女子在夫家辛勤操劳，生活安定后却遭虐待，被弃返家，受兄弟耻笑。第六章指责丈夫违背当初的誓言，女子悔恨交加，决心与他一刀两断。

　　本诗按事件发生的先后顺序展开，故事完整，情节跌宕起伏、曲折多变，不仅叙述了事件发展的全过程，也描述了女子心理变化的过程。情感的变化，推动情节的发展；而情节的发展，又映射出感情的变化。叙事与抒情交融，爱恋与悔恨交织，委婉曲折，情感动人，读来神韵天然、遐思无限。

　　"抱布贸丝""桑之未落""其叶沃若""桑之落矣""帷裳"等都是有关纺织服饰文化的重要资料。"抱布贸丝"说明当时已把布匹当作流动交换中介物，相当于货币。当然，也可以理解为把织好的布拿去换取原丝，然后再纺织成布，以获取利益。诗中有关桑树的描写，再次表明当时桑树的普遍种植及人们对此种植物的重视程度之高。

竹　竿

一、籊籊竹竿[1]，以钓于淇。岂不尔思[2]，远莫致之[3]。
二、泉源在左[4]，淇水在右。女子有行[5]，远兄弟父母。
三、淇水在右，泉源在左。巧笑之瑳[6]，佩玉之傩[7]。
四、淇水滺滺[8]，桧楫松舟[9]。驾言出游[10]，以写我忧[11]。

【注释】

[1]籊籊（tì，又读dí）：竹竿长而细。[2]不尔思：即"不思尔"。尔：你，指淇水，代指故乡。[3]莫：不能。致：到达。[4]泉源：卫国水名，即今百泉，在河南辉县。左、右：水北为左，水南为右。（泉源在朝歌以北，故曰在左；淇水曲流于朝歌之南，故曰在右。）[5]有行：女子出嫁。[6]巧笑：俏丽巧妙的笑容。瑳（cuō）：本指玉色光洁鲜白，此处指女子的牙齿洁白如玉。[7]傩（nuó）：有节奏地行走。[8]滺滺（yóu）：水流动的样子。[9]桧楫（guì jí）：用桧木做的船桨。[10]驾：驾船。言：语助词。[11]写：通"泻"，宣泄，消除。

【译文】

竹　竿

（一）故乡竹竿细又长，你我钓鱼淇水上。
　　　怎不让我把你念，路远道长难如偿。
（二）左边泉水涓涓流，右边淇水滚滚淌。
　　　出嫁你要别故乡，远离兄弟和爹娘。
（三）右边淇水滚滚流，左边泉水轻轻淌。
　　　莞尔一笑露皓齿，行步有节玉佩响。
（四）淇水潺潺日夜流，桧木船桨松木舟。
　　　驾船遨游去寻觅，以此消遣思君愁。

【简析】

本诗写一位卫国女子远嫁他乡，当年相爱的人对她思念不已。首章写男子

一 | 国风　49

回忆他与女子在家乡钓鱼游玩时的情景。第二章写女子出嫁时的情况。第三章写女子出嫁前做姑娘时的风采。第四章写男子泛舟水上，以解思念心爱女子的忧愁，并想去寻找女子。关于此诗的主人公是男是女，后世议论纷纭。另一说是远嫁外乡的女子思念家乡，思归不得而作此诗。

"巧笑之瑳""佩玉之傩"是对女子外表和配饰的描写。另外，诗中利用竹竿钓鱼的描写，说明了当时钓鱼用具的简捷和普及。

芄 兰

一、芄兰之支[1]，童子佩觿[2]。虽则佩觿，能不我知[3]。容兮遂兮[4]，垂带悸兮[5]。

二、芄兰之叶，童子佩韘[6]。虽则佩韘，能不我甲[7]。容兮遂兮，垂带悸兮。

【注释】

[1]芄（wán）兰：草名，又叫萝藦，蔓生，叶长柄，结荚尖形，如角锥。支：通"枝"。 [2]觿（xī）：象骨制的小锥，古代成年人所佩，用来解结。佩觿是成年人的象征。 [3]能：乃。不我知：即"不知我"。 [4]容：从容。遂：安闲自得。 [5]垂带：垂挂着的长衣带。悸：衣带下垂，走路摇摆的样子。 [6]韘（shè）：古代射箭时戴在右手大拇指上勾弦用的器具，俗称扳指，也可作成年人的装饰品。 [7]甲：通"狎"，亲近。

【译文】

芄 兰

（一）芄兰结荚尖又尖，孩童角锥挂腰间。
　　　成人饰品虽挂上，却不跟我相交谈。
　　　貌似从容又安闲，衣带下垂飘闪闪。

（二）芄兰叶子弯又弯，孩童手戴扳指环。
　　　虽说扳指手上戴，却不跟我相言欢。
　　　貌似从容又安闲，衣带下垂飘闪闪。

【简析】

　　本诗讽刺贵族童子幼稚无知、装腔作势。诗篇以芄兰细嫩的枝叶起兴，喻童子外貌秀丽，而其心幼稚，并不成熟。诗中的少年身着成人服饰，风度翩翩、仪表潇洒，却假装成年人大摇大摆，既不了解自我，又不愿与他人相处。这个装腔作势的假大人似的少年，不仅不为女子所动心，反而被女子讥讽和嘲弄。关于本诗主旨，历来说法不一。古代学者认为是讽刺卫惠公的，他年幼继位，自谓有才能而骄慢于大臣。也有注家认为是讽刺妇女嫁给幼童，意在揭露此种婚姻恶俗。朱熹说此诗"不知所谓，不可强解"。

　　诗中出现的"佩觿""佩韘""垂带"等，都是描写成人配饰的词语。

伯　兮

　　一、伯兮朅兮[1]，邦之桀兮[2]。伯也执殳[3]，为王前驱[4]。
　　二、自伯之东[5]，首如飞蓬[6]。岂无膏沐[7]，谁适为容[8]？
　　三、其雨其雨[9]，杲杲日出[10]。愿言思伯[11]，甘心首疾[12]。
　　四、焉得谖草[13]，言树之背[14]。愿言思伯，使我心痗[15]。

【注释】

　　[1]伯：本指兄弟排行中的老大，古时妇女对丈夫亦称伯。朅（qiè）：威武雄健。[2]邦：国。桀：同"杰"，英才杰出之人。[3]殳（shū）：古代兵器名，竹制，长一丈二尺（合今四米）。[4]王：指周王。前驱：先锋。[5]之：往，到。东：指卫国以东。[6]首：头，此处指头发。飞蓬：随风飘荡的蓬草。[7]膏沐：膏指发油；沐指洗头发。[8]适：喜，取悦；一说"主"，无所主而为之。为容：打扮。[9]其：表祈求的副词。其雨其雨：盼望下雨。[10]杲杲（gǎo）：日出光亮的样子。[11]愿言：念念不忘。[12]甘心：情愿。首疾：头痛。[13]焉：何，何处。谖（xuān）草：即萱草，古人认为此草可以忘忧，又名忘忧草。[14]言：语首助词。树：种植。背：通"北"，指北面之堂。[15]痗（mèi）：病痛。

一 | 国风　51

【译文】

勇战夫君

（一）我家夫君真英勇，邦国之中称英雄。
　　　丈二长矛握手中，为王征战当先锋。
（二）自从夫君去东征，我发散乱如飞蓬。
　　　难道没有润发油，为谁欢心整仪容？
（三）盼望及时雨已停，太阳光照天放晴。
　　　时时都把夫君想，日思夜想心头疼。
（四）何处寻得忘忧草，把它种植在北堂。
　　　一心只把夫君想，使我成病心内伤。

【简析】

　　本诗写女子怀念远征的丈夫。首章赞美丈夫是英勇威武、为王冲锋陷阵的干将良才。第二章写自从丈夫东征之后，女子即无心装扮、发如飞蓬。第三章写女子盼望下雨，却阳光高照，比喻思夫而不得归之苦恼。第四章写思念之情无法排除，想借忘忧草解忧。全诗表达了闺妇夸耀丈夫又思念之极的复杂心情。丈夫是一位为王效力、保卫家邦的英勇武士、杰出干将，他手执丈二长矛，跨马横枪，威风凛凛，为国立功。妻子感到骄傲，亦为之自豪。但夫妻间的恩爱、养老育幼的负担、残酷的现实，都难以摆脱，以致女子由思到悲、由悲而疾，痛心不已。诗篇写得很有分寸，对丈夫应征东征之役，只是思，只是盼，并未写到恨。丈夫为国征战，她感到自豪；她思念丈夫，则表达了夫妻间深厚的感情、对爱情的忠贞。诗篇层层递进，委婉曲折，感情真挚，深切感人。

　　诗中有对女子头发蓬乱的描写，还出现了洗护用品"膏沐"，即润发膏，诗中未说明这种润发膏是由哪种材料制作而成的，但当时人们能用上润发膏已经表明了那个时代的文明特征。

有　狐

一、有狐绥绥[1]，在彼淇梁[2]。心之忧矣，之子无裳[3]。

二、有狐绥绥，在彼淇厉[4]。心之忧矣，之子无带[5]。

三、有狐绥绥，在彼淇侧[6]。心之忧矣，之子无服[7]。

【注释】

[1]绥绥（suí）：形容狐狸慢慢行走；另一说指毛多。 [2]淇：淇水。梁：河上的石坝，可过人也可拦鱼。 [3]之子：那个人，指女子的丈夫。裳（cháng）：指下衣，下衣为裳，形似裙（古时男女皆穿裙）。 [4]厉：水浅处。 [5]带：衣带。 [6]侧：岸边。 [7]服：衣服。

【译文】

狐　狸

（一）狐狸行走懒洋洋，游走淇河石坝上。

　　心中忧愁多沉重，夫君至今没下裳。

（二）狐狸行走慢悠悠，淇河浅水滩上走。

　　心中沉重多忧愁，夫君无带我心忧。

（三）狐狸行走步子艰，行在淇河堤岸边。

　　我心忧愁多沉重，夫君没有衣和衫。

【简析】

本诗描写一个女子思念游离在外的丈夫。诗篇以狐喻人，女子看到一只徘徊缓行的狐狸，很自然地想到行役在外、孤身无依的丈夫。她不说如何思念丈夫，只担心那人"无裳""无带""无服"，意在言外，含而不露，深切表达了思念、关怀丈夫之深情。关于本诗主旨，古今学者还有多种说法，如"女子求偶说""刺时说"（讽刺卫君未让失偶者重新结合）等，似不如前解。

诗中出现了描写衣服的字，如"裳""带""服"。担心丈夫是否有衣穿，就是人们常说的冷暖问题。

木 瓜

一、投我以木瓜[1]，报之以琼琚[2]。匪报也[3]，永以为好也[4]。

二、投我以木桃[5]，报之以琼瑶[6]。匪报也，永以为好也。

三、投我以木李，报之以琼玖[7]。匪报也，永以为好也。

【注释】

[1]投：掷，赠送。木瓜：果名，椭圆形，有香气，可食用，也可供玩赏。[2]报：回报，回赠。琼、琚（jū）：都是美玉，指佩玉。 [3]匪：非。 [4]好：爱。 [5]木桃：桃子。下文中的"木李"，即李子。 [6]瑶：美玉。 [7]玖：黑色美玉。

【译文】

木 瓜

（一）她送我只香木瓜，我拿佩玉来报答。
　　　岂是简单作报答，我把爱意来表达。

（二）她送我只鲜木桃，我拿美玉做汇报。
　　　不是仅仅作报答，表示永远爱着她。

（三）她送我只甜木李，我拿宝石表心意。
　　　不是仅仅表心意，表示爱她毫无疑。

【简析】

这是一首描写男女青年互赠礼品的定情诗。诗中说，投之以桃李，报之以美玉。桃李和美玉，两者相差很大，其价值无法相比，但"千里送鹅毛，礼轻情意重"。礼品的轻重、财富的多寡，并不重要，对爱情的专一、对未来生活的憧憬，才是最重要的。只要是真挚的爱情，哪怕是一块小手帕、一个小香囊、一把小折扇，也可以倾心相交、以身相许。诗中一句"匪报也，永以为好也"，使读者疑问全消。男子信誓旦旦的誓言以及他对女方良好的祝愿，使人们信服这是真诚的相爱，这是纯洁的感情，这是美满的婚姻。

全诗共三章共五十四字，仅变化其中六字，重章叠句，反复吟唱，强烈的节奏更增强了诗篇的感情色彩，读来朗朗上口、余音不绝，声情并茂，感人至深，诚为《诗经》中的精品、流传千古的绝唱。

"琼""琚""瑶"等均指美玉。

王 风

黍 离

一、彼黍离离[1]，彼稷之苗[2]。行迈靡靡[3]，中心摇摇[4]。知我者，谓我心忧；不知我者，谓我何求[5]。悠悠苍天[6]，此何人哉[7]！

二、彼黍离离，彼稷之穗。行迈靡靡，中心如醉[8]。知我者，谓我心忧；不知我者，谓我何求。悠悠苍天，此何人哉！

三、彼黍离离，彼稷之实。行迈靡靡，中心如噎[9]。知我者，谓我心忧；不知我者，谓我何求。悠悠苍天，此何人哉！

【注释】

[1]彼：指示代词，那。黍：黍子，谷类作物的一种，去皮后称黄米，有黏性。离离：稀疏；另一说指籽粒饱满黍穗下垂的样子，笔者认为此说不适。 [2]稷：谷类作物的一种，食用价值不如小米。 [3]迈：远行。靡靡：脚步缓慢的样子。 [4]中心：即"心中"。摇摇：心神不定。 [5]何求：即"求何"，寻求什么。 [6]悠悠：遥远的样子。苍天：青天。 [7]此何人哉：这种荒凉颓败的景象是什么人造成的啊！ [8]如醉：心绪烦乱，如喝醉般。 [9]噎（yē）：食物堵住咽喉，此处指人的心中好像有东西塞住那样难受。

【译文】

禾苗枯稀

（一）黍子穗小颗苗稀，稷苗枯叶少颗粒。

远走他乡返故里，漫视荒野我心疾。

　　　　知我之人知我心，说我心中忧社稷，

　　　　不知我者误我心，误我心中别有企。

　　　　仰天长叹问苍天，何人造成此败绩！

（二）黍子穗小颗苗稀，稷苗枯叶穗少粒。

　　　　远走他乡返故里，漫视荒野如醉迷。

　　　　知我之人知我心，说我心中忧社稷，

　　　　不知我者误我心，误我心中别有企。

　　　　仰天长叹问苍天，何人造成此败绩！

（三）黍子穗小颗苗稀，稷苗枯叶无实粒。

　　　　远走他乡返故里，漫视荒野堵喉疾。

　　　　知我之人知我心，说我心中忧社稷，

　　　　不知我者误我心，误我心中别有企。

　　　　仰天长叹问苍天，何人造成此败绩！

【简析】

　　这是一首感叹国家衰亡的感伤诗。周幽王无道，政治腐败，狄人乘机入侵，西周覆灭，平王东迁洛邑，镐京随后荒凉颓败。西周大夫重返镐京，见如此荒凉景象，残垣断壁，满目疮痍，悲不自胜，唱出了这支哀叹国家破亡的悲歌。全诗三章，均以黍稷起兴，过去宏伟壮丽的宗室宫殿、亭台楼阁，如今已是遍地黍稷、一片荒凉。他痛彻心扉，悲怆不已！"知我者，谓我心忧；不知我者，谓我何求。"听这语气，诗人颇有难言之苦。他可能对朝政持有异议而不被理解，反遭猜忌，故而发出如此感叹。这发自内心的呼喊，是无可告语的忧伤，也是"众人皆醉，唯我独醒"的表白。岁月沧桑，风云变幻，如今竟成了这个样子！他问苍天："悠悠苍天，此何人哉！"而苍天无语、大地无声，诗人只能黯然泪下。此震人心扉的呼喊，深深表达出诗人激愤忧伤之心情，全诗的感情也达到了高潮，令读者唏嘘、扼腕兴叹。全诗三章，每章十句，共一百一十七字，仅变换了其中六字，结构相同，反复吟唱，"而一往情深，徘徊无限"（《诗经原始》），使感情的抒发步步深入，内心的忧伤一次比一次深重。此诗对后世影响很大，后代

一　国风　57

文人学士写怀古感伤诗文,多有模仿此情此景者。"黍离""黍离之哀""黍离之情"等词,已成为表达忧伤感情、哀叹国家衰亡的历史故事;更有"知我者谓我心忧,不知我者谓我何求"的名言警句,常为后人引用。《黍离》一诗,不愧为千古传诵的名篇、凭吊诗中的绝唱。

诗中通过对农作物的描写来表达作者的心境,说明了当时对农作物这一社会赖以生存的物种的高度重视。

兔 爰

一、有兔爰爰[1],雉离于罗[2]。我生之初[3],尚无为[4];我生之后,逢此百罹[5]。尚寐无吪[6]!

二、有兔爰爰,雉离于罦[7]。我生之初,尚无造[8];我生之后,逢此百忧。尚寐无觉[9]!

三、有兔爰爰,雉离于罿[10]。我生之初,尚无庸[11];我生之后,逢此百凶[12]。尚寐无聪[13]!

【注释】

[1]爰爰:即"缓缓",舒缓、自由自在的样子。 [2]雉:野鸡。离:通"罹",遭遇。罗:网。 [3]我生之初:早年、幼年。 [4]尚:还。无为:指天下无事,这里所说的事是指军役之类的大事。 [5]逢:遭。罹:忧患。百罹:泛指忧患之多。 [6]尚:庶几,姑且。寐:睡。无吪(é):不动,吪,是动的意思。(此句意思是"姑且一睡,不醒为好"。) [7]罦(fú):捕捉鸟兽的网,装有机关,可自动捕捉。 [8]无造:同"无为",指徭役。 [9]觉:醒 [10]罿(chōng,又读tóng):捕鸟网。 [11]无庸:无劳苦;庸,意为劳碌。 [12]百凶:多种灾祸。 [13]无聪:不听任何声音;聪,是听的意思。

【译文】

自在的小兔

(一)兔子一旁多悠闲,野鸡落到网里边。

　　在我年幼少小时,没有差役和征战;

　　如今长大已成人,社会之乱多灾难。

不如长眠免心烦！

（二）兔子自在多悠闲，野鸡钻进网里边。
在我年幼少小时，尚无劳役苦力干；
如今长大已成人，徭役苦差干不完。
但愿长眠看不见！

（三）兔子自在多悠闲，野鸡陷到网里边。
在我年幼少小时，天下无事好悠闲；
如今长大已成人，事事遭殃多凶险。
但愿长眠听不见！

【简析】

这是一首感伤时事的诗。诗人成长于乱世中，战争频发、政治昏乱，民众劳役繁重、苦不堪言、生不如死。有感于此，诗人作此诗以述怀。三章均以兔子自由自在的生活而野鸡落入罗网起兴，喻小人得志、君子失宠、生不逢时、连遭不幸。诗中屡屡讲到"我生之初""我生之后"，对比鲜明，直接表达了"今不如昔"的感叹，以至发出不如长眠地下、一死了之的呼喊。

关于本诗主人公的身份，一直是古今学者争论不休的问题。不少学者认为是没落贵族今不如昔的哀叹，另一观点是劳苦大众不堪劳役之苦的悲哀。《毛诗序》说："桓王（平王子）失信，诸侯皆叛，构怨连祸，王师伤败，君子不乐其生焉。"笔者认为此论较符合诗意。

"罗""罦""罿"均指网，即捕鸟的网。织网是纺织技术应用之一，应属编织之列。

葛藟

一、绵绵葛藟[1]，在河之浒[2]。终远兄弟[3]，谓他人父[4]。谓他人父，亦莫我顾[5]。

二、绵绵葛藟，在河之涘[6]。终远兄弟，谓他人母。谓他人母，亦莫我有[7]。

三、绵绵葛藟，在河之漘[8]。终远兄弟，谓他人昆[9]。谓他人昆，亦莫我闻[10]。

【注释】

[1]绵绵：蔓延不断的样子。葛藟（lěi）：蔓生植物，葛藤。 [2]浒（hǔ）：水边。 [3]终：既。远：远离。兄弟：泛指亲族中同辈之人。 [4]谓：称呼。 [5]亦：也。莫我顾：即"莫顾我"，不肯照顾我。（下章中"莫我有""莫我闻"的句式与此相同。） [6]涘（sì）：水边。 [7]有：通"友"，指相亲友爱。 [8]漘：（chún）：水边。 [9]昆：兄长。 [10]闻：通"问"，慰问。

【译文】

葛 藤

（一）葛藤绵绵青又长，交织蔓延水边上。
　　　远离兄弟去他乡，称人为父求帮忙。
　　　虽然把他视长辈，不理睬俺好凄凉。

（二）葛藤绵绵青又长，蔓延相依河岸上。
　　　远离兄弟去他乡，称人为母求帮忙。
　　　虽然把她老人喊，不理睬俺好悲伤。

（三）葛藤绵绵青又长，蔓延相伴河岸旁。
　　　远离兄弟去他乡，常把他人称兄长。
　　　虽然把他兄弟叫，无人对我问短长。

【简析】

　　本诗叙写一流离失所者的哀叹。全诗三章，均以葛藟蔓延不断起兴，反衬流浪者离乡背井、无依无靠之痛苦。流浪者因生活所迫，远离父母兄弟，漂泊异乡、寄人篱下、求爹告娘、称兄道弟，然而仍得不到半点怜悯与关怀，世态炎凉、人情浅薄，从一个侧面反映出"周世道衰""世衰民散"的社会问题。

　　本诗以"葛藤"为诗名，并作为诗表主题，可见诗人对葛藤的钟爱。诗中对葛藤生长在水边、河道旁等的描写，说明葛藤可生长于湿洼地。

采 葛

一、彼采葛兮[1]，一日不见，如三月兮。

二、彼采萧兮[2]，一日不见，如三秋兮[3]。

三、彼采艾兮[4]，一日不见，如三岁兮[5]。

【注释】

[1]彼：那，那个。采：采集。葛：葛藤，其纤维可织布。 [2]萧：又名香蒿，有浓香，古人常用来祭祀，将其燃烧以悦神。 [3]三秋：三个秋季，即九个月。[4]艾：艾蒿，其叶子可供药用和针灸用。 [5]三岁：三年。

【译文】

采集葛藤

（一）心爱姑娘采葛忙，一日不见思断肠，好似三月日漫长。

（二）美丽姑娘采蒿忙，一日不见思断肠，就像九月度时光。

（三）心爱姑娘采艾忙，一日不见思断肠，犹如三年熬时光。

【简析】

这是一首思念情人的诗。而这个思念之人是男是女，是何身份？即是后世所争议的问题。一般来说，采葛织布、采蒿祭祀及采艾家用，大多是女人干的活计，再从"一日不见，如三秋兮"的情感而言，女性重情、缠绵悱恻、柔情蜜意，此诗的主人公应为女性。其他还有"私奔说""惧谗说""怀友说"等，笔者以为这些似乎均欠妥。小诗用夸张的手法，将一日比作三月、三秋、三年，层层递进，反复迭唱，感情真挚，毫无失真之感。"一日不见，如三秋兮"之名句和"一日三秋"之成语，即源于此。名言妙语，千古传诵。

诗中的"葛"是古代纺织原料之一，"萧"是祭祀用品，"艾"是药物用品。三种物品是当时日常生活中最常用的东西。古代心爱的姑娘去采葛，一日不归，就会无比思念。那么为什么采葛的姑娘如此受男子喜欢而相爱呢？主要是古人评价女子是否为男子喜欢，不是只看她是否美丽漂亮，更多的是看她是否会做

一 | 国风

针线活，把做针线活作为评价女子的重要标准，而采葛的姑娘自然是针线活做得很好的。

大　车

一、大车槛槛[1]，毳衣如菼[2]。岂不尔思[3]，畏子不敢[4]。

二、大车啍啍[5]，毳衣如璊[6]，岂不尔思，畏子不奔[7]。

三、穀则异室[8]，死则同穴[9]。谓予不信[10]，有如皦日[11]。

【注释】

[1]大车：牛车；另一说指大夫坐的牛。槛槛（kǎn）：车子行走时发出的声音。 [2]毳（cuì）衣：用兽毛织成的衣服，毳指毛毳；另一说指用兽毛制成的挡避风雨的帷帐。菼（tǎn）：初生的芦苇，青白色。 [3]尔：你，指牛车上的人。岂不尔思：即"岂不思尔"。 [4]畏：担心。不敢：不敢一起私奔。 [5]啍啍（tūn）：车行缓慢时发出的沉重声音。 [6]璊（mén）：红色玉。 [7]奔：私奔。 [8]穀（gǔ）：生，活着。异室：不能同居一室。 [9]穴：墓穴。 [10]不信：不可信。 [11]有如：有此。皦（jiǎo）日：白日。皦：同"皎"，光明。

【译文】

大　车

（一）大车坎坎向前行，身着毛皮色淡青。

怎不让我把你想，恐惧你我不发声

（二）大车缓行啍啍响，红色皮衣穿身上。

怎不让我把你想，和你私奔不敢当。

（三）活着不能居一室，死后也要同穴葬。

你若怕我不可靠，苍天作证日正阳。

【简析】

本诗写一个女子坚贞不渝的爱情，不能同室，也要同穴。第一、二两章写女子对男子的爱恋，欲与其私奔，又担心男子不敢同行。第三章写女子发誓，生不能同室，死也要同穴，天上的太阳可以作证。女子对爱情一片赤心、热烈执着，而没有丝毫轻浮与矫情，表达出女子豪爽勇敢的性格。"穀（生）则异室，死则同穴。谓予不信，有如皦日。"语言刚烈坚定，铿锵有力，振聋发聩，动人心弦。诗篇为后世留下了警策动人、感人肺腑的名言警语。

《毛诗序》说此诗是"陈古以刺今"，认为当时世风低下、淫奔者众。还有其他说法，也均属猜测，难以凭信。笔者把此诗看作一首表达女子坚贞爱情的诗歌。

诗中有描写衣服的词语"毳衣"，也有描写色彩的词语"菼""璊"。

丘中有麻

一、丘中有麻[1]，彼留子嗟[2]。彼留子嗟，将其来施施[3]。

二、丘中有麦，彼留子国。彼留子国，将其来食。

三、丘中有李，彼留之子。彼留之子，贻我佩玖[4]。

【注释】

[1]丘中：小山丘中，指贫瘠之地。麻：草本植物，高二三米，从其皮中提取的纤维是重要的纺织原料，织成的布为麻布。 [2]彼：那个。留："刘"之假借字，姓氏。子嗟：与下章中的"子国""之子"，均为人名，同指一人；另一说子国为子嗟之父。 [3]将：请。施施：高兴的样子；另一说指缓行的样子。（有学者考证，此处多一个"施"字，"施"为帮助之意） [4]贻：赠送。佩玖：佩玉名；玖，指似玉的黑色石。

【译文】

丘中有麻

（一）丘陵之中种有麻，刘家子嗟我牵挂。

　　　刘家子嗟多优秀，请他高兴来我家。

（二）把麦种在小山坡，刘家有人叫子国。

　　　刘家子国多快乐，请他来家共吃喝。

（三）丘陵山坡李树种，刘家之人我感动。

　　　刘家之人感动我，他用美玉把我赠。

【简析】

　　本诗的主旨为何意、诗中人物所指何人,历来说法不一,也实在不好定夺。《毛诗序》说:"思贤也。庄王不明,贤人放逐,国人思之而作是诗也。"还有学者考证,子嗟、子国并非同一人,子国为子嗟之父,而"彼留之子"则是指刘家的人。也有学者认为子国、子嗟、之子为三人。对这些看法,笔者认为不太切合诗意。总观全诗,应是写一位女子回味在山丘隐蔽处与男子幽会定情之经过。

　　本诗以"丘中有麻"为题,说明了当时麻的地位之高、用途之广。

麻

郑 风

缁 衣

一、缁衣之宜兮[1]，敝予又改为兮[2]。适子之馆兮[3]，还予授子之粲兮[4]。

二、缁衣之好兮[5]，敝予又改造兮[6]。适子之馆兮，还予授子之粲兮。

三、缁衣之席兮[7]，敝予又改作兮。适子之馆兮，还予授子之粲兮。

【注释】

[1]缁（zī）衣：黑色衣服，古时卿大夫之官服。宜：称身，合体。 [2]敝：破旧。予：我。改为：另制衣服。 [3]适：往。馆：馆舍。 [4]还：回来。授：给予。粲："餐"的假借字，饮食；另一说为鲜明，指新衣。 [5]好：美好，与上章中的"宜"的意思相近。 [6]改造：与上章中的"改为"及下章中的"改作"的意思相同。 [7]席：宽大、舒适。

【译文】

缁 衣

（一）黑色朝服多合体，破了缝好再送你。

　　到你官署去办公，我做美餐迎候你。

（二）黑色朝服多靓丽，破了缝好送给你。

　　去你官署来办公，做好佳肴等候你。

（三）黑色朝服多舒展，破了我再给你添。

　　快回官署去办公，回来给你吃热饭。

【简析】

　　本诗写一个贵族女子对丈夫的关心爱护之情。妻子对丈夫体贴关怀、无微不至，为丈夫缝制新衣、改制旧衣、准备美餐，想得细致周到，不愧是这位官员的良妻益友、得力的"贤内助"。诵读本诗，让人颇感温馨亲切。

　　关于本诗主旨，古代有学者认为是赞美郑武公"好贤"。"缁衣"在古代时为朝服，从改制缁衣、授予新衣、设置馆舍来看，表达了在位者招引贤者的愿望。孔子也曾说过"好贤如缁衣"。诗篇语句鲜明活泼，句式参差多变。全诗六十九字，只变化其中六字，句尾皆为"兮"字，反复吟咏，既增强了感情，而且生动有趣。

将 仲 子

　　一、将仲子兮[1]，无逾我里[2]，无折我树杞[3]。岂敢爱之[4]，畏我父母。仲可怀也[5]，父母之言，亦可畏也。

　　二、将仲子兮，无逾我墙，无折我树桑。岂敢爱之，畏我诸兄。仲可怀也，诸兄之言，亦可畏也。

　　三、将仲子兮，无逾我园，无折我树檀[6]。岂敢爱之，畏人之多言。仲可怀也，人之多言，亦可畏也。

【注释】

　　[1]将（qiāng）：请；另一说为语助词。仲子：排行第二者，如今日之"二哥""老二"。　[2]无：勿，不要。逾：翻越。里：古代以二十五家为一里，里有墙，即里墙。（下章中的"逾墙""逾园"，均指翻越墙头。）　[3]折：折断，损伤。树：种植。杞：柳的一种。　[4]爱：吝惜。　[5]怀：思念。　[6]檀：树名，乔木，皮青、质坚。

【译文】

二 哥 哥

　　（一）二哥二哥求求你，莫要跨过我间里，

　　　　　不要折坏家柳杞。

　　　　　难道我不喜欢你，父母管俺太严厉。

66　　《诗经》纺织服饰文化解析

二哥我也很想你，爹娘有话立规矩，
我又不能不畏惧。

（二）二哥二哥听我讲，不要翻过我家墙，
莫把桑树来损伤。
难道我不爱着你，我家兄长性子急。
二哥我也很想你，兄长他们在家里，
我对他们也畏惧。

（三）二哥二哥听我谈，不要跳进我家园，
不要损坏我家檀。
难道我敢爱惜它，人多嘴杂多闲言。
二哥我也很想你，人众话多嘴言馋，
让我听了心发慌。

【简析】

　　这是一首写女子婉言拒绝情人的诗。诗篇采用赋的手法，直接叙写女子相劝仲子不要翻墙相会、不要碰坏树木，不是因为爱惜树木，而是怕父母兄长责怪，怕邻里议论、嘲笑。礼教的束缚、世俗的偏见，闲言碎语、飞短流长，拆散了这对情人的美好姻缘，人言可畏也。后世常引用的"人言可畏"的成语，即源于此。

　　诗中写女子家有桑园，说明了桑树在当时的地位，人们常说家中几多富贵看你家有几亩桑园。桑叶能养蚕，而蚕丝的价值众所周知。

大叔于田

　　一、叔于田，乘乘马[1]。执辔如组[2]，两骖如舞[3]。叔在薮[4]，火烈具举[5]。袒裼暴虎[6]，献于公所[7]。将叔无狃[8]，戒其伤女[9]。

　　二、叔于田，乘乘黄[10]。两服上襄[11]，两骖雁行[12]。叔在薮，火烈具扬[13]。叔善射忌[14]，又良御忌[15]。抑磬控忌[16]，抑纵送忌[17]。

　　三、叔于田，乘乘鸨[18]。两服齐首[19]，两骖如手[20]。叔在薮，火烈具阜[21]。叔马慢忌，叔发罕忌[22]，抑释掤忌[23]，抑鬯弓忌[24]。

【注释】

　　[1]乘乘(chéng shèng)马：前一个"乘"，作动词，驾驭；后一个"乘"，作量词，古代四马驾一车，故四马一车为乘。[2]辔(pèi)：马缰绳。组：用丝织成的带子。[3]骖(cān)：在两旁驾车的马。如舞：像跳舞一样，行走有节奏、整齐。[4]薮(sǒu)：低温多草木、禽兽聚居的地方。[5]烈：打猎时放火烧草，以阻止野兽逃跑。具：通"俱"，全部。具举：全部举起。[6]袒裼(tǎn xī)：脱掉上衣。暴：徒手搏击。暴虎：空手与虎搏斗。[7]公所：国君所住的地方。[8]将(qiāng)：请求。狃(niǔ)：习以为常而疏忽大意。无狃：不要大意。[9]戒：警惕。其：指虎。女：通"汝"，你，指叔。[10]黄：黄色的马。[11]两服：在车辕中间的两马。上襄：前驾，其中"上"指在前面，"襄"指驾车；另一说指马昂头的样子。[12]雁行(háng)：如大雁飞翔时排成行。[13]扬：高起，火旺盛。[14]忌：语助词(下文同)。[15]良御：善驾车，其中"良"指精良。[16]抑：语首助词(下文同)。磬(qìng)控：勒住马缰绳煞车。[17]纵送：纵马飞奔，其中"送"的意思是追逐。[18]鸨(bǎo)：杂色的马。[19]齐首：齐头并进。[20]如手：指两骖如左右手一样整齐。[21]阜：(fù)：旺盛。[22]发：射箭。罕：稀少。[23]释：解开。掤(bīng)：箭筒的盖子。[24]鬯(chàng)：通"韔"，弓袋。鬯弓：将弓装进袋子里。

【译文】

阿叔打猎

（一）阿叔出外去打猎，四匹骏马驾大车。
　　　手执缰绳如丝带，骖马腾腾飞奔越。
　　　阿叔身处在草泽，为阻野兽燃火烈。
　　　赤手空拳把虎捉，献给公府显心悦。
　　　我劝阿叔莫大意，莫让老虎伤筋骨。

（二）阿叔打猎意气扬，四匹黄马套车上。
　　　两匹辕马前面走，两匹骖马像雁行。
　　　阿叔身处草泽中，烈火腾空把兽挡。
　　　阿叔善射技艺高，驾车本领更擅长。
　　　时而勒马急煞车，时而纵马飞前方。

（三）阿叔打猎到荒郊，赤色四马前向跑。

两匹辕马并头进，两匹骖马配合好。
阿叔身处草泽中，烈火熊熊正旺烧。
阿叔马行渐缓慢，发箭渐稀野兽少，
打开箭筒装起箭，把弓放进弓箭套。

【简析】

这是一首赞美猎人的诗，具体描写了猎人驾驭车马和射箭的高超技艺。首章写猎人射猎的壮观场面，烈火四起，猎手赤手搏虎。第二章写猎人驱车逐兽的场面。第三章写猎人猎毕收工时的情景。诗篇采用铺张的手法，详细描述了猎人飞车撞进森林、赤手搏虎、驾车射箭的英姿，充分展现了他高超的武艺和充满阳刚之气的形象。

诗中"执辔如组"一句中的"辔"指马缰绳。"缰""绳"两字都是糸字旁，"辔"字上半部分的两边也是糸字旁，可见早期的马缰绳应是用丝做成的。这里的"组"是指用丝织成的带子，也说明马缰绳像丝带一样质地柔软。诗中还有不少与服饰有关的内容，如"袒裼"等。

羔裘

一、羔裘如濡[1]，洵直且侯[2]。彼其之子[3]，舍命不渝[4]。

二、羔裘豹饰[5]，孔武有力[6]。彼其之子，邦之司直[7]。

三、羔裘晏兮[8]，三英粲兮[9]。彼其之子，邦之彦兮[10]。

【注释】

[1]羔裘：羊羔皮做的衣服。如：通"而"。濡（rú）：柔软而润泽。 [2]洵：确实，的确。直：毛平顺，喻穿此羔裘者为人正直。侯：美好。 [3]彼其（jì）之子：那个人，指被歌颂的官吏。其：语助词。 [4]渝：改变。 [5]豹饰：羔裘衣服袖口用豹皮装饰。 [6]孔武：非常勇武。孔：甚，很。 [7]邦：国家。司直：主持正道，坚持正义；另一说为官名，负责谏君之过失。 [8]晏：鲜艳美丽。 [9]三英：三道花边装饰，英指花。粲：鲜明。 [10]彦：美士，俊杰。

一 ｜ 国风　69

【译文】

羔羊皮衣

（一）羔裘柔软又光润，实在漂亮又平顺。
　　　做人要做这样人，宁舍性命不变心。
（二）羔衣袖口饰豹皮，为人威武又坚毅。
　　　他是这样一个人，国家司直有正义。
（三）羊羔皮衣多鲜艳，三条花边多灿烂。
　　　他是这样一个人，国家英杰人称赞。

【简析】

　　本诗赞美正直英俊的官吏。首章称赞这位官员忠诚正直，至死不渝。第二章称赞官吏英武有力，主持公道。第三章称赞官吏为国中贤士俊杰。全诗三章，均以羔裘起兴，以衣喻人，从羔裘的光泽柔润、装饰华美、色彩鲜艳的刻画上，衬托出一个主持正义、光彩照人的正人君子形象。这也是孔子"衣人合一"观的具体体现。此诗对后世影响深远，常以诗中的官吏形象作为榜样，坚持操守，"舍命不渝"，正己正人，"邦之司直"。"舍命不渝""孔武有力"这两个成语即源于此。

　　本诗以"羔裘"为题，多处描写羔皮的特点和美观，说明了当时皮衣的制作技术和工艺精良，既在袖口处用豹皮装饰，又在皮衣下端缝缀三条花边。

女 曰 鸡 鸣

　　一、女曰鸡鸣，士曰昧旦[1]。子兴视夜[2]，明星有烂[3]。将翱将翔[4]，弋凫与雁[5]。

　　二、弋言加之[6]，与子宜之[7]。宜言饮酒，与子偕老。琴瑟在御[8]，莫不静好[9]。

　　三、知子之来之[10]，杂佩以赠之[11]。知子之顺之[12]，杂佩以问之[13]。知子之好之[14]，杂佩以报之[15]。

【注释】

[1]士：男子的美称。昧旦：天未亮，即黎明时分；昧，意思是"未全明"。 [2]子：你，指丈夫。兴：起。视夜：观察夜色。 [3]明星：启明星，即金星，除太阳、月亮外，它是最亮的星体。有烂：即"烂烂"，形容明亮的样子。 [4]翱翔：本义指鸟飞的样子，此处指人的行动，意思是"鸟要飞了，我该去打猎了"。 [5]弋（yì）：用生丝线做绳，系在箭上射鸟。凫（fú）：野鸭。 [6]言：语助词（下文同）。加之：射中的猎物。 [7]宜：烹调菜肴。 [8]御：用，指弹奏。琴瑟在御：琴瑟和鸣，比喻夫妻和谐、美好。 [9]静好：安宁和美。 [10]来（lài）：同"徕"；劳来，慰劳、劝勉。"之来之"中，前一个"之"是助词；后一个"之"是代词，指我。 [11]杂佩：由多种珠玉制成的佩饰。 [12]顺：和顺，体贴。 [13]问：赠送。 [14]好：相爱。 [15]报：报答。

【译文】

鸡　鸣

（一）妻子催说公鸡鸣，丈夫言说天未明。
　　　丈夫起身看夜色，启明星亮在天空。
　　　夫要上山去打猎，野鸭大雁都射中。

（二）猎得野味回家走，烹调用来好下酒。
　　　共品野味把酒饮，与你偕老到白头。
　　　你弹琴来我鼓瑟，和谐美好无忧愁。

（三）知道你是体贴我，送你杂佩暖心窝。
　　　知你对我多温柔，送你杂佩慰心头。
　　　知你对我有情义，送你杂佩报答你。

【简析】

　　本诗写夫妻恩爱、和谐温暖的家庭生活。首章写夫妇妻黎明时对话，妻子劝丈夫早起去打猎。第二章写妻子对丈夫体贴关心，要和丈夫对饮共食、琴瑟和鸣、白头偕老。第三章写丈夫赠送妻子杂佩，表示感谢。全诗采用对话形式，表达了和睦的家庭生活和夫妻间美好的深厚感情。小两口黎明前的枕边谈话，柔情蜜意、情趣盎然、生动传神、感情真挚，充满了生活气息。诗篇描绘出一幅夫妻间和谐愉悦的生活画面，同时也表达出他们对美好生活的向往。

诗中多处有涉及服饰文化的词汇，如"弋""杂佩"等。夫妇赠送玉佩，一方面表明夫妻间恩爱，另一方面也说明他们的社会地位之高。按儒家学说，"比德如玉""君子贵如玉"，从另一个侧面说明这对夫妻以打猎为爱好，而不是普通的狩猎人。

有 女 同 车

一、有女同车，颜如舜华[1]。将翱将翔[2]，佩玉琼琚[3]。彼美孟姜[4]，洵美且都[5]。

二、有女同行，颜如舜英[6]。将翱将翔，佩玉将将[7]。彼美孟姜，德音不忘[8]。

【注释】

[1]舜华：木槿花。 [2]将翱将翔：鸟飞的样子，此处形容女子步态轻盈。 [3]琼琚：佩玉名。 [4]彼：那个。孟姜：姜家长女。 [5]洵：确实，的确。都：文雅大方。 [6]英：花。 [7]将将：即"锵锵"，佩玉相互碰撞声。 [8]德音：美好的声誉，品德好。

【译文】

美女同行

（一）有位同车好姑娘，面如木槿花一样。
　　　举步轻盈鸟飞翔，身带佩玉响叮当。
　　　姜家小姐美名扬，貌美端庄又大方。

（二）有位同车的姑娘，面似木槿花漂亮。
　　　举步轻盈如鸟飞，佩玉满身叮当响。
　　　姜家小姐真漂亮，美好声誉人赞扬。

【简析】

此诗表达了一位男子对同行女子的赞美与爱慕之情。全诗两章，浓墨重彩，极写同车女子如花似玉的容貌和美好优雅的德行。"比德如玉"的儒家思想再次显现。对玉饰，世人或觉其昂贵以炫耀富有，或慕其晶莹以衬映衣物，或尊其珍奇以彰示地位。但孔子处于另一番境界。子贡问于孔子曰："敢问君子贵玉而贱珉者，何也？为玉之寡而珉之多欤？"孔子曰："非为玉之寡故贵之，珉之多故贱之。夫昔者君子比德于玉焉：温润而泽，仁也；缜密以栗，知也；廉而不刿，义也；垂之如坠，礼也；叩之，其声清越以长，其终诎然，乐矣；瑕不掩瑜，瑜不掩瑕，忠也；孚尹旁达，信也；气如白虹，天也；精神见于山川，地也；圭璋特达，德也；天下莫不贵者，道也。《诗》云：'言念君子，温其如玉。'故君子贵之也。"

诗篇用木槿花的美丽比喻姑娘的貌美，用佩玉的纯洁象征姑娘的品德。诗中虽没有具体的肖像描写，但通过男子的描述，无论是女子的面容、举止、衣着，还是女子的内心品质，都跃然纸上，如见其人。

山有扶苏

一、山有扶苏[1]，隰有荷华[2]。不见子都[3]，乃见狂且[4]。
二、山有乔松[5]，隰有游龙[6]，不见子充[7]，乃见狡童[8]。

【注释】

[1]扶苏：一说同"扶疏"，枝叶茂盛的大树；另一说指桑树。 [2]隰（xí）：低湿的洼地。华：同"花"。 [3]子都：郑国著名的美男子，后来成为美男子的代称。 [4]乃：却，反而。狂且（jū）：轻狂之人。 [5]乔松：高大的松树；乔指高。 [6]游：树叶舒展的样子。龙：通"茏"，水荭。 [7]子充：郑国的美男子，和上章的"子都"同为美男子的代称。 [8]狡童：同上章的"狂且"。

【译文】

山有扶苏

（一）桑树茂盛满山坡，湿地荷花一朵朵。

　　子都美男寻不见，却遇轻狂郎一个。

（二）山坡之上青松高，水荭生在湿地涝。

　　不见子充美男子，却见一童狂狡狡。

一 ｜ 国风

【简析】

　　这是一首描写男女相爱时女子戏谑男子的诗。小诗以扶苏、荷花、乔松、游龙起兴，兴中有比，扶苏、乔松比男子，荷花、游龙喻女子。两人相约后，女子说：我很想嫁给一个像子都、子充那样漂亮的小伙子，却遇上了你这个小傻瓜、小坏蛋。一对恋人打情骂俏、诙谐幽默，充满了轻松乐观的生活情调。关于此诗是一首女子戏谑男子的情诗，还是一首女子对恋情失望的怨诗，则是后世争论的问题。

　　诗中写到了桑树的种植，一方面反映出当时桑树种植之多，另一方面也反映出桑林是人们比较喜欢去的地方。男女约会常在桑林中，表达出了当时的人们对桑林的钟爱。这种现象可以理解为和当今人们对荷花、牡丹的钟爱一样。

褰　　裳

一、子惠思我[1]，褰裳涉溱[2]。子不我思[3]，岂无他人？狂童之狂也且[4]。

二、子惠思我，褰裳涉洧[5]。子不我思，岂无他士[6]？狂童之狂也且。

【注释】

　　[1]惠：爱。　[2]褰（qiān）：提起。裳（cháng）：古时下装，即裙子，古代男女都穿裙。涉：渡水。溱（zhēn）：郑国水名，源出今河南密县，东南流与洧水汇合。　[3]子不我思：即"子不思我"，你不想念我。　[4]狂童：傻瓜，女子对恋人戏谑之词。狂童之狂：傻瓜中的大傻瓜。也、且（jū）：均为语助词。　[5]洧（wěi）：郑国水名，源出今河南登封，东流至密县与溱水汇合。　[6]士：男子的通称。

【译文】

提裙渡水

（一）你若爱我想着我，提起下裳过溱河。

　　　你若不把我来想，岂无别人不想我？

　　　你这透顶傻小伙。

（二）你若爱我想着我，提起裤裙过洧河。

　　　你若不把我来想，难道没有别情哥？

你这透顶傻小伙。

【简析】

此诗为女子向恋人求爱的戏谑之辞。这位女子大胆泼辣、豪爽直率,她"警告"这位男子,"你不爱我,难道就没有别的情郎爱我吗?"自信、开朗,又有挑逗性。骂情郎是笨蛋、是傻瓜,这不是怒骂,而是俏骂,骂中有爱、斥中有情。小诗写得生动活泼、热情诙谐,别有一番情趣。这样一个率真大方、聪明灵巧的女子,怎能不令人倾心爱慕?

在古代,人们上身穿的为衣,下身穿的为裳。最早的服装是用植物的叶片或动物的毛皮缠绕在身上,因此下装没有裤裆,像裙子一样,就是裙装。此诗中有提起下装趟水过河的描写。

丰

一、子之丰兮[1],俟我乎巷兮[2]。悔予不送兮[3]。

二、子之昌兮[4],俟我乎堂兮[5]。悔予不将兮[6]。

三、衣锦褧衣[7],裳锦褧裳[8]。叔兮伯兮[9],驾予与行[10]。

四、裳锦褧裳,衣锦褧衣。叔兮伯兮,驾予与归[11]。

【注释】

[1]子:你,指女子的情人。丰:丰满,漂亮。 [2]俟(sì):等待。巷:里巷。 [3]予:我。送:从行。 [4]昌:身体健壮。 [5]堂:厅堂。 [6]将:与上文的"送"相同,从行。 [7]衣:动词,穿。锦:锦缎衣服。褧(jiǒng)衣:用麻纱做的罩衣。 [8]裳(cháng):动词,穿。褧裳:同"褧衣"。 [9]叔、伯:本指兄弟间的排行,此处为女子对情人的称呼。 [10]驾:驾车迎接。与行:同行。 [11]与归:同归,指出嫁到夫家。

【译文】

心意情郎

(一)体态丰满仪表堂,迎娶等我在里巷。

后悔当初未从往。

— | 国风　75

（二）貌美男子身强壮，迎娶等我在厅堂。
　　　后悔当初未同往。

（三）锦衣麻布罩身上，下穿丝绢锦绣裳。
　　　情郎哥啊赶快来，驾车接我一同往。

（四）绵绣绫裙身上穿，外披锦绣罩衣衫。
　　　情郎哥啊赶快来，跟你一同把家还。

【简析】

此诗写一位女子拒婚后又后悔的心情。第一、二章写女子回忆男子前来迎娶时的情景，后悔当时不该拒绝与他同往。第三、四章写女子盼望男子再来迎娶，并想象与未来丈夫一同前往的情景。诗篇通过男子迎娶与女子盼望出嫁两个不同的场景，形成了强烈的对比，体现出女子内心情感的变化。诗中对女子的心理活动刻画细腻，感情的表达强烈而真实，引人联想、回味。

后两章多处有对服饰的描写，反映了当时女子穿着的丰富及服饰搭配的技巧，穿上各式美丽的服饰来取悦情郎，博得情哥哥的欢心。"衣锦褧衣""裳锦褧裳"两句是说锦衣外面再穿上麻布罩衣，这体现了儒家的服饰文化观，即不露肌肤。锦是由蚕丝织成的丝织物，有的很透明。儒家认为着装不能透露肌肤，因此穿上锦衣后还要在外边披上由麻布做的罩衣加以遮掩。

东门之墠

一、东门之墠[1]，茹藘在阪[2]。其室则迩[3]，其人甚远。
二、东门之栗[4]，有践家室[5]。岂不尔思[6]，子不我即[7]。

【注释】

[1]墠（shàn）：整理出的平地。 [2]茹藘（lú）：又名茜草，可作红色染料。阪（bǎn）：山坡。 [3]其室：男子之家。迩（ěr）：近。 [4]栗：栗树。 [5]有践：即"践践"，指排列整齐的样子。家室：男子的住处。 [6]岂不尔思：即"岂不思尔"，哪里会不想你。 [7]子不我即：即"子不即我"，你不亲近我。即：就，接近。

【译文】

东门之墠

（一）东门之外地平坦，茜草长满山坡间。
　　　他家离我这么近，他人可离那么远。

（二）东门外面栗树下，住着一户好人家。
　　　难道我会不想他，他不找我因为啥。

【简析】

　　本诗写一位女子对情人的思恋爱慕之情。首章以茜草爬满东城门外之平地起兴，喻女子虽与男子家甚近，却"室迩人远"，无缘相爱。第二章写女子思念男子之深情，埋怨男子不与她相会。诗中以茜草喻女子，以栗树喻男子。女子屡屡提到男子的住处，意思是心上人虽近在咫尺，却无缘相见，女子对男子的爱恋已达到"爱屋及乌"之境地。然而"其室则迩，其人甚远"，以物理空间距离之近反衬心理空间距离之远，深刻表达了女子渴望爱情的心理。"室迩人远"这一成语即源于此。也有学者认为，此诗为"男女求爱，赠答倡（唱）和之歌"，首章为男求女之赠言，第二章为女思男之答辞。

　　诗中有"茹藘"，又名茜草，是古代重要的红色植物染料。古代染料包括植物染料、动物染料和矿物染料。茜草就是植物染料的一种。1856年，合成染料问世。此后，染料的种类发生了很大的变化，合成染料成为大宗染料而占据了染料的主要市场。

茜草

子　衿

一、青青子衿[1]，悠悠我心[2]。纵我不往[3]，子宁不嗣音[4]？
二、青青子佩[5]，悠悠我思。纵我不往，子宁不来？
三、挑兮达兮[6]，在城阙兮[7]。一日不见，如三月兮。

一｜国风

【注释】

[1] 子：你。衿（jīn）：衣领。（古代衣服有斜领，与衣襟相连。）青衿即青领，为古代学子穿的衣服。此处以青衿代指女子思念的情人。 [2] 悠悠：忧思绵长。 [3] 纵：纵然，即使。 [4] 宁：岂，难道。嗣：本义为继承、接续，引申为传送、寄。音：音讯。 [5] 佩：佩玉，此处指佩玉的绶带。 [6] 挑达：往来，跳跃，来回走动。 [7] 城阙：城门两边的观楼。

【译文】

君子衣领

（一）你着雅服青色领，心中思念漫漫情。
即使我没去见你，怎不捎信问一声？

（二）你的佩带青又青，常常思念我心中。
即使我没去找你，怎么不来表心声？

（三）独自走来独自行，城门楼上苦心等，
一日没有见到你，好像熬过三月整。

【简析】

本诗写女子思念情人时的焦急心情。第一、二章以"青青子衿""青青子佩"代指思念的情人，表达女子思念丈夫的心情，并埋怨丈夫不捎音信、不来相会。第三章写女子徘徊城楼上，不见丈夫踪影，思念强烈，一日不见如隔三秋。诗中未直接描写男子，只提到"子衿""子佩"，以物喻人，"悠悠"相思，由思到怨。而这种埋怨正源于女子对丈夫的爱，责之愈切，爱之愈深，刻骨铭心，忧思难忘。后世常以"青衿"作为学子的代称。关于本诗的主旨,古今都有学者认为郑国衰乱、不修学校，此诗为讽刺学校荒废之作。但细读此诗，却并无此意。曹操放声高歌"青青子衿，悠悠我心，但为君故，沉吟至今"（《短歌行》），表达的是他的雄心壮志和对贤才的渴望。由于曹操的《短歌行》诵者之广、影响之大，使《子衿》一诗多了一层求贤之意。《诗经》给后世留下的这一优秀诗篇中，其感人的语句千百年来为人们争相传诵，影响至深。

此诗以"子衿"为题，表现出女子爱屋及乌的心境。"衿"为古代衣服的领子，"青青子衿""青青子佩"是通过男子着装表达了女子对男子的爱慕。

出 其 东 门

一、出其东门[1]，有女如云[2]。虽则如云，匪我思存[3]。缟衣綦巾[4]，聊乐我员[5]。

二、出其闉阇[6]，有女如荼[7]。虽则如荼，匪我思且[8]。缟衣茹藘[9]，聊可与娱[10]。

【注释】

[1]东门：郑国东门。 [2]如云：形容女子众多。 [3]匪：通"非"，没有。思存：指思念的人。存：在。 [4]缟（gǎo）：白色丝织品。綦（qí）：暗绿色。巾：佩巾。 [5]聊：姑且。员（yún）：通"云"，语助词。 [6]闉阇（yīn dū）：城门外护城的小城，又叫曲城。 [7]荼（tú）：白茅花。如荼：形容女子众多。 [8]且（cú）：通"徂"，往。"思且"与上文"思存"的意思相近，心中向往。 [9]茹藘（lú）：茜草，古代红色植物染料之一，此处代指红色佩巾。 [10]娱：娱乐。

【译文】

出其东门

（一）漫步走出东城门，但见美女多如云。

虽说美女如云多，非我心中想念人。

唯有白衣绿巾女，才能使我乐开心。

（二）漫步走出城门外，美女众多如花开。

虽说女子美如花，没有一个召我爱。

唯有白衣红巾女，才能使我乐开怀。

一 | 国风　79

【简析】

　　本诗描写一位男子对爱情专一不二的感情。诗中以服代人,男子对"如云""如荼"的美女毫不动心,而只爱"缟衣綦巾"的情人。诗中没有描绘男子所爱女子的具体形象,而是通过鲜明的对比和男子对女子衣着服饰的记忆,深切表达出男子对爱情的忠贞,心志之专一。诗篇所述表达出一种崇高的生活理想和道德品质,给后人留下了美好的记忆;对那些喜新厌旧、无情无义的负心汉,则从侧面给以触动心灵的抨击。

　　诗中的"缟"是丝织物的一种,"巾"是古代佩巾的简称。"巾"字出现得很早,据考证,东汉的《说文解字》中,"巾"字旁的有七十五个。诗中也有染料的记载,如"綦"为暗绿色,"茹藘"指茜草,古代红色植物染料之一。

齐 风

著

一、俟我于著乎而[1]，充耳以素乎而[2]，尚之以琼华乎而[3]。

二、俟我于庭乎而[4]，充耳以青乎而，尚之以琼莹乎而。

三、俟我于堂乎而[5]，充耳以黄乎而，尚之以琼英乎而。

【注释】

[1]俟(sì)：等候。著：古代称大门与屏风之间的地方。乎而：语助词连用。 [2]充耳：古代男子挂在冠冕两旁的装饰品，用玉制成。素：白色，此处指悬挂充耳的白色丝线，与下文的"青""黄"同义。 [3]尚：加。琼华：美好的玉，与下文的"琼莹""琼英"同义。(华、莹、英，皆指玉的光彩。) [4]庭：宅院，中庭。 [5]堂：中堂。

【译文】

影壁前的等待

（一）新郎等我影壁前呀，充耳挂在耳两边呀，

　　缀上美玉多鲜艳呀。

（二）新郎等我在庭院呀，充耳青丝挂两边呀，

　　缀上美玉多灿烂呀。

（三）新郎等我在厅堂呀，充耳黄丝垂帽旁呀，

　　缀上美玉闪金光呀。

【简析】

本诗抒写少女出嫁前夕等待迎娶的喜悦心情。全诗三章,描写三个场景:著、庭、堂;三个特征:素、青、黄;一件装饰:充耳。这些盛大场面、特写镜头,点点滴滴,细致入微,都是少女的想象。虽为想象,却贴切自然,颇为合理。诗篇把少女等待迎娶的心理活动、喜悦心情,表达得淋漓尽致、活泼可爱。诗中句句用韵,每句最后又叠用"乎而"的语气助词,读来犹一曲优美的民歌,情意绵绵,引人入胜,余音袅袅,韵味无穷。

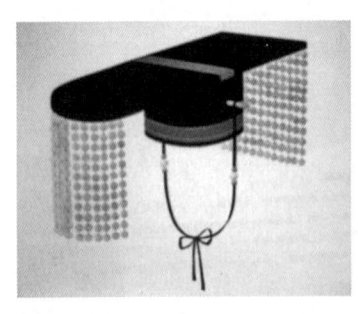

诗中有对挂饰的描写,古代冠的两侧挂有玉饰,提醒人们不要听不实之言。另外,冠的前面有"冠缨",有不能斜视之义。

冠缨

东 方 之 日

一、东方之日兮[1],彼姝者子[2],在我室兮。在我室兮,履我即兮[3]。

二、东方之月[4]兮,彼姝者子,在我闼兮[5]。在我闼兮,履我发兮[6]。

【注释】

[1]东方之日:早晨太阳出来的时候,喻女子貌美。 [2]彼:那个。姝(shū):美丽。子:指女子。 [3]履:踩,踏。即:"膝"的假借字。 [4]东方之月:晚上月亮出来的时候,喻女子貌美。 [5]闼(tà):门内。 [6]发:指脚。

【译文】

东方之日

(一)红日骄艳出东方,那个姑娘真漂亮,

大胆进入我的房。

大胆进入我的房,促膝谈情表衷肠。

(二)皓月当空亮东方,心意美丽好姑娘,

大胆来到我的房。

大胆进入我的房,双脚相依表情长。

【简析】

　　这是一首描写男女幽会的诗。诗中以日华月光喻女子光彩照人。这位女子对她的意中人倾心爱慕，她大胆热烈地追求他，因此不顾世俗的偏见，走进了情人的房间。诗中有两个细节描写，生动形象、妙趣横生：女子羞怯地踢男子的膝盖（古人跪坐），踩男子的脚趾。通过这些亲密的动作，可以想象他们相亲相爱的感情之深。诗中对此虽着墨不多，却都是点睛之笔，体现了古代情歌质朴的本色。当然，这种男女幽会的行为，自然会遭到后世的非议，《毛诗序》说："刺衰也，君臣失道，男女淫奔，不能以礼化也。"也有注家认为此诗并非写男女幽会，而是描写新婚幸福。笔者认为此议有一定道理。

　　诗中出现的"履"原为名词，意为鞋，这里作动词，表示踩、踏的意思。

东方未明

一、东方未明，颠倒衣裳[1]。颠之倒之[2]，自公召之[3]。

二、东方未晞[4]，颠倒裳衣。倒之颠之，自公令之[5]。

三、折柳樊圃[6]，狂夫瞿瞿[7]。不能辰夜[8]，不夙则莫[9]。

【注释】

　　[1]衣裳：上衣为衣，下衣为裳。 [2]之：代指衣裳。 [3]自：从，由。公：公家，官府；一说指国君。召：召唤。之：指被召者。 [4]晞（xī）：破晓，太阳刚出。 [5]令：命令。 [6]樊：篱笆，此处做动词，编篱笆。圃：菜园。 [7]狂夫：狂妄的人。瞿瞿（jù）：形容瞪眼怒视。 [8]辰夜：指时夜里的时间。辰：同"时"，此处作动词，守夜。 [9]夙：早。莫：通"暮"，晚。

【译文】

东方未明

（一）东方未明天不亮，颠倒过来穿衣裳。

　　　上衣下衣颠倒穿，官府召见心内慌。

（二）东方未明天刚亮，颠倒过来穿衣裳。

　　　上衣下衣颠倒穿，官府急令手脚忙。

一 ｜ 国风　83

（三）折柳编篱围园忙，狂夫瞪眼怒目望。

伺夜之人时不准，早晚打更不一样。

【简析】

本诗描写为官府当差做小官吏者的痛苦生活。第一、二章写小官吏怕误了公干时间，早起晚睡，没日没夜地去官府当差，因为起得太早，黑暗中将衣裳穿颠倒了。诗中抓住这个特写镜头，以寥寥数语，反复吟咏，深入地表达出小官吏无可名状的痛苦心情。第三章的笔锋转向另一个镜头，小官吏想折些柳枝给自家菜地编个篱笆墙，却遭到监视者怒目而视，将小官吏的痛苦生活刻画得真实、形象，令读者深感同情。

诗中对小官吏衣着服装的描写别具意味，会出现上下衣穿错的现象，可以推测这可能是上下衣的差异不大之故。

南　　山

一、南山崔崔[1]，雄狐绥绥[2]。鲁道有荡[3]，齐子由归[4]。既曰归止[5]，曷又怀止[6]？

二、葛屦五两[7]，冠緌双止[8]。鲁道有荡，齐子庸止[9]。既曰庸止，曷又从止[10]？

三、蓺麻如之何[11]？衡从其亩[12]。取妻如之何[13]？必告父母。既曰告止，曷又鞠止[14]？

四、析薪如之何[15]？匪斧不克[16]。取妻如之何？匪媒不得。既曰得止，曷又极止[17]？

【注释】

[1]南山：齐国山名，又名牛山。崔崔：形容山高大。　[2]雄狐：古人以雄狐为淫兽，此处指齐襄公。绥绥：形容慢走。　[3]鲁道：从齐国通向鲁国的大道。有荡：即"荡荡"，形容道路平坦。　[4]齐子：指齐侯的女儿，即齐襄公之妹、鲁桓公的夫人文姜。由归：从这条大道出嫁到鲁国。　[5]止：语助词（下章同）。　[6]曷：通"何"。怀：想念。　[7]葛屦（jù）：用葛布做的鞋。五：通"伍"，排列成行。两：

双,指两只鞋。五两:指鞋子成双排列,喻男女成双成对。　[8]冠绥(ruí):帽带垂下的部分。　[9]庸:用,同上章"由",从。　[10]从:跟从,指文姜跟随鲁桓公回到齐国。　[11]蓺(yì):种植。　[12]衡从(zòng):即横纵,南北曰纵,东西曰横。亩:田垄,这里表示多的意思。　[13]取:同"娶"。　[14]鞠:穷,此处是穷欲纵容的意思,指鲁桓公放纵文姜,任她穷欲胡为,与下章"极"相对。　[15]析薪:劈柴。　[16]匪:非。克:能,成功。　[17]极:至,此处指放纵到极点。

【译文】

南山思

(一)南山高耸入云端,雄狐游荡不敢前。
　　去往鲁国路平坦,齐女文姜结姻缘。
　　既然已经嫁鲁公,为何又要回家转?

(二)葛麻布鞋成对放,帽带垂下已成双。
　　去往鲁国路平坦,齐女出门嫁文姜。
　　既然已经嫁鲁公,为何又要回家邦?

(三)种麻应当怎样种?必须纵横耕田垄。
　　娶妻应该怎么做?必告父母且遵从。
　　鲁公既已告父母,为何携妻见襄公?

(四)砍柴要有什么招?不用斧头办不到。
　　娶妻应该怎么做?没有媒人不周到。
　　既然已经娶文姜,为何让她瞎胡闹?

【简析】

　　本诗揭露并讽刺齐襄公淫乱无耻的行为。据《左传》记载,齐襄公与他的同父异母之妹文姜私通,文姜嫁与鲁桓公后仍和齐襄公来往。本诗内容主要是鲁桓公和文姜一同去齐国看望齐襄公,发现了他们兄妹之间的奸情,怒斥了文姜;文姜向齐襄公诉苦,齐襄公在酒宴上将鲁桓公灌醉,并派公子彭生驾车,将鲁桓公扼死在车上。第一、二章斥责齐襄公与文姜私通之丑事,先以南山之孤独行寻偶起兴,喻齐襄公与其妹私通的兽行,又通过葛屦成对、冠缨成双,喻夫妻成双、不得有乱。第三、四章指责鲁桓公,以种麻有则设喻,讽刺鲁桓公不懂御妻之道，缺乏治家之规，放纵文姜淫乱。古制帝王之女出嫁后，不能随便回娘家（参见《邶风·燕燕》）。鲁桓公与齐襄公会盟，却带文姜同去齐国，造成恶果。本诗写法有两大特点：巧用比喻，生动形象；章章诘问，讥讽有力。

诗中有丰富的纺织服饰内容。如"葛屦五两"，葛是一种重要的纺织原料，葛麻布不仅可以做衣服，还可以做成鞋子。又如"冠緌双止"，帽子要有帽带，而且悬垂两侧。再如"蓺麻如之何？衡从其亩"，说明当时种植葛麻很普及，出现了大面积种植的现象。

甫　田

一、无田甫田[1]，维莠骄骄[2]。无思远人[3]，劳心忉忉[4]。

二、无田甫田，维莠桀桀[5]。无思远人，劳心怛怛[6]。

三、婉兮娈兮[7]，总角丱兮[8]。未几见兮[9]，突而弁兮[10]。

【注释】

[1]无：通"勿"，不要。田：前一个为动词，耕种；后一个为名词，田地。甫：大。　[2]维：发语词。莠（yǒu）：狗尾草，害庄家苗的野草。骄骄：亦作"乔乔"，形容草盛且高。　[3]远人：远方的人。　[4]忉忉（dāo）：因思念而忧伤。　[5]桀桀（jié）：形容杂草高出。　[6]怛怛（dá）：意同"忉忉"。　[7]婉、娈（luán）：年轻貌美。　[8]总角：古代儿童发式，头发在头顶扎成羊角形的两根小辫子。丱（guàn）：两根小辫子左右相对。　[9]未几：不久。　[10]突而：突然，突出显眼的样子。弁（biàn）：冠名，古时成人（二十岁为成人）戴的皮帽子。

【译文】

大　田

（一）不要耕种大块田，大块田里野草乱。

　　　不要常思远方人，空想忧伤心更烦。

（二）不要耕种大块田，大块田里多野草。

　　　勿要常思远方人，空想不得更烦恼。

（三）心上之人多俊俏，儿时小辫像羊角。

　　　没过多久未见到，转眼加冠戴皮帽。

【简析】

关于本诗主旨，古今说法颇多，但"多不得其解"。笔者认为这是一首女子思念远行丈夫的诗。第一、二章以大田杂草丛生、不宜耕种起兴，喻"远人"不宜思念，思之不见，更加忧伤。"无思远人"是反话，思之不见，无可奈何，更突出地表达出思念之深。第三章写女子想象见到丈夫时的情景。"未几见"亦是反话，意味着时间久长。"未几见兮，突而弁兮"，由"总角"而"加冠"，想象丈夫成长的过程，表达女子对时光匆匆的感怀和她对丈夫无限思念的深情。诗中的人物心理活动刻画细腻，语言生动活泼，巧用叠词和"兮"字，富有节奏感。

古代成人有加冠之礼。男子二十岁要举行加冠仪式，表示他已成人，须尽一个成人的义务和责任。

载　驱

一、载驱薄薄[1]，簟茀朱鞹[2]。鲁道有荡[3]，齐子发夕[4]。
二、四骊济济[5]，垂辔沵沵[6]。鲁道有荡，齐子岂弟[7]。
三、汶水汤汤[8]，行人彭彭[9]。鲁道有荡，齐子翱翔[10]。
四、汶水滔滔，行人儦儦[11]。鲁道有荡，齐子游敖[12]。

【注释】

[1]载：语助词。驱：车马行进。薄薄：车马疾行的声音。 [2]簟（diàn）：竹席。茀（fú）：车帘。簟茀：遮盖车子的竹席。鞹（kuò）：去毛的熟皮。朱：红色。 [3]鲁道：指从齐国通向鲁国的道路。有荡：即"荡荡"，形容道路平坦。 [4]齐子：齐侯之女，指文姜。发夕：天亮之前、太阳将出之际；另一说即"夕发"，日落以后出发。 [5]骊（lí）：黑色马。济济：形容马整齐健壮。 [6]辔：马缰绳。沵沵（nǐ）：柔软的。 [7]岂弟（kǎi tì）：同"恺悌"，此处指和乐而无忌惮羞愧之意。 [8]汶水：河流名，流经齐鲁两国，在今山东境内。汤汤（shāng）：形容水流盛大。 [9]行人：文姜的侍从人员。彭彭（bāng）：行人众多。 [10]翱翔：遨游。 [11]儦儦（biāo）：行人众多。 [12]敖：同"遨"。游敖：逍遥游荡。

【译文】

车马前行

（一）马车奔驰飞向前，红盖遮车挂竹帘。
平坦大道通鲁国，文姜星夜返家园。

（二）四匹黑马齐飞奔，柔软缰绳系马身。
鲁国大道多平坦，文姜和乐喜满心。

（三）汶水滚滚泛波浪，护送队伍浩荡荡。
鲁国大道多平坦，文姜遨游喜洋洋。

（四）汶水滚滚起波涛，护送队伍似涌潮。
鲁国大道多平坦，文姜游荡多逍遥。

【简析】

  本诗写文姜奔往齐国与齐襄公幽会之情景。第一、二章写文姜盛装车服，奔赴齐国与齐襄公私会。第三、四章写文姜随从众多，不顾廉耻，在鲁道上奔驰游荡。诗中并未直接叙写文姜淫荡之事，而是通过文姜奔齐途中趾高气扬、遨游逍遥的描写，讽刺她寡廉鲜耻、纵情极欲的性格和荒淫无度、为所欲为的行径。诗篇采用反衬对照之手法，"婉而多讽"，多用叠词，声、形、神尽在其中，读来韵味无穷。

  诗中多处有与纺织服饰有关的词语，如簟、茀、鞗、朱、垂辔沵沵。簟表示当时编席技术的成熟，它和纺织技术的早期应用是一致的；朱表明当时已有染料可染成红色，"近朱者赤"。

魏 风

葛 屦

一、纠纠葛屦[1]，可以履霜[2]？掺掺女手[3]，可以缝裳？要之襋之[4]，好人服之[5]。

二、好人提提[6]，宛然左辟[7]，佩其象揥[8]。维是褊心[9]，是以为刺[10]。

【注释】

[1]纠纠：绳索缠绕。葛屦（jù）：用葛布做的鞋。 [2]可：同"何"，怎么（下同）。履：踩。 [3]掺掺（xiān）：通"纤纤"，瘦弱纤细。 [4]要：同"腰"，动词，缝裙子的腰身。襋（jí）：衣领,此处为动词，缝衣领。 [5]好人：美人,指贵妇人。 [6]提提：通"媞媞（tí）"，安闲自得；另一说指美好。 [7]宛然：转身。左辟：向左躲避。辟:同"避"。 [8]佩：佩戴。象揥（tì）：象牙制的挠头簪子。 [9]维：因为。是：此处指"好人"。褊（biǎn）心：心胸狭窄。褊：狭小。 [10]是以：因此，所以。刺：讽刺。

【译文】

葛 布 鞋

（一）葛藤纺织鞋成双，穿它怎能踏寒霜？
柔嫩纤细女子手，怎能裁布缝衣裳？
上好腰来缝好领，来请贵妇穿身上。

一 | 国风　89

（二）贵妇穿上好安闲，转身躲避在一旁，
　　　象牙簪子戴头上。
　　　心胸狭窄此种人，写诗讽劝理应当。

【简析】

这是一首缝衣女工讽刺女主人的诗。全诗两章。首章从葛布做的草鞋踏寒霜起兴，喻缝衣女工的生活贫苦。在寒冷的冬天，女工仍穿着夏天穿的葛布鞋，用纤弱的双手为富贵人家缝制衣服。第二章写贵妇人穿上新衣忸怩作态，大模大样，不屑一顾。诗中写了一贫一富、一尊一卑两种不同身份的人，当女工为贵妇人披上新衣时，后者却扭转身去，用象牙簪子挠头。这一细节描写把贵妇人这个"好人"的傲慢无礼、骄狂褊狭的形象刻画得活灵活现、惟妙惟肖。篇末的"维是褊心"，一语点破主题，揭露出这个"好人"心胸狭隘、冷酷无情的内心世界，画龙点睛，讽刺有力。

诗中有很多加工和穿戴服装的描写，意味着出现了专门为贵妇人做衣服的女工，说明当时服饰加工的分工已明确、详细。

汾　沮　洳

一、彼汾沮洳[1]，言采其莫[2]。彼其之子[3]，美无度[4]。美无度，殊异乎公路[5]。

二、彼汾一方[6]，言采其桑。彼其之子，美如英[7]。美如英，殊异乎公行[8]。

三、彼汾一曲[9]，言采其藚[10]。彼其之子，美如玉。美如玉，殊异乎公族[11]。

【注释】

[1]汾：水名，在今山西省中部。沮洳（jù rù）：水边湿地。　[2]言：语助词。莫（mù）：野菜名，嫩叶可食。　[3]彼其（jì）之子：那个人，指女子的心上人。其：语助词。　[4]无度：无比，难以衡量。　[5]殊异：特别不同。公路：官名，掌管君王车马的官吏，此处泛指世袭贵族官吏。　[6]一方：汾水边某地。　[7]英：花。　[8]公行（háng）：官名，掌管兵车的官吏。　[9]一曲：水弯之处。　[10]藚（xù）：又名"泽泻"，药用植物，也可食用。　[11]公族：掌管君王宗族事务的官吏。

【译文】

汾水湿地

（一）汾水岸边湿地旁，采摘莫菜一筐筐。
　　　想起我那心上人，英俊潇洒世无双。
　　　英俊潇洒没人比，就连"公路"比不上。

（二）汾水岸边河道旁，采摘桑叶一筐筐。
　　　想起我那心上人，英俊貌美花一样。
　　　英俊貌美如花开，"公行"哪能比得上。

（三）汾水岸边河湾上，采摘泽泻味芳香。
　　　想起我那心上人，面如美玉真漂亮。
　　　面如美玉人无比，"公族"也难比得上。

【简析】

　　这是一首痴情女子赞美情人的诗歌。三章均以汾水岸边起兴。水洲沙滩、河曲岸边常常是男女恋人约会之地，今日到此，使女子不禁想起和情人相聚的情景。女子用夸张的口吻，赞美心上人"美无度""美如英""美如玉"，连世袭贵族的达官贵人、公子哥儿也无从相比，表达了女子纯真美好的心灵、无视权贵的品质和她对自由爱情的热烈追求。

　　诗中有采桑的描写，也有将人比作玉的赞美，有"比德于玉"之意。

十亩之间

一、十亩之间兮[1]，桑者闲闲兮[2]，行与子还兮[3]。
二、十亩之外兮，桑者泄泄兮[4]，行与子逝兮[5]。

【注释】

　　[1]十亩：举成数，言桑田较大。　[2]桑者：采桑之人。闲闲：从容不迫。　[3]行：将，且；另一说指行走。还：回去，归家。　[4]泄泄（yì）：缓舒和乐；另一说指众多。　[5]逝：往，回去。

一 | 国风　91

【译文】

十亩之间

（一）十亩桑林大又宽，姑娘采桑多悠闲，
　　　与你一块把家还。

（二）十亩桑林外边行，采桑姑娘喜盈盈，
　　　同你一起回家中。

【简析】

　　本诗写采桑女采桑行乐、结伴而归的情景。小诗风格活泼自然，意境恬静优美，洋溢着轻松愉悦的气氛。两章六句，语句朴素，重叠复唱，描绘出一幅热烈和谐的女子采桑图。读之，给人一种舒适而怡然自得的享受。

　　诗中所描写的场景说明当时桑田之普遍，而且人们看到自己拥有十亩之多的桑田是多么高兴和幸福啊。

唐 风

山 有 枢

一、山有枢[1]，隰有榆[2]。子有衣裳，弗曳弗娄[3]。子有车马，弗驰弗驱[4]。宛其死矣[5]，他人是愉[6]。

二、山有栲[7]，隰有杻[8]。子有廷内[9]，弗洒弗埽[10]。子有钟鼓，弗鼓弗考[11]。宛其死矣，他人是保[12]。

三、山有漆[13]，隰有栗[14]。子有酒食，何不日鼓瑟？且以喜乐[15]，且以永日[16]。宛其死矣，他人入室[17]。

【注释】

[1]枢(shū)：木名，又名"刺榆"。 [2]隰(xí)：低湿的地方。 [3]曳(yè)：拖，拉。娄：通"搂"。曳、娄，都是穿衣的动作。 [4]驰、驱：均指车马急走。 [5]宛其：即"宛然"，形容枯萎倒下，此处指将死。 [6]他人是愉：即"愉他人"，使别人愉快。是：助词。 [7]栲(kǎo)：树名，高大常绿乔木，木质坚硬致密；一说指臭椿。 [8]杻(niǔ)：树名，又名"檍(yì)"，似棣，叶细。 [9]廷：同"庭"，院子。内：堂室。 [10]埽：同"扫"。 [11]鼓：击鼓。考：敲。 [12]他人是保：即"保他人"，被别人占有。保：占有。是：助词。 [13]漆：漆树。 [14]栗：栗树。 [15]且：姑且。 [16]永日：整日、终日，此处指整日享乐。 [17]他人入室：让别人占有房屋。

【译文】

山中枢树

（一）枢树长在高山上，湿洼地里榆木旺。
　　　虽有漂亮好衣裳，却不穿在你身上。
　　　你有华丽车和马，不骑不坐为哪桩。
　　　有朝一日人离去，他人享用多舒畅。

（二）高山之上有栲树，湿洼地里长杻木。
　　　你有庭院和内室，不去洒扫多尘土。
　　　你有钟鼓好乐器，不敲不打成废物。
　　　有朝一日你死去，别人撞钟又击鼓。

（三）高山之上有漆树，湿洼地里有栗木。
　　　你有美酒和佳肴，何不奏瑟观歌舞？
　　　姑且借此乐逍遥，整日欢乐光阴度。
　　　有朝一日你死去，别人住进你家屋。

【简析】

　　本诗讽刺贵族守财奴的吝啬、卑陋。三章均以山上树木起兴，音节和谐。首章写守财奴的车马服饰之美，第二章写庭堂钟鼓之乐，第三章写宴饮喜庆之盛。但守财奴有衣服不穿、有房屋不住、有车马不用、有酒食不食、有钟鼓不听，等他一旦死去，这些则被别人占去，虽金玉满堂却不受用，万贯家业一场空。这不仅是对守财奴的讽刺，更是对那些贪得无厌的贵族当权者的深刻揭露、有力鞭笞。

扬 之 水

一、扬之水[1]，白石凿凿[2]。素衣朱襮[3]，从子于沃[4]。既见君子[5]，云何不乐[6]。

二、扬之水，白石皓皓[7]。素衣朱绣[8]，从子于鹄[9]。既见君子，云何其忧[10]。

三、扬之水，白石粼粼[11]。我闻有命[12]，不敢以告人[13]。

【注释】

[1]扬之水：缓慢的流水；另一说形容水流迅急。 [2]凿凿：鲜明。 [3]素衣：白色衣服。朱襮（bó）：红色衣领。（白色内衣绣有花纹的红色领子，这是诸侯的服饰，如果大夫穿用就是僭越行为。潘父是大夫，却穿诸侯的衣服，他是此次政变的内应者。） [4]从：跟从。子：你，此处指潘父。沃：曲沃，晋国的都邑，在今山西闻喜县境内。 [5]既：已。君子：此处指桓叔。 [6]云何：如何，为什么。 [7]皓皓：洁白。 [8]朱绣：同"朱襮"。 [9]鹄（hú）：曲沃一带地名。 [10]云何其忧：还有什么忧愁的呢？ [11]粼粼（lín）：形容水清澈见底。 [12]命：命令。 [13]不敢以告人：听说曲沃君有密令，不敢告人。

【译文】

河水缓流

（一）河水缓缓流不停，水底白石更鲜明。
素绸衣衫红衣领，跟你一块到沃城。
既已见到桓叔君，心里怎能不高兴。

（二）河水缓缓流不停，水底白石真洁净。
素绸衣衫绣花领，跟你一块到鹄城。
既已见到桓叔君，还有何忧在心中。

（三）河水缓缓流不停，水底白石亮晶晶。
我闻桓叔政变令，不敢告人透真情。

【简析】

本诗写晋国的一次政变情形。据《史记·晋世家》记载，公元前745年，晋昭公封其叔父成师于曲沃，号为"桓叔"。曲沃是当时晋国的大邑。桓叔好德，深得民心，其势力逐渐强大起来，晋人多愿归附桓叔。公元前738年，桓叔与晋臣潘父策划谋反，潘父在晋廷做内应，欲杀昭公而迎立桓叔，却遭到晋兵坚决抵抗，桓叔败回曲沃，潘父被杀，此次谋反失败。后来，经过六七十年的斗争，桓叔之孙曲沃武公终于灭晋自立。本诗以河水缓流、清流见底、白石粼粼、洁净鲜明,喻桓叔之德行,诗人高兴地投奔桓叔。但既是谋反,必须保密,故末章说,"我已知谋反之事,但不敢走漏风声。"从诗中语气来看,诗人是脱离昭公、投奔桓叔的知情人。也有学者认为是晋廷知情人告发潘父、桓叔的。还有注家认为本诗写女子将与情人相约聚会,表达的是女子欢乐的心情。笔者以为后两说不如前解。

诗中有很多描写纺织服饰的语言,如"素衣朱襮""素衣朱绣"等。

绸　缪

一、绸缪束薪[1],三星在天[2]。今夕何夕[3],见此良人[4]?子兮子兮[5],如此良人何[6]?

二、绸缪束刍[7],三星在隅[8]。今夕何夕,见此邂逅[9]?子兮子兮,如此邂逅何?

三、绸缪束楚[10],三星在户[11]。今夕何夕,见此粲者[12]?子兮子兮,如此粲者何?

【注释】

[1]绸缪(móu):缠绕。束薪:一捆柴,此处象征男女爱情。 [2]三星:即"参(shēn)星",二十八宿之一。 [3]今夕何夕:今夜怎么是这样美好的夜晚啊? [4]良人:好人,古代称丈夫为良人,此处应是指男称女。 [5]子兮:叹词,你呀你呀。 [6]如此……何:相当于"把……怎么样"。 [7]刍(chú):喂牲口的草。 [8]隅:角,指天空的东南方。 [9]邂逅:不期而遇,此处指不期而遇的情人。 [10]楚:荆条。 [11]户:门。 [12]粲:鲜明。粲者:美人。

【译文】

情意绵绵

(一)一捆木柴紧紧缠,三星闪闪挂天边。

今夜是个啥夜晚?见到好人在身边。

你呀你呀我问你,让我把你怎么办?

（二）一捆刍草紧紧缠，三星明亮挂东南。
今夜是个啥夜晚？得遇美人心喜欢。
你呀你呀我问你，让我把你怎么办？

（三）一捆荆条紧紧缠，三星高高挂蓝天。
今夜是个啥夜晚？见到美人赛天仙。
你呀你呀我问你，让我把你怎么办？

【简析】

本诗写新婚之夜夫妻间缠绵的情意和喜悦的心情。古代婚礼多在黄昏后举行，诗中的"束薪""束刍""束楚"之语故而成为婚姻之礼俗。本诗以"束薪"起兴，象征男女相爱，像紧紧捆绑的柴禾一样，永结同心。从三星"在天"，到三星"在隅"、三星"在户"，暗示时间之长、爱情之深。

后人对本诗的主旨多有争议。关于本诗写洞房花烛夜的主题，无可争议。其他有闹洞房者男女对话等说法。另外，因诗中有"如此邂逅何？"，不少注家认为写的是男女幽会的情景。细品此诗，笔者以为是男子自问自叹，表达得遇佳偶的激动、欢悦之情，将"邂逅相遇"理解为难得的、意想不到之喜。

绸、缪二字均从"纟"旁，应与丝有关，那么缠绕早期应以丝相绕。"未雨绸缪"中的"绸缪"是指紧密绑牢门窗。

羔 裘

一、羔裘豹袪[1]，自我人居居[2]。岂无他人，维子之故[3]。
二、羔裘豹褎[4]，自我人究究[5]。岂无他人，维子之好[6]。

【注释】

[1]羔裘：小羊皮做的衣服。袪（qū）：袖口。豹袪：用豹皮做的袖口。 [2]自：对于，对待。我人：我们这些人。居居：“倨倨”的假借字，形容傲慢无礼。 [3]维：同"唯"，只。子：你。之故：老交情，故旧。之，此处作"是"讲。 [4]褎（xiù）：同"袖"。 [5]究究：心怀恶意，不想亲近；另一说同"居居"，意思为傲慢。 [6]好：交好，与上章"故"的意思相近。

一 | 国风 97

【译文】

羊羔皮衣

（一）身穿羔皮豹皮袖，对我傲慢礼不周。

难道我无他人友，缘自你我是故友。

（二）身着羔皮豹皮袖，对我出恶何情由。

难道我就无他人，缘自你我是旧友。

【简析】

本诗讽刺那些为官得志、忘记故旧的势利小人。从得志者的服饰、傲态写起，继而自问自答，表达出对势利小人的鄙夷和讽刺。后两句反复强调"岂无他人，维子之故"，说明"我人"是重感情、念故交的，但决不向"羔裘豹袖"的得志者讨好乞求，而是正气凛然地警告："难道除了你，我们就没有相交的朋友了吗？我们只是留恋旧日情谊而已。"言外之意是"你如果不改变态度，我们只能一刀两断，从此绝交"。《毛诗序》说本诗是"刺时也。晋人刺其在位，不恤其民也"。笔者以为可备一说。还有注家认为此诗写夫妻之间的恩怨，妻子对丈夫的指责。但品味此诗，笔者以为似无此意。

本诗以羊羔皮衣为题，以穿着高档显示身份起兴。诗中描写服饰的文字是后世了解当时服饰文化的重要参考资料。

鸨 羽

一、肃肃鸨羽[1]，集于苞栩[2]。王事靡盬[3]，不能蓺稷黍[4]。父母何怙[5]？悠悠苍天[6]，曷其有所[7]？

二、肃肃鸨翼，集于苞棘[8]。王事靡盬，不能蓺黍稷。父母何食？悠悠苍天，曷其有极[9]？

三、肃肃鸨行[10]，集于苞桑。王事靡盬，不能蓺稻粱[11]。父母何尝[12]？悠悠苍天，曷其有常[13]？

【注释】

　　[1]肃肃：鸟振动翅膀的声音。鸨（bǎo）：一种似雁而大的鸟，此鸟无后趾，不善于在树上停息。 [2]集：群鸟栖息。苞（bāo）：草木丛生（下同）。栩（xǔ）：柞树。 [3]王事：官差徭役。靡：没有。盬（gǔ）：停息，休止。 [4]蓻（yì）：同"艺"，种植。稷、黍：皆谷类名。 [5]怙（hù）：依靠。 [6]悠悠：高远。 [7]曷：何。其：语助词。所：安居的处所。 [8]棘：酸枣树。 [9]极：尽头 [10]行（háng）：此处指鸟的翅膀；另一说为"行列"。 [11]粱：即"粟"，通称谷子。 [12]何尝：犹言何食。尝：吃。 [13]常：正常。

【译文】

鸨　羽

　　（一）野雁展翅在飞翔，纷纷停落柞树上。
　　　　官府差事无休止，不种稷黍田园荒，
　　　　爹娘要靠谁来养？
　　　　悠悠苍天高在上，何时安居好地方？
　　（二）野雁飞奔振翅响，纷纷停落酸枣树。
　　　　官府差事无休止，不能耕种黍和粱，
　　　　爹娘用啥来供养？
　　　　悠悠苍天高在上，何时歇息不再忙？
　　（三）野雁振翅高飞翔，纷纷落在桑树上。
　　　　官府差事无休止，不能耕种稻和粱，
　　　　爹娘用啥当口粮？
　　　　悠悠苍天高在上，何时日子能正常？

【简析】

　　本诗写服徭役者的愤怒哀怨之情。鸨鸟无后趾，因此靠不停地扇动翅膀，暂时停息在树上。诗人以此喻服役者在繁重的徭役任务下得不到休息的机会，而这种无休止的徭役生活何时才是尽头？田园由谁耕种？父母靠谁供养？因此，他呼苍天、喊父母，悲愤之情、痛苦之心，得到充分的表达。清人陈继揆《读

一 | 国风　99

诗臆评》说:"一呼父母,再呼苍天,愈质愈悲,读之令人酸痛摧肝。"

诗中说到三种树,即柞树,酸枣树,桑树。柞树和桑树都是用于养蚕的树种。

无 衣

一、岂曰无衣[1]?七兮。不如子之衣[2],安且吉兮[3]!

二、岂曰无衣?六兮。不如子之衣,安且燠兮[4]!

【注释】

[1]七:虚数,泛指衣服多,与下章"六"同义。 [2]子之衣:你赠的衣服。 [3]安:舒适。吉:美好。 [4]燠(yù):暖和。

【译文】

无 衣

(一)怎说我没衣裳穿?衣柜存放有七件。

虽然不如你的好,我觉漂亮又舒坦。

(二)怎说我没衣裳穿?收拾起来有六件。

虽然不如你的好,我觉舒适又温暖。

【简析】

本诗主旨很难确定。一说答谢友人赠衣;一说答谢妻子赠衣;一说睹物思人,为感念亡妻之作。《毛诗序》说"美晋武公也。武公始并晋国,其大夫为之请命乎天子之使"。诗中的"子",指天子使者。大夫为武公向天子之使请命,请求周王封他为诸侯,希望得到侯伯之命服,因为七、六是侯伯命服的数目。以上诸说都有一定道理,可作参考。今天读此诗多理解为友人赠衣,作者写诗表示感谢。可以看到,诗中对服饰的评价既有儒家的得体与整洁,也有墨家的舒适与保暖。另外也说明对服饰的评价,人与人之间是存在差别的。

葛　生

一、葛生蒙楚[1]，蔹蔓于野[2]。予美亡此[3]，谁与独处[4]？

二、葛生蒙棘[5]，蔹蔓于域[6]。予美亡此，谁与独息[7]？

三、角枕粲兮[8]，锦衾烂兮[9]。予美亡此，谁与独旦[10]？

四、夏之日，冬之夜[11]。百岁之后[12]，归于其居[13]。

五、冬之夜，夏之日。百岁之后，归于其室。

【注释】

[1]葛：葛藤。生：生长。蒙：覆盖。楚：荆木，丛生灌木。 [2]蔹（liǎn）：草名，蔓生，其根可入药。蔓：蔓延。 [3]予美：我的美人，古时女子对丈夫的爱称，如今天的"我的爱人"。亡：不在。此：这里。亡此：死在此地。 [4]谁与：谁和他在一起，指丈夫长眠地下；另一说为女子自指，意思是"谁与我相伴"。独处：独自居住。 [5]棘：酸枣树。 [6]域：墓地。 [7]息：歇，寝息。 [8]角枕：用兽角做装饰的枕头。粲：鲜明，美。 [9]锦衾（qīn）：用锦缎制的被子。烂：同"粲"，灿烂。 [10]独旦：独自到天亮。 [11]日、夜：夏天日长，冬天夜长。此句意思是说"日子漫长，不易度过"。 [12]百岁：死的别称。 [13]居：墓室，与下章的"室"同义。

【译文】

（一）葛藤漫漫覆树丛，蔹草蔓延野地生。

爱人辞世葬于此，谁人相伴度余生？

（二）葛藤覆盖野枣丛，蔹草蔓延在坟茔。

爱人辞世安此地，谁人相伴空房中？

（三）兽角枕头光彩生，鲜艳被褥锦缎缝。

爱人辞世葬此地，谁人相伴到天明？

（四）夏天白日长又长，冬天晚间夜茫茫。

等到百年我去后，与你合葬此地方。

（五）冬夜难熬盼天亮，夏天白日实在长。

等到百年我去后，与你合葬相依傍。

【简析】

　　这是一首悼念亡夫或亡妻的诗。以葛藤覆盖荆棘起兴，衬托失去爱人的悲苦心境。全诗五章。前两章写主人上坟，看到野草遍地、荆棘丛生，一片荒凉景象，想到了爱人一人躺在这里，形只影单、无所相依，不禁悲从中来，痛苦不已。第三章写主人想到对方去世的情景，对角枕、锦衾这些殉葬之物，记忆犹新、历历在目，失夫或妻之痛，情何以堪。后两章写主人对爱人的日夜思念之情，月落日出、夏昼冬夜，流了多少辛酸的眼泪，思念对方的痛苦之深、煎熬之漫长，觉得不如早日死去，与爱人同居一穴、长相厮守。

　　诗中的"角枕""锦衾"是当时的床上用物，"葛生蒙楚""葛生蒙棘"是对葛藤生长情况的写照。

秦 风

车 邻

一、有车邻邻[1],有马白颠[2]。未见君子[3],寺人之令[4]。

二、阪有漆[5],隰有栗[6]。既见君子[7],并坐鼓瑟[8]。今者不乐,逝者其耋[9]。

三、阪有桑,隰有杨。既见君子,并坐鼓簧[10]。今者不乐,逝者其亡。

【注释】

[1]邻邻:同"辚辚",车行的声音。 [2]有马白颠:马的额头上有块白毛。 [3]君子:指秦国国君。 [4]寺人:宫中小吏。 [5]阪(bǎn):山坡。 [6]隰(xí):低湿之地。 [7]既:已经。 [8]鼓:弹奏。 [9]逝者:将来。其:语助词。耋(dié):八十岁,泛指年老。 [10]簧:古代笙类乐器。

【译文】

车马辚辚

(一)马车飞奔辚辚声,驾车马儿白额顶。

还未见到国君面,打发侍者传命令。

(二)山坡上面漆树生,低湿地里栗子红。

已经见到国君面,并坐鼓瑟乐无穷。

今日若不及时乐,将来很快变老翁。

（三）山坡之上桑叶浓，低洼地里杨柳青。

已经见到国君面，并坐一起吹簧笙。

今日若不及时乐，将来死去万事空。

【简析】

本诗写君臣同乐。全诗三章。第一章写车马之盛，显示主人公高贵的身份，车声辚辚，白额马奔驰。白额马又称戴星马、玉顶马，为珍贵之良马，说明乘车者为贵族官吏。该章直叙其事，为赋体。第二、三章则用比兴手法，以漆栗桑杨起兴，押韵合辙，引出君臣相会的场面。君臣并坐奏乐弹唱，"今日不乐，逝者其耋"，大有"对酒当歌，人生几何"之感叹。这种时光易逝、人生短暂、要及时行乐的感慨，是人之常情，无可非议。更值得称赞的是，君臣并坐、上下同乐，尤为可贵。

诗中有桑树种在山坡上的记载。桑树可在大田湿地里种植，也能在山地上种植，可见桑树生长区域之广。

小　戎

一、小戎俴收[1]，五楘梁辀[2]。游环胁驱[3]，阴靷鋈续[4]。文茵畅毂[5]，驾我骐馵[6]。言念君子[7]，温其如玉[8]。在其板屋[9]，乱我心曲[10]。

二、四牡孔阜[11]，六辔在手。骐骝是中[12]，騧骊是骖[13]。龙盾之合[14]，鋈以觼軜[15]。言念君子，温其在邑[16]。方何为期[17]，胡然我念之[18]！

三、俴驷孔群[19]，厹矛鋈錞[20]。蒙伐有苑[21]，虎韔镂膺[22]。交韔二弓[23]，竹闭绲縢[24]。言念君子，载寝载兴[25]。厌厌良人[26]，秩秩德音[27]。

【注释】

[1]小戎：小兵车。俴（jiàn）：通"浅"。收：车后的横木，又叫轸（zhěn）。　[2]五楘（mù）：用皮条交叉缠绕，加固车辕。（五，指交叉缠绕的样式，像篆书"五"字。楘，有花纹的皮条。）梁辀（zhōu）：车辕。（古代车辕只有一根，弯弯曲曲，像梁一样。）　[3]游环：活动的小环，用来控制服马与骖马。胁驱：装在马胁两旁的皮扣，用来控制骖马。　[4]阴：车前的横板。靷（yǐn）：牵引车马的皮带。鋈（wù）续：白铜制的环，用来连接靷的两端。　[5]文茵：虎皮座垫。畅：通"长"。毂

（gǔ）：车轴承。［6］骐：青黑色的马。骅（zhù）：白足马。［7］言：语助词（下同）。君子：指从征的丈夫。［8］温其如玉：形容性格温和如美玉一般。［9］板屋：临时营房；另一说西戎地区常建板屋，此处代指西戎，即今甘肃。［10］心曲：内心深处。［11］四牡：四匹公马拉车。［12］骝（liú）：红黑色的马。是中：为中，即中间驾辕的服马。［13］䯄（guā）：黑嘴黄马。骊（lí）：黑马。［14］龙盾：画龙的盾牌。合：两块盾牌合在一起，放在车上，作为防卫工具。［15］觼（jué）：马具，有舌的环。䩦（nà）：骖马内侧的缰绳。［16］在邑：接近西戎的边邑。［17］方：将。［18］胡然：为何这样。我念之：我怀念他。［19］俴驷：身披薄甲的四匹马。孔群：非常协调。［20］厹（qiú）矛：有三棱锋刃的长矛。鋈錞（duì）：矛柄下端用白铜制的套子。［21］蒙：覆盖；另一说指杂色。伐：即盾。有苑：即"苑苑"，花纹美丽。［22］虎韔（chàng）：虎皮做的弓袋。镂：雕刻。膺：弓袋的正面称膺。［23］交帐二弓：把两弓交叉放在弓袋里面。［24］竹闭：通"竹柲（bì）"，一种用竹制的纠正弓弩的工具。绲（gǔn）：绳。縢（téng）：捆绑。［25］载：语助词，又……又……。寝：睡。兴：起。［26］厌厌：安静平和。良人：古时女子对丈夫的称谓。［27］秩秩：有礼节，有次序。德音：美好的声誉。

【译文】

战　车

（一）战车轻巧车厢浅，皮条五根缠车辕。

　　　游环胁驱环环扣，牵车皮带套铜环。

　　　虎皮坐垫车轴长，驾起马车扬起鞭。

　　　想念我那好丈夫，性情温和玉一般。

　　　从征西戎住板屋，我心忧伤又烦乱。

（二）四匹公马多高大，六条缰绳手中牵。

　　　青马红马中间套，黄马黑马在两边。

　　　龙纹盾牌双双合，骖马内辔白铜环。

　　　想念我那好丈夫，温良丈夫戍边关。

　　　何时才是归来日？怎能叫我不思念！

（三）四马薄甲步协调，三棱长矛铜光闪。

　　　蒙皮盾牌花纹饰，虎皮弓袋雕图案。

　　　两弓交叉弓袋里，护弓竹柲用绳拴。

一　｜国风　　105

想念我那好丈夫，忽睡忽醒心不安。

安静温和好夫君，谨慎有礼美名传。

【简析】

  本诗写女子思念远征西戎的丈夫。第一章写战车，第二章写战马，第三章写兵器。三章写法基本相同，前六句写物，以物见人，引出后四句，写女子对丈夫的思念。丈夫出征西戎、抵御外敌，女子通情达理，只有思念之情，并无怨恨之意。诗篇用词华丽、描写细致，极尽夸张铺陈之能事。诗中描写兵车器械之详、军容之盛，非晓畅车制兵器之人，便不能成此诗。《毛诗序》说："美襄公也。备其兵甲，以讨西戎。西戎方强而征伐不休，国人则矜其车甲，妇人能闵其君子焉。"意思是说：秦襄公加强军备，以防外患，故国人多赞美兵车之盛；妇人思念征人，称赞征人的德行，表达夫妻之恩义。诗人则叙二者之志，"所以美君政教之功"。此论颇有见地，不仅为后人提供了理解此诗的背景，也使后人了解到其诗的深刻含义。

  细读全诗，诗中对车马、兵器之制的描写细致、翔实，简直就是一纸描写车马兵器的说明书。诗中对车的构造、马匹的作用和数量、马匹身上的配饰等，都描写得很具体，从中可了解到当年的战车和兵器概况。

  诗中的"温其如玉"反映的是儒家"比德如玉"的思想。

终　　南

  一、终南何有[1]？有条有梅[2]。君子至止[3]，锦衣狐裘[4]。颜如渥丹[5]，其君也哉[6]。

  二、终南何有？有纪有堂[7]。君子至止，黻衣绣裳[8]。佩玉将将[9]，寿考不忘[10]。

【注释】

  [1]终南：山名，在今陕西西安市南。　[2]条：树名，山楸树。　[3]君子：此处指秦襄公，或说指秦君。至止：到来。止：语助词。　[4]锦衣狐裘：当时诸侯

穿的礼服。 ［5］颜：面容。渥丹：形容脸色像丹砂一样红润。渥：涂抹。丹：赤石制的颜料。 ［6］其：这。也哉：语气词连用，相当于"啊"。 ［7］纪："杞"的假借字，树名，杞柳树。堂："棠"的假借字，棠梨树。 ［8］黻（fú）：古代礼服，其上有黑青色相间的花纹。绣裳：绘有五彩花纹的下衣。 ［9］将将：通"锵锵"（qiāng），佩玉相碰击的声音。 ［10］寿考：长寿。考：老。不忘：不已，不终结。

【译文】

终南山情

（一）终南山上何所有？有梅树来有山楸。

襄君受封来此地，锦绣衣衫狐皮裘。

面容红润如涂丹，堂堂君王世难求！

（二）何物长在南山上？有杞树来有甘棠。

君子受封来此地，青黑上衣绣花裳。

身上佩玉叮当响，长命万岁寿无疆。

【简析】

这是一首赞颂秦襄公的诗。以终南山起兴，喻终南山的山山水水和群臣民众对秦襄公的到来表示的欢迎之情。秦襄公平定西戎之乱，护送周平王东迁洛邑有功，秦人多有赞誉之词。诗中对秦襄公的面貌、服饰、身份做了细致的描写，勾勒出一位雍容华贵、仪表堂堂的君王形象，表达了臣民对襄公的赞美爱戴之情，并祝他长命多福、万寿无疆。"颜如渥丹""寿考不忘"为传世名句。有学者认为诗中所赞者系指秦君，不一定专指秦襄公。

诗中对秦襄公的服饰描写，反映出当时的君主服饰是锦绣和皮裘。丹作为颜料，不仅用于织物的染色，也可以用于人体的着色和粉饰。另外，君子佩玉反映了儒家对佩玉的高度重视。

黄　　鸟

一、交交黄鸟[1]，止于棘[2]。谁从穆公[3]？子车奄息[4]。维此奄息[5]，百夫之特[6]。临其穴[7]，惴惴其栗[8]。彼苍者天，歼我良人[9]！如可赎兮[10]，人百其身[11]。

二、交交黄鸟，止于桑。谁从穆公？子车仲行[12]。维此仲行，百夫之防[13]。临其穴，惴惴其栗。彼苍者天，歼我良人！如可赎兮，人百其身。

三、交交黄鸟，止于楚[14]。谁从穆公？子车𫘤虎[15]。维此𫘤虎，百夫之御[16]。临其穴，惴惴其栗。彼苍者天，歼我良人！如可赎兮，人百其身。

【注释】

[1]交交：鸟鸣声。黄鸟：黄雀。 [2]止：栖息。棘：酸枣树。 [3]从：从死，殉葬。穆公：秦穆公，春秋时期的秦国国君，名"任好"，公元前659年至公元前621年在位，春秋五霸之一。 [4]子车奄息：秦国大夫，姓"子车"，名"奄息"。 [5]维：发语词。 [6]百夫：百人。特：杰出的，特出的；另一说为匹，匹敌，当。 [7]穴：墓穴。 [8]惴惴（zhuì）：恐惧的样子。其：语助词。栗：发抖。 [9]歼：杀害。良人：好人。 [10]赎：赎身。 [11]人百其身：用一百人来替换他。 [12]子车仲行：姓"子车"，名"仲行"。 [13]防：抵挡。 [14]楚：荆树。 [15]子车𫘤（qián）虎：姓"子车"，名"𫘤虎"。 [16]御：同上章"防"。

【译文】

黄　鸟

（一）黄雀鸣叫凄惨惨，飞落栖息枣林间。
　　　谁为穆公去陪葬？子车奄息一大员。
　　　就是这位奄息君，一人堪比上百男。
　　　身临他的坟墓旁，身抖心慌意识乱。
　　　苍天在上何不问，残害栋梁为哪般！
　　　如能赎回他的命，愿用百人来替换。

（二）黄雀鸣叫凄惨惨，飞落栖息桑林间。
　　　谁为穆公去陪葬？子车仲行一壮汉。
　　　就是这位仲行君，一人堪比百个男。
　　　身临他的墓地旁，身抖心慌意识乱。
　　　苍天在上何如此，残害栋梁为哪般！

如能赎回他的命，愿用百人来替换。
（三）黄雀鸣叫凄惨惨，飞落栖息荆林间。
谁为穆公去陪葬？子车针虎一条汉。
就是这位针虎君，一人能比百个男。
站在他的坟墓旁，身抖心慌思绪乱。
苍天在上何不问，残害栋梁为哪般！
如能赎回他的命，愿用百人把他换。

【简析】

本诗写秦穆公死后三位贤士殉葬之事，是《诗经》中的著名篇章。据《左传·文公六年》记载，公元前621年，秦穆公去世时，用一百七十七人殉葬，其中就有子车氏之三子奄息、仲行、针虎，"皆秦之良也。国人哀之，为之赋《黄鸟》"。这种残酷的殉葬制度和惨无人道的野蛮行为，受到了人们的遣责和鞭挞。诗以黄雀悲鸣栖于树上起兴，喻"三良"从死，不得其所，营造出一种急迫悲痛的气氛；接着叙述"三良"临穴时的悲惨情状，表达了对"三良"的沉痛哀悼和无限惋惜之情。今天重读此诗，残酷的殉葬制度、"三良"赴死时的惨状，犹其令人发指、不寒而栗！有学者称此诗为挽歌之祖。

诗中黄鸟飞落的三种树林，其一为桑林，表示当时桑林之多，桑叶为蚕的重要食物。

无　衣

一、岂曰无衣，与子同袍[1]，王于兴师[2]，修我戈矛[3]，与子同仇[4]。
二、岂曰无衣，与子同泽[5]，王于兴师，修我矛戟[6]，与子偕作[7]。
三、岂曰无衣，与子同裳[8]，王于兴师，修我甲兵[9]，与子偕行。

【注释】

[1]子：你。袍：长衣，战衣，即斗篷，白天当衣穿，晚上当被盖。同袍：友爱互助之意。 [2]王：秦王；另一说指周天子。于：语助

一 | 国风

词。兴师：发兵。［3］修：整治，装备。戈矛：此处泛指各种长柄兵器。［4］同仇：同仇敌忾，共同杀敌。［5］泽：通"襗（zé）"，贴身内衣。［6］戟：古代一种长柄武器，有横竖两道锋刃。［7］偕作：共同上战场。［8］裳（cháng）：下衣。［9］甲：铠甲。兵：武器。

【译文】

岂无战衣

（一）谁说没衣上前哨，和你同披一战袍。
　　　只要国王发战令，修整我的戈与矛，
　　　与你一起去征讨。

（二）谁说没衣挥战旗，和你同穿一内衣。
　　　国王发兵要出战，修整我的矛和戟，
　　　你我出征共杀敌。

（三）谁说无衣上战场，和你同穿一衣裳。
　　　国王发兵要出战，甲盾修得明又亮，
　　　我们杀敌共前往。

【简析】

　　本诗表达秦军将士同仇敌忾、共同抗敌的决心。全诗三章，均以发问开篇，表现出将士们激昂慷慨的情状，戮力同心，共赴国难。各章末尾"与子同仇""与子偕作""与子偕行"三句，同声一呼，誓死抗敌，表现出将士们团结一致、生死与共的乐观精神和保家卫国的英雄气概。此诗内容可能指秦军奉周王之命，抗击犬戎之战。也有学者认为此诗是秦哀公出兵救楚时的作品。诗篇语言简洁、笔锋凌厉，有强烈的节奏感，犹一曲气势雄浑的战歌，雄壮有力，鼓舞斗志。
　　诗中的"衣"指军衣或战衣，"袍"指战袍，"泽""裳"也属军衣类。后世所称"袍泽""袍泽之谊"，即源于此。

渭　　阳

一、我送舅氏[1]，曰至渭阳[2]。何以赠之[3]？路车乘黄[4]。
二、我送舅氏，悠悠我思[5]。何以赠之？琼瑰玉佩[6]。

【注释】

[1]舅氏：舅父。 [2]曰：发语词。至：到。渭：渭水，流经咸阳，为黄河支流。渭阳：渭水北岸。 [3]何以：即"以何"，用什么。 [4]路车：诸侯乘的车。乘（shèng）：一车四马为一乘。乘黄：四匹黄马驾车。 [5]悠悠：思念深长。 [6]琼瑰：美玉。

【译文】

渭阳之别

（一）我送舅父回故乡，相送渭水北岸旁。
　　　用何礼物送舅父？诸侯之车四马黄。
（二）我送舅父回故乡，思绪悠悠想起娘。
　　　用何礼物送舅父？宝石玉佩表衷肠。

【简析】

本诗写秦康公送别舅父重耳（即晋文公）之事。秦康公是秦穆公的儿子（太子），康公的母亲是晋文公重耳的姐姐，时人称秦穆公的夫人为"穆公夫人"。重耳因被其父晋献公的宠妾丽姬所谮，逃亡在外十九年，后在秦国的支持下才得以回国掌权，为春秋五霸之一。本诗写秦康公（甥）在重耳（舅）回国时，代表秦穆公护送舅父至渭水北岸。此时，康公母亲已经去世，途中思母之情油然而生，于是作此诗述怀。古人评论此诗曰："《渭阳》一诗，令人读之怆然，悲心顿兴。""为后世送别之祖。"小诗仅两章八句，却道出人间真情。"悠悠我思"表达思母情深，引人共鸣。此诗对后世的影响很大，很多文学作品中引用的"渭阳"之典，即源于此。后人呼舅也常用"渭阳"，足见此诗影响之大，感人之深。

诗中的"琼瑰玉佩"是当时比较珍贵的赠送礼品。康公送别舅父时想起了自己的母亲，因此把珍贵的礼品赠送给舅父，以表达对舅父的敬重。

陈 风

东门之枌

一、东门之枌[1]，宛丘之栩[2]。子仲之子[3]，婆娑其下[4]。

二、穀旦于差[5]，南方之原[6]。不绩其麻[7]，市也婆娑[8]。

三、穀旦于逝[9]，越以鬷迈[10]。视尔如荍[11]，贻我握椒[12]。

【注释】

[1]东门：陈国的东城门。枌（fén）：白榆树。 [2]栩（xǔ）：柞树，也叫栎树。（有一种蚕叫柞蚕，食用柞树叶。） [3]子仲：姓氏。子：女儿。 [4]婆娑：翩翩起舞。 [5]穀旦：即吉日，好日子。穀：善，吉。于：语助词。差（chāi）：选择。 [6]原：高平之地，即原野。 [7]绩：纺织。 [8]市：集市。市也婆娑：到集市上翩翩起舞。 [9]逝：往，到。 [10]越以：同"于以"，发语词。鬷（zōng）：汇聚；另一说指多次。迈：行。鬷迈：男女结群而行。 [11]视尔：看你。荍（qiáo）：植物名，又名锦葵，其花呈淡紫、粉红等多种颜色。 [12]贻：赠送。握椒：一把花椒。握：把。

【译文】

白榆树下

（一）东门之外榆树旺，柞树长在宛丘上。

　　子仲家有好姑娘，常在树下把舞跳。

（二）挑好吉日扮好妆，城南郊野走一趟。

　　手边麻线先不纺，闹市起舞心欢畅。

112　《诗经》纺织服饰文化解析

（三）吉日出游同前往，多次聚会好地方。

看你好像锦葵花，赠我花椒满手香。

【简析】

　　本诗写陈国男女青年趁节日之时聚会歌舞、互赠信物的欢乐情景。首章写子仲氏女子在东门宛丘大树下翩翩起舞的情景。"婆娑"两字点出女子优美的舞姿。第二、三章写女子与情人赴"南方之原"的闹市歌舞，并互赠信物，表达爱恋之情。其中"不绩其麻，市也婆娑"两句，写得生动传神，充满生活情趣。本诗通过对陈国节日盛况的描写，从一个侧面反映出当时陈国社会比较繁荣稳定的状况。《毛诗序》说本诗为"疾乱"之作，"男女弃其旧业，亟会于道路"。此论似与本诗所表达的意志相悖。"穀旦"一词即源于此诗。后代常在诗文、碑碣、匾额等落款处用"穀旦"两字，取吉日之意，且"穀"字不能以"谷"字代替。

　　诗中提到的柞树，其叶可养蚕，食柞树叶的蚕为柞蚕。"不绩其麻"中的"绩"指纺织，今"成绩"一词就来源于此。此句的意思是，为了到闹市跳舞，就不再纺织麻布了。

东 门 之 池

一、东门之池[1]，可以沤麻[2]。彼美淑姬[3]，可与晤歌[4]。

二、东门之池，可以沤纻[5]。彼美淑姬，可与晤语[6]。

三、东门之池，可以沤菅[7]。彼美淑姬，可与晤言。

【注释】

　　[1]池：池塘；另一说为城池，指护城河。　[2]沤（òu）麻：将麻泡在水中几天，以便剥皮，即脱胶。（此法是古代用来将麻纤维脱胶的原始技术，一直延续到20世纪70年代。）　[3]彼：那个。淑：善，贤惠。姬：古时对女子的称呼。淑姬：一说姬为姓氏，指姓姬的贤惠女子。　[4]晤歌：相对唱歌。晤：相会。　[5]纻（zhù）：通"苎"，苎麻，麻的一种。　[6]晤语：会面谈心。　[7]菅（jiān）：菅草，用水浸软后可做绳索，茎叶可编席编筐。

一 ｜ 国风　113

【译文】

东门之池

（一）东门之外有池塘，姑娘在此沤麻忙。
　　　美丽贤淑好姑娘，多想和她来对唱。

（二）东门之外有水池，姑娘沤纻好手艺。
　　　美丽贤淑好姑娘，多想对她表情意。

（三）东门之外有池水，姑娘浸菅卷双腿。
　　　美丽贤淑好姑娘，言情向她说出嘴。

【简析】

　　这是一首写男女相爱的情诗。诗以沤麻起兴，不仅点出相会的地点，也暗喻男女相爱、情投意合，犹麻可泡软而情感愈深之意。

　　诗篇像一曲唱不尽的山歌。小伙子大胆热情，放声歌唱，表白心迹。他要和这位贤淑的姑娘"晤歌""晤语""晤言"，以表达他对女子炽热的爱情。三章均写得欢快活泼、朴实自然，读来如行云流水，令人击节称快，顿生愉悦之感。

　　本诗是纺织史上的一篇重要文献。麻是古代重要的纺织原料，麻纤维在用于纺织前，需要进行脱胶处理。利用池水沤麻是我国先民发明的一种重要的麻纤维脱胶技术，20世纪80年代前，在我国广大农村还有普遍使用。

桧 风

羔 裘

一、羔裘逍遥[1],狐裘以朝[2]。岂不尔思[3]?劳心忉忉[4]。

二、羔裘翱翔[5],狐裘在堂[6]。岂不尔思?我心忧伤。

三、羔裘如膏[7],日出有曜[8]。岂不尔思?中心是悼[9]。

【注释】

[1]羔裘:小羊皮做的皮衣。逍遥:悠闲游玩。 [2]狐裘:狐皮做的衣服。朝:上朝。 [3]尔:你,指桧君。思:思念忧虑。不尔思:犹"不思尔",不为你忧虑。 [4]劳心:忧心。忉忉(dāo):忧思不安。 [5]翱翔:本义为鸟飞,此处指人遨游、逍遥。 [6]堂:朝堂。 [7]膏:油脂,指羔裘像油脂一样发亮。 [8]曜(yào):光耀。 [9]中心:心中。悼:哀痛。

【译文】

羔羊皮衣

(一)身穿羔皮多逍遥,穿着狐皮才上朝。
难道不为你思虑,心有忧愁苦难消。

(二)身穿羔皮闲游荡,穿着狐皮上朝堂。
难道不为你思虑,我心愁苦多忧伤。

(三)身穿羔皮油光亮,阳光之下发亮光。
难道不为你思虑,哀悼之情心发慌。

一 | 国风

【简析】

关于本诗的主旨,古今学者众说纷纭,难以定论。争议的主要内容是这位(或这些)穿羔裘、狐裘的人是什么身份,诗中对其是褒是贬,"劳心忉忉""我心忧伤"者指何人。根据各家观点,大致有几说:一是桧君"君不用道""不能自强于政治",只爱好"洁其衣服,逍遥游燕",故大夫忧伤而离去(《毛诗序》);二是国势将危,大夫谏而君不听,故大夫纷纷离去;三是官吏弃妇,女子失宠之悲;四为悼亡诗。

笔者以为《毛诗序》的观点较合诗意。桧国国君热衷于衣着打扮、餐宴娱乐,不思图强,不理国政,国中贤良之士为国运而担忧,作此诗以述怀。

从服饰角度来看,也是《毛诗序》的释义较接近。古时穿的羔皮衣服相当于现在的休闲服,不能登大雅之堂,所以可以悠闲自在地行走。上朝则须穿朝服,如狐狸皮做的高档服装。这也说明了当时服装的等级观念,反映了儒家"文质彬彬,然后君子"的服饰观。

素 冠

一、庶见素冠兮[1],棘人栾栾兮[2],劳心慱慱兮[3]。
二、庶见素衣兮,我心伤悲兮,聊与子同归兮[4]。
三、庶见素韠兮[5],我心蕴结兮[6],聊与子如一兮[7]。

【注释】

[1]庶:庶几,幸而。素冠:白布帽子,孝子的服饰。 [2]棘:古"瘠"字,瘦弱。栾栾(luán):通"脔脔",形容身体瘦弱。 [3]慱慱(tuán):悲苦不安。 [4]聊:但愿。子:指居丧者。同归:同走一条路,共同遵古礼、行孝道。 [5]素韠(bì):白色蔽膝,类似围裙,孝服的一种。 [6]蕴结:内心郁结不解。 [7]如一:与"同归"的意思相同。

【译文】

素 冠

(一)幸而见你戴孝帽,身体消瘦面容憔,
　　　心中忧伤我知晓。

（二）幸而见你穿孝衣，我有悲伤心痛惜，
　　　我愿陪你一起去。
（三）遇见你穿白蔽膝，我心愁肠难止抑，
　　　我愿与你同悲凄。

【简析】

　　本诗主旨很难确定，古今学者均各抒己见。诗中戴白冠、穿白衣、系白围裙者，是指服孝的孝子，还是指死者？有注家认为是指死者，丈夫去世，妻子扶棺悲痛，要与丈夫同去。不过死者服素服，似与常情不符。有古代学者认为此诗是"刺时"之作。父母去世，不少人已不能守孝三年，今日见到服孝之人竟如此悲痛，深有所感，作诗以赞之。如果了解孔子关于孝道的论述，其实不难理解。《论语》中有"见齐衰者，虽狎，必变"等，意思是：你见了穿孝服的人，虽然很熟悉，但脸色必须显得很痛苦的样子，以表示哀悼。此诗的意思很明显，就是服丧悲痛，身体消瘦，面容憔悴，深表忧伤，愿与丈夫共同遵古礼、行孝道。

曹 风

蜉 蝣

一、蜉蝣之羽[1]，衣裳楚楚[2]。心之忧矣，于我归处[3]。

二、蜉蝣之翼，采采衣服[4]。心之忧矣，于我归息[5]。

三、蜉蝣掘阅[6]，麻衣如雪[7]。心之忧矣，于我归说[8]。

【注释】

[1]蜉蝣（fú yóu）：虫名，生存期很短，多朝生暮死，古人常以之喻人生短暂。[2]楚楚：鲜明整洁。衣裳楚楚：蜉蝣的羽翼轻薄而有光泽，似衣冠楚楚的士大夫。[3]于我归处：归于何处。于我：于何。（古音"我""何"相近。）归处：安身之处。[4]采采：形容衣饰鲜明华丽。[5]归息：与"归处"同义。[6]掘阅：通"掘穴"，指穿穴而出。[7]麻衣：蜉蝣翅膀细薄如麻布。[8]归说（shuì）：与"归处"同义。说，通"税"，休息，栖止。

【译文】

蜉 蝣

（一）看见蜉蝣翅膀亮，好似身披艳衣裳。

我心忧伤多愁烦，不知归依到何方。

（二）蜉蝣身上有羽翼，好似美服多艳丽。

我心忧伤多愁烦，不知哪里能归息。

（三）短命蜉蝣钻出洞，麻衣如雪真洁净。
　　　我心忧伤多愁烦，不知哪里是归程。

【简析】

　　本诗借蜉蝣生命之短而发出人生短暂、终将归土的感叹。全诗三章，均以蜉蝣起兴。蜉蝣虽衣冠楚楚、衣饰华丽，但生命短暂、朝生暮死。诗人（或说一位曹国贵族）由此而想到国家的命运、个人的身世。曹国小而力薄，处在齐、宋两个大国的包围之中，而曹昭公"好奢而任小人"。诗人生逢末世，不知将来归宿何处，因此触景生情、感喟不已，唱出如此悲歌，警醒世人切勿浮华侈靡、虚度一生。"衣冠楚楚"这个成语，即源于此。

　　诗中对服饰的描写栩栩如生、形象生动，如"衣裳楚楚""采采衣服""麻衣如雪"等。

候　人

　　一、彼候人兮[1]，何戈与祋[2]。彼其之子[3]，三百赤芾[4]。
　　二、维鹈在梁[5]，不濡其翼[6]。彼其之子，不称其服[7]。
　　三、维鹈在梁，不濡其咮[8]。彼其之子，不遂其媾[9]。
　　四、荟兮蔚兮[10]，南山朝隮[11]。婉兮娈兮[12]，季女斯饥[13]。

【注释】

　　[1]候人：周代在国境内掌管护路和迎送宾客的下级官吏。　[2]何：通"荷"，扛着。戈：古代一种长柄武器。祋（duì）：杖类长柄武器。　[3]彼其（jì）之子：那些人，指官僚贵族。其，语助词，常用在"彼"字之后。　[4]三百：指数量多。赤芾（fú）：红色皮制成的蔽膝，为古代朝服的一部分。　[5]维：发语词。鹈（tí）：又名鹈鹕（hú），水鸟。梁：筑在水中用来捕鱼的石坝。　[6]濡：沾湿。其：它，它的。　[7]称（chèn）：适合。服：朝服。不称其服：不配穿那样的衣服。　[8]咮（zhòu）：鸟嘴。　[9]遂：相称。媾（gòu）：宠爱，厚遇。　[10]荟、蔚：本指草木茂盛，此处指云气聚集。　[11]南山：曹国山名，在今山东济阴县东。朝隮（jī）：早晨云气升腾；另一说隮指虹。　[12]婉、娈（luán）：皆形容女子美好。　[13]季女：少女。斯：语助词。

【译文】

护路官吏

（一）护路小吏多受气，肩扛矛棒两武器。
　　　平庸官吏如此多，三百朝服红蔽膝。

（二）鹈鹕落在鱼坝上，滴水未湿它翅膀。
　　　那些平庸士大夫，不配穿那好衣裳。

（三）鹈鹕落在鱼坝上，滴水未湿嘴边上。
　　　那些平庸士大夫，身受宠幸不应当。

（四）雾蒙蒙啊云霞腾，南山早晨云气升。
　　　小吏幼女多俊俏，却要挨饿受贫穷。

【简析】

　　本诗讽刺达官贵戚悠闲自在、无所事事，却高爵显位，而护路的小吏辛苦劳累，却不能养家糊口。全诗四章。首章用对比手法，揭露、讽刺曹国社会之不公。护路小吏身背武器，迎来送往、辛苦无比，而那些尸位素餐、不劳而获的贵族老爷，却身披大红、充斥朝堂。第二、三章以鹈鸟不沾其翼、不湿其喙，却可以饱食鱼虾起兴，暗喻朝官贵族坐享其成、高高在上。第四章写南山云蒸霞蔚、彩虹高挂的美丽景色，而候人的幼女却忍饥挨饿、腹内空空，对比强烈，表达出诗人对曹国当权者的讽刺和鄙夷。《毛诗序》说："《候人》，刺近小人也，（曹）共公远君子而好近小人焉。"此论与诗意基本吻合。后世有注家认为此诗所写是女子讽刺情人。笔者以为此论不妥。

　　诗中"赤芾"为朝服的一种；"不称其服"是指这些官吏不配穿这种衣服，穿了则有损官府形象。

鸤　鸠

　　一、鸤鸠在桑[1]，其子七兮[2]。淑人君子[3]，其仪一兮[4]。其仪一兮，心如结兮[5]。

　　二、鸤鸠在桑，其子在梅[6]。淑人君子，其带伊丝[7]。其带伊丝，其弁伊骐[8]。

三、鸤鸠在桑，其子在棘[9]。淑人君子，其仪不忒[10]。其仪不忒，正是四国[11]。

四、鸤鸠在桑，其子在榛[12]。淑人君子，正是国人。正是国人，胡不万年[13]。

【注释】

[1]鸤（shī）鸠：布谷鸟。（相传布谷鸟喂养幼鸟，朝则自上而下，暮则自下而上，平均如一，因而用以官职命名。古代管水土的官职司空，曾称鸤鸠氏。） [2]其子七：旧说布谷鸟有七子，此处泛指幼鸟之多。 [3]淑：善。君子：有才德之人。 [4]仪：仪表，容颜仪态。一：始终如一。 [5]结：坚定，比喻用心坚定如一。 [6]其子在梅：小布谷鸟已经长大，会从桑树飞到梅树上。 [7]带：宽带，古代一种服饰。伊：是。丝：白丝。 [8]弁（biàn）：皮帽。骐：青黑色的马，此处指帽子的颜色是青黑色的。 [9]棘：酸枣树。 [10]忒（tè）：偏差。 [11]正：长，领导；另一说指法则，可做榜样之意。是：此。四国：各诸侯国。 [12]榛（zhēn）：树名。 [13]胡：何，怎么。

【译文】

布谷鸟

（一）布谷筑巢桑树上，养育小鸟一大帮。
　　　善良美好的君子，仪表始终持端庄。
　　　始终保持仪表正，心如磐石不动摇。

（二）布谷桑树上筑巢，幼鸟飞向梅树梢。
　　　善良美好的君子，腰系宽带白丝造。
　　　腰系宽带白丝织，戴着青黑色皮帽。

（三）布谷桑树上筑巢，酸枣树上鸟欢叫。
　　　善良美好的君子，仪容端庄不差毫。
　　　仪容端庄从无错，各国君主都少找。

一 | 国风

（四）布谷桑树上筑巢，幼鸟榛树上嬉闹。
善良美好的君子，全体臣民的领导。
他做民众的领导，祝他长寿永不老。

【简析】

　　这是一首赞美品德高尚、仪表端庄、爱民如子的君子（或国君）的诗。四章均以鸤鸠起兴。首章喻君子爱民如子，用心专一。第二、三章分别赞美君子的仪表气质和表率作用。末章赞颂君子可做全国的领袖，祝他长寿不老、万寿无疆。全诗对"淑人君子"用尽称颂之词，深表美君之意。而"君子"指何人，是古今学者难以定论的问题。从"正是四国""正是国人"来看，应指国君。但曹君失德，史有记载，因此有学者认为是指曹国兴盛时期的君主，即始封的周武王之弟叔振铎。《毛诗序》认为此诗是讽刺曹君之君臣用心不专一，"在位无君子"是讽刺在位者不如鸤鸠。笔者认为此诗是赞美仪表堂堂、品德高尚的君子，"其仪一兮""其仪不忒"，他仪容美、心儿正、本领强。反复吟唱，热烈赞颂"淑人君子"的品德，令人敬仰。诗中所写布谷幼鸟，由桑到梅、由梅而棘、由棘而榛，蹦蹦跳跳，吱吱学语，如闻其声，活泼可爱。诵读此诗，倍感亲切，有无限情趣。

　　诗中关于桑树的描写表明当时桑树之多，对丝带、皮帽等的描写则表明国君着装讲究，同时反映出当时国君的着装风格。

豳 风

七 月

一、七月流火[1]，九月授衣[2]。一之日觱发[3]，二之日栗烈[4]。无衣无褐[5]，何以卒岁[6]？三之日于耜[7]，四之日举趾[8]。同我妇子[9]，馌彼南亩[10]，田畯至喜[11]。

二、七月流火，九月授衣。春日载阳[12]，有鸣仓庚[13]。女执懿筐[14]，遵彼微行[15]，爰求柔桑[16]。春日迟迟[17]，采蘩祁祁[18]。女心伤悲，殆及公子同归[19]。

三、七月流火，八月萑苇[20]。蚕月条桑[21]，取彼斧斨[22]。以伐远扬[23]，猗彼女桑[24]。七月鸣鵙[25]，八月载绩[26]。载玄载黄[27]，我朱孔阳[28]，为公子裳。

四、四月秀葽[29]，五月鸣蜩[30]。八月其获[31]，十月陨萚[32]。一之日于貉[33]，取彼狐狸，为公子裘。二之日其同[34]，载缵武功[35]。言私其豵[36]，献豜于公[37]。

五、五月斯螽动股[38]，六月莎鸡振羽[39]。七月在野[40]，八月在宇[41]，九月在户[42]，十月蟋蟀入我床下。穹窒熏鼠[43]，塞向墐户[44]。嗟我妇子[45]，曰为改岁[46]，入此室处[47]。

六、六月食郁及薁[48]，七月亨葵及菽[49]。八月剥枣[50]，十月获稻。为此春酒[51]，以介眉寿[52]。七月食瓜，八月断壶[53]，九月叔苴[54]。采荼薪樗[55]，食我农夫[56]。

七、九月筑场圃[57]，十月纳禾稼[58]。黍稷重穋[59]，禾麻菽麦[60]。嗟我农夫，

一 | 国风 123

我稼既同[61]，上入执宫功[62]。昼尔于茅[63]，宵尔索绹[64]。亟其乘屋[65]，其始播百谷[66]。

八、二之日凿冰冲冲[67]，三之日纳于凌阴[68]。四之日其蚤[69]，献羔祭韭[70]。九月肃霜[71]，十月涤场[72]。朋酒斯飨[73]，曰杀羔羊[74]。跻彼公堂[75]，称彼兕觥[76]，万寿无疆！

【注释】

[1]七月：指夏历七月。（下文凡称某月者，均为夏历。今天沿用的阴历即夏历。）流：向下降落。火：星宿名，又名"大火"，每年夏历五月的黄昏，此星出现在正南方，以后逐渐西移，至七月便降到西方偏下。 [2]授衣：把冬衣做好发给农奴；另一说是把制冬衣的活计交给女奴去做。 [3]一之日：指周历的正月，即夏历十一月。（本诗中周历、夏历互用。周历比夏历早两个月，所以周历一月，即夏历上一年的十一月。下文的"二之日""三之日""四之日"，分别为周历的二月、三月、四月，可以类推夏历的相应月份。）觱发（bì bō）：寒风吹物声。 [4]栗烈：即"凛冽"，寒气袭人。 [5]褐（hè）：用粗毛布、粗麻布做的衣服。 [6]卒岁：过完一年，即度年关之意。 [7]于耜（sì）：修治农具。于：为，整治。耜：翻土农具。 [8]举趾：举足，下田耕地。 [9]同：会合，一起。妇子：妇女和孩子。 [10]馌（yè）：送饭。南亩：泛指田地。 [11]田畯（jùn）：管理农业的官吏。 [12]春日：指夏历三月。载：开始；另一说为语助词（下同）。阳：阳气上升，天气暖和。 [13]有：词头。仓庚：黄莺。 [14]懿（yì）：深。 [15]遵：沿着。微行（háng）：小路。 [16]爰（yuán）：于是。求：采摘。柔桑：细嫩的桑叶。 [17]迟迟：缓慢，此处指春日天长。 [18]蘩（fán）：草名，又叫白蒿。祁祁（qí）：众多。 [19]殆（dài）：怕。及：与。公子：指贵族女公子。同归：指陪女公子作陪嫁女子；另一说是怕被男公子强行带回家中。 [20]萑（huán）苇：荻草和芦苇，此处作动词，即收割荻草、芦苇。 [21]蚕月：养蚕的月份，指夏历三月。条桑：修剪桑枝。 [22]斧斨（qiāng）：古人称柄孔圆者为斧，柄孔方者为斨。 [23]远扬：又高又长的树枝。 [24]猗（yī）："掎"的假借字，拉，牵引。女桑：嫩桑叶。 [25]鵙（jú）：即伯劳鸟。 [26]载绩：开始纺织。 [27]载玄载黄：又是黑色，又是黄色。 [28]朱：正红色。孔阳：极其鲜明，艳丽。孔：很，极。 [29]秀：结穗。葽（yāo）：中药的一种，远志。 [30]蜩（tiáo）：蝉。 [31]其获：开始收割庄稼。 [32]陨（yǔ）：落下。蘀（tuò）：落叶。 [33]于貉（hé）：于，取。貉，一种与狐狸相似的野兽。 [34]其同：会合众人一起打猎。 [35]缵（zuǎn）：继续。武功：打猎。（古代打猎有演武之意。） [36]言：语助词。私：归私人所有。豵（zōng）：一岁的小野

猪，此处泛指小兽。［37］豜（jiān）：三岁的大猪，此处泛指大兽。公：王公贵族。［38］斯螽（zhōng）：即"螽斯"，蚱蜢、蝗类。动股：发声。（蝗类昆虫本是振动翅膀发声的，古人误认为是动腿发声。）［39］莎（suō）鸡：昆虫名，即纺织娘。［40］野：田野。（从此句开始，以下四句的主语皆指蟋蟀。）［41］宇：屋檐下。［42］户：房门。［43］穹：尽。窒：堵塞。（此句是说，把屋子都堵塞好，然后用火熏烧老鼠。）另一说为穹指打扫，室指灰尘垃圾。［44］向：朝北的窗子。墐（jìn）户：用泥涂抹，塞住门缝。［45］嗟：叹词。妇子：妻儿。［46］曰：发语词。为：将。改岁：过年。［47］处：住。［48］郁：李子一类的水果。薁（yù）：野葡萄。［49］亨：通"烹"。葵：蔬菜名。菽：豆类。［50］剥（pū）：通"扑""打"。［51］春酒：冬季酿酒，春天始成，故称春酒。［52］介：祈求。眉寿：长寿。（年高者多长眉，称"秀眉""眉寿"。）［53］断：采摘。壶：通"瓠（hù）"，葫芦。［54］叔：收拾。苴（jū）：麻籽。［55］荼（tú）：苦菜。薪：柴，此处作动词，当柴烧。樗（chū）：臭椿树。［56］食（sì）：拿东西给人吃，指把食物给农夫吃。［57］场：打谷场。圃：菜园，春夏种菜，秋季堆放收获之物。［58］纳：收藏。禾稼：各种农作物。［59］黍、稷：两种谷类农作物。碾成米，黍黏，稷不黏。重：通"穜（tóng）"，早种晚熟的谷子。穋（lù）：通"稑"，晚种早熟的谷子。［60］禾：谷物的一种。［61］同：集中，指农作物均已收获入仓。［62］上：同"尚"，还要。执：操作，从事。宫功：指修建房屋。［63］昼：白天。尔：语助词。于茅：取茅草。于：取。［64］宵：夜晚。索：搓。绹（táo）：绳子。［65］亟（jí）：急。其：语助词。乘：登上，此处指上房修缮。［66］其始：将要开始。［67］冲冲：凿冰声。［68］纳：收藏。凌阴：冰窖。［69］蚤：通"早"，此处指二月初一，为贵族祭祖仪式。［70］羔：小羊。韭：韭菜，指用小羊和韭菜做祭品。［71］肃霜：秋高气爽。［72］涤场：清除谷场。［73］朋酒：两壶酒。斯：语助词。飨（xiǎng）：用酒食招待人。［74］曰：发语词。［75］跻（jī）：登上。公堂：古代聚会的公共场所。［76］称：举起。兕觥（sì gōng）：用犀牛角制的酒杯，也有铜制似兕形的酒杯。

【译文】

七　月

（一）七月火星向西移，九月准备发寒衣。

十一月间北风呼，十二月寒天冻地。

此时还没粗布衣，何以熬过这年底？

正月开始修农具，二月举步下田去。

一 | 国风　125

带着妻子和孩子，天天送饭到地里，
田官见此心欢喜。

（二）七月火星向西落，九月厚衣无着落。
春天阳光多温暖，黄莺婉转在唱歌。
姑娘手提深竹筐，沿着小路忙走着，
为了养蚕采嫩桑。
春季日长又暖和，采蘩姑娘忙不停。
姑娘心中忧虑多，害怕错嫁丑小伙。

（三）七月火星偏西方，八月芦苇收割忙。
三月要把桑枝剪，大小斧头都带上。
长条高枝都砍完，攀着粗枝采嫩桑。
七月里来伯劳唱，八月里来纺织忙。
染丝有黑又有黄，染成红色最漂亮，
来给公子做衣裳。

（四）四月远志结了籽，五月蝉儿在鸣唱。
八月作物要收获，十月落叶随风扬。
十一月里去打貉，狐皮剥下好漂亮，
留给公子做冬装。
十二月里来相聚，继续打猎练武忙。
小兽归我来品尝，大兽送到公府上。

（五）五月蚱蜢叫不停，六月莎鸡振翅鸣。
七月蟋蟀在野外，八月檐下避秋风，
九月它在门口叫，十月躲在床下停。
打扫房屋熏鼠虫，堵塞北窗用泥封。
可叹妻子和儿女，眼看就要到年终，
住进此房过一冬。

（六）六月郁李葡萄尝，七月煮葵烧豆汤。
八月打下大红枣，十月割稻忙又忙。

酿上这坛好春酒,祭祀祈求寿命长。
七月还有瓜来吃,八月葫芦吃得香,
九月麻籽好收藏。
采来苦菜砍臭椿,养活农人度时光。

(七)九月建好打谷场,十月谷物收进仓。
黍子稷子早晚稻,粟麻豆麦各种粮。
叹我农人活儿重,各种谷物刚装仓,
还要服役修宫房。
白天野地割茅草,夜里搓得绳儿长。
赶快把屋修理好,开春又要耕种忙。

(八)腊月凿冰咚咚响,正月把物冰窖藏。
二月冰窖取食物,羔羊韭菜都献上。
九月天高气又爽,十月清扫打谷场。
两壶美酒来欢宴,还有美味小羔羊。
大家齐登公堂去,举起角杯响叮当,
万寿无疆共吉祥!

【简析】

这是一首写农事活动和农奴生活的代表性诗作,也是《国风》中最长的一首,可称得上是《诗经》中的"鸿篇巨制",与其说它是一首诗,倒不如说这是一篇有关农业科技和农耕文明的记载。

全诗共八章。首章总括全篇,叙述农人越冬春耕、全年劳动的情况。第二、三章写农妇蚕桑绩织,道出了春秋时期采桑、养蚕、缫丝、纺织、加工服装等与季节相适应的时间节点。第四章写农闲狩猎。第五章写一年将尽,农人治室御寒过冬。第六章写采集果蔬、造酒等农闲余事。第七章写秋收完毕,修房治室。第八章写年终宴饮,举杯庆贺。全诗犹一首月令歌,按每个月的气候、物候的变化,叙写农人耕种、采桑、狩猎、修缮、酿造、收割、藏冰、祭祀等生活场景。清人姚际恒《诗经通论》评价此诗:"鸟语虫鸣,草荣木实,似月令;妇子入室,

一 | 国风

茅绹升屋，似'风俗书'；流火寒风，似《五行志》；养老慈幼，跻堂称觥，似'庠序礼'（学校教育）；田官染职，狩猎藏冰，祭献执宫，似《国典制书》。其中又有似采桑图、田家乐图、食谱、谷谱、酒经。一诗之中，无不具备，洵（实在）天下之至文也。"此论深得后世学者的赞许。作为奴隶社会的农奴，还能登堂欢聚、举杯相称、同声祝福，这是何等欢快祥和的生活情景啊！不论此诗是否描写了一幅"田家乐图"，但至少展示了一幅西周时期社会安定、男耕女织、勤劳朴实的美好生活画面。当然，诗篇也从各个侧面描写了西周社会农民艰苦劳动和贫困生活的状况，反映出贫富悬殊的社会现象。

关于本诗的作者，《毛诗序》说为周公，用来教导年幼的成王，让他了解稼穑之艰难，"致王业之艰难也"。但是，周公制礼作乐，"吐哺握发"，日理万机，何以有暇吟诗作赋？因此有学者认为在周公之前已有此诗，歌颂周朝先祖公刘之世。清人方玉润《诗经原始》说："《七月》一篇，皆所言农桑稼穑之事，非躬亲陇亩久于其道者，不能言之亲切有味如是也。"他认为此诗由深知农桑之事者所作。还有人认为此诗由"类似农奴身份的人"所作，或"豳地农奴的集体创作"，等等。从诗中"嗟我妇子……入此室处""嗟我农夫""食我农夫"等诗句所表达的情感来看，此诗出自接近社会下层、深切了解稼穑之道且同情农人之苦的破落贵族文人或地方小官吏之手的可能性较大。

诗中有大量有关纺织服饰的内容，如"授衣"、对桑叶采摘的描写、对染色的描写和"载绩"等，"无衣无褐，何以卒岁"这句话流传至今。

鸱鸮

一、鸱鸮鸱鸮[1]，既取我子[2]，无毁我室[3]。恩斯勤斯[4]，鬻子之闵斯[5]。

二、迨天之未阴雨[6]，彻彼桑土[7]，绸缪牖户[8]。今女下民[9]，或敢侮予[10]？

三、予手拮据[11]，予所捋荼[12]，予所蓄租[13]，予口卒瘏[14]，曰予未有室家。

四、予羽谯谯[15]，予尾翛翛[16]，予室翘翘[17]，风雨所漂摇[18]，予维音哓哓[19]！

【注释】

〔1〕鸱鸮（chī xiāo）：猫头鹰。（古人认为此鸟是恶鸟，此处喻坏人。）〔2〕子：雏鸟。〔3〕无：通"勿"，不要。室：鸟巢。〔4〕恩：通"殷"。斯：语助词。恩斯勤斯：殷勤辛苦。〔5〕鬻（yù）子：养育幼子（鸟）。鬻，通"育"。闵（mǐn）：病困。〔6〕迨（dài）：趁着。〔7〕彻：剥取。土：通"杜"，树根。桑土：桑树根皮。〔8〕绸缪（móu）：缠绕，捆绑。牖（yǒu）：窗。户：门。〔9〕女：通"汝"，你们。下民：指人；另一说指树下的人。〔10〕或：谁，指"谁人"。予：我。〔11〕拮据（jié jū）：过度疲劳而手指僵硬，不能自由屈伸。〔12〕所：尚，还。捋（luō）：成把地摘取。荼（tú）：芦苇、茅草的白花。〔13〕蓄：积聚。租：通"苴（jū）"，茅草。〔14〕卒（cuì）：通"瘁""悴"。卒瘏（tú）：因过度劳累而得病。〔15〕谯谯（qiáo）：羽毛枯黄脱落。〔16〕翛翛（xiāo）：羽毛枯残而无光泽。〔17〕翘翘：高而危险。〔18〕漂摇：同"飘摇"。〔19〕维：语助词。哓哓（xiāo）：恐惧的叫声。

【译文】

鸱 鸮

（一）鸱鸮鸱鸮一恶鸟，抓走我家小幼鸟，
　　不要再毁我鸟巢。
　　日夜辛苦又尽力，养育孩子多辛劳。

（二）趁着天晴没下雨，剥取桑树根上皮，
　　用来修缮我鸟居。
　　你们这些树下人，有谁再敢把俺欺。

（三）我的双手已发麻，还要再去摘芦花，
　　积聚干草把窝搭，嘴巴叼材都累病，
　　只因还未安好家。

（四）我的羽毛稀又少，我的尾巴半枯焦，
　　我的巢儿危又高，风吹雨打乱摇晃，
　　令我恐惧苦悲号。

一 | 国风　129

【简析】

　　这是一首寓言诗（禽言诗）。诗人以一只母鸟的口气，诉说失子之痛、营巢之苦及处境之危。古代学者认为本诗为周公所作。武王去世后，成王年幼，由周公摄政。成王的叔父管叔、蔡叔不服，散布流言，诋毁周公，并和纣王的儿子武庚勾结，发动叛乱。周公东征平定了叛乱，保住了周室。但成王对周公仍有怀疑，周公作此诗，以述说他的艰辛，表白他的心迹。对此说，后世学者多持否定态度。还有一说是借鸟写人，以表达下层人民身受欺凌迫害所发出的嗟叹和愤慨。姑且认为这是一首以鸟喻人、述怀言志的寓言诗。诗篇采用拟人化的手法，假托母鸟的口气，诉说他和风雨、强敌（鸱鸮）斗争，并力竭身瘁，重建"家园"的过程，表达他敢于和恶劣环境抗衡、敢于和强势宿敌斗争的精神。这是我国第一首以鸟鸣附人事的禽言诗。

　　诗中也有对桑树的描写。人们已知晓桑叶养蚕的作用，此诗中记载了桑树的另一种用法，即剥取桑树皮，用来修缮鸟窝。

东　　山

一、我徂东山[1]，慆慆不归[2]。我来自东，零雨其濛[3]。我东曰归[4]，我心西悲[5]。制彼裳衣[6]，勿士行枚[7]。蜎蜎者蠋[8]，烝在桑野[9]。敦彼独宿[10]，亦在车下。

二、我徂东山，慆慆不归。我来自东，零雨其濛。果臝之实[11]，亦施于宇[12]。伊威在室[13]，蠨蛸在户[14]。町畽鹿场[15]，熠耀宵行[16]。不可畏也[17]，伊可怀也[18]。

三、我徂东山，慆慆不归。我来自东，零雨其濛。鹳鸣于垤[19]，妇叹于室[20]。洒埽穹窒[21]，我征聿至[22]。有敦瓜苦[23]，烝在栗薪[24]。自我不见，于今三年。

四、我徂东山，慆慆不归。我来自东，零雨其濛。仓庚于飞[25]，熠耀其羽。之子于归[26]，皇驳其马[27]。亲结其缡[28]，九十其仪[29]。其新孔嘉[30]，其旧如之何[31]？

【注释】

[1]徂（cú）：往。东山：周公东征到达之地，在今山东蒙阴；另一说在山东曲阜。 [2]慆慆（tāo）：长久。 [3]零雨：落雨。其濛：即"蒙蒙"，细雨。其：语助词。 [4]我东曰归：我在东山，刚刚听说要回去。 [5]西悲：向西而悲。 [6]裳衣：与作战时所穿不同的普通服装。 [7]勿：不要。士：同"事"，从事。行（héng）：同"横"。枚：类似筷子的小棍，士兵行军时横衔在嘴里，防止发出声音。行枚，即衔枚，横衔枚，此处代指从军作战。（此句是说不再过军队生活。） [8]蜎蜎（yuān）：虫蠕动的样子。蠋（zhú）：野蚕，桑虫。 [9]烝：长久；另一说为发语词。 [10]敦（duī）：蜷缩成团。车下：役车之下。（此句说人像野蚕一样蜷缩一团，睡在车下。） [11]果臝（luǒ）：葫芦科植物，一名瓜蒌，蔓生。实：结果实。 [12]施（yì）：蔓延，延伸。亦：语助词。宇：屋檐。 [13]伊威：虫名，今名土鳖，生于潮湿处。 [14]蠨蛸（xiāo shāo）：虫名，长腿蜘蛛。 [15]町疃（tǐng tuǎn）：屋边空地，野兽践踏过的地方。鹿场：鹿往来之处。 [16]熠燿（yì yào）：闪闪发光。宵行：磷火，俗称鬼火；另一说为萤火虫。 [17]不：犹"岂不""未尝不"。 [18]伊：是。怀：怀念。 [19]鹳（guàn）：水鸟名，形似鹤、鹭。垤（dié）：小土堆。 [20]妇：指征人之妻。 [21]埽：同"扫"。穹窒：打扫房子，清除脏物。 [22]聿（yù）：语助词，将要。 [23]有敦：即"敦敦"，形容瓜果团团圆圆的样子。瓜苦：苦味的瓜；另一说指瓢瓜。 [24]栗薪：即束薪，古代婚礼用。 [25]仓庚：黄莺。于：语助词。 [26]之子于归：这个女子出嫁。 [27]皇驳：毛色驳杂、艳丽，黄白相间为皇，赤白相间为驳。 [28]亲：母亲。缡（lí）：女子的佩巾。（古代女子出嫁时，母亲把佩巾给女儿结在带子上，称结缡。） [29]九十：表繁多。仪：仪式，礼节。 [30]新：新婚。孔：很，非常。嘉：美好。 [31]旧：久别之后。

【译文】

东　山

（一）我到东山去出征，岁月长久难回程。

今日我自东方回，正逢小雨细蒙蒙。

身在东方说归去，我心向西悲痛生。

缝制一身百姓衣，不再衔枚战场行。

野蚕蠕动成一团，躲藏野外桑林中。

我缩一团独身宿，车下藏身待天明。

一 | 国风　131

（二）我到东山去出征，岁月长久难回程。
　　　今日我自东方回，正逢小雨细蒙蒙。
　　　瓜蒌结实个儿大，屋檐下面拖长藤。
　　　屋内潮湿土鳖爬，蜘蛛结网在门庭。
　　　门旁空地成鹿场，夜晚乱飞萤火虫。
　　　这种景象岂不怕，越思越想心内惊。

（三）我到东山去出征，岁月长久难回程。
　　　今日我自东方回，正逢小雨细蒙蒙。
　　　鹳鸟长鸣土堆上，妻子叹息空房中。
　　　打扫清理肮脏物，将和丈夫相重逢。
　　　团团圆圆葫芦瓜，挂在柴上透凉风。
　　　我和丈夫不得见，至今已有三年整。

（四）我到东山去出征，岁月长久难回程。
　　　今日我自东方回，正逢小雨细蒙蒙。
　　　黄莺展翅双双飞，羽毛艳丽亮晶晶。
　　　想她当年来嫁我，五花骏马把亲迎。
　　　老母亲手结佩巾，种种仪式全履行。
　　　新婚之喜多美好，久别重逢是何情！

【简析】

　　这是一首非常著名的描写战争的诗。本诗的妙处，在于不直接描述战争的悲惨情景，而是通过远征士卒在归家途中的所见所闻及想象回家后的情景，来表达他对家乡的思念、对战争的厌倦和对和平生活的向往。全诗四章，首章写"我"远在东方，忽然听到回归的消息，喜出望外，又喜中生悲，不禁回忆起他衔枚行军、夜宿车下的艰苦生活，继而写他在归途中的所见所闻。第二章写"我"想象久别的家园可能出现的荒凉景象，恐惧与怀念之情俱生。第三章写"我"想象妻子思念自己的情景，表达了远征士卒盼望早日返家的心情。第四章回忆当年新婚情景，设想久别重逢的喜悦。每章的前四句均相同，反复吟唱，用细雨蒙蒙的天气烘托远征士卒回归家乡途中悲凉忧伤的气氛。全诗想象丰富，感情起伏跌宕，凄楚动人。曹操《苦寒行》曰："悲彼《东山》诗，悠悠使我哀。"后世不少描写战争惨苦的诗文，大多受此诗影响。

诗中有几处描写涉及服饰，"彼制裳衣"说明了当时普通民众的服装与军队服装的区别，不当兵了，就穿上普通人的衣服，心情舒坦多了。这就是孔子"敬畏服饰"的服饰观。在孔子看来，在什么样的场合，就要穿什么样的衣服，而穿了什么样的衣服，就必须做出和衣服相一致的行为。"蜀"是野蚕之意。"桑野"指野外的桑林。在日常生活中，人们可以采桑养蚕，但在军营中不能如此。如今又能看到茂密的桑林，又可以采桑养蚕了，心情自然舒畅无比。"缡"为女子的佩巾。

九　罭

一、九罭之鱼，鳟鲂[1]。我觏之子[2]，衮衣绣裳[3]。
二、鸿飞遵渚[4]，公归无所[5]，于女信处[6]。
三、鸿飞遵陆[7]，公归不复[8]，于女信宿[9]。
四、是以有衮衣兮[10]，无以我公归兮[11]，无使我心悲兮。

【注释】

[1]九：指网眼密集。罭（yù）：一种捕捉小鱼的渔网。鳟（zūn）、鲂：都是指大鱼。 [2]觏（gòu）：遇见。之子：这个人。 [3]衮（gǔn）衣：绣有龙纹图案的上衣。绣裳：绣有五彩图案的下衣。 [4]鸿：大雁。遵：沿着。渚（zhǔ）：水中的小洲。 [5]公：指客人。所：处所。 [6]女：通"汝"。信处：连住两个晚上。（两宿为信。） [7]陆：高平之地。 [8]不复：不返。 [9]信宿：同"信处"。 [10]是以：因此，所以。有：藏。 [11]无以：不让。以：使。

【译文】

　　　　细　网

（一）细网捕捉鳟鲂鱼，那人让我路上遇，

身穿绣龙好衣服。

（二）鸿雁沿着沙洲飞，你要回去无处归，

再住两夜我来陪。

（三）鸿雁沿着平陆飞，你要一去难再回，

再住两夜同床被。

（四）因此藏起绣龙衣，不要再说离我去，

别使我心悲凄凄。

【简析】

这是一首留客诗，但这位客人是何人，是什么身份？历来说法不一，各执一词。《毛诗序》说"美周公也"，意思是周公东征，东人对周公敬重爱戴，赋诗以表达挽留之意。另有一说为宴请客人时主人赋诗留客。还有人说是多情女子挽留恋人的诗。从"衮衣绣裳""公归无所""公归不复"这些诗句来看，留周公较合诗意。周公东征胜利，欲返回西方，东人担心成王不一定信任周公，而以此诗相留。首章以小鱼之网网得大鱼起兴，喻遇上了一位贵客嘉宾。第二、三章以鸿雁高飞却依恋沙洲、平陆起兴，喻周公返回未必有安身之处，不如留下，深切表达了婉言相留之情。第四章写把客人衣服藏起来，表达了强留之意：藏起绣龙衣，留公勿西归，勿使我伤悲。此诗写得生动传神，活泼可爱。

诗中"衮衣绣裳"是当时君主才可使用的服饰，一般人则不能穿画有龙纹图案的上衣，所以判断此诗挽留周公是有道理的。

狼 跋

一、狼跋其胡[1]，载疐其尾[2]。公孙硕肤[3]，赤舄几几[4]。

二、狼疐其尾，载跋其胡。公孙硕肤，德音不瑕[5]？

【注释】

[1]跋：践踏。胡：老狼颈上垂下的肉。 [2]载：再，又。疐（zhì）：

踩。〔3〕公孙：贵族子孙。硕肤：非常肥胖。〔4〕赤舄（xì）：红色鞋。舄：鞋。几几：鞋头弯曲。〔5〕德音：好声誉。瑕：瑕疵，过错。

【译文】

肥 狼

（一）肥狼前走踩下巴，退后又踩长尾巴。
　　　公孙挺着大肚子，红鞋弯弯红绳扎。
（二）肥狼后退踩尾巴，前走又踩肥下巴。
　　　公孙挺着大肚子，名声倒是不算差。

【简析】

　　古今学者对本诗的诗意有不同见解。《毛诗序》说："美周公也。周公摄政，远则四国流言，近则王不知，周大夫美其不失其圣也。"意思是周公虽遭人毁谤，不得成王信任，但他胸襟坦荡、声誉无瑕，并不计较。但是两章均以"狼跋其胡，载疐其尾"，即进退皆难作比，以豺狼喻周公；诗尾的"德音不瑕"，也只能作为反语看待，讽刺更加尖刻。因此笔者认为此诗主要是讽刺那些脑满肠肥、大腹便便的贵族统治者。"前跋其胡""载疐其尾""跋前疐尾""跋前疐后"均成为成语而流传于后世。

　　诗中有服饰的描写，"赤舄几几"中的"赤"指红颜色，"舄"指鞋。红色的鞋表明当时的人们尚赤。诗中还有鞋带的记载。

二
雅

小　雅

皇皇者华

一、皇皇者华[1]，于彼原隰[2]。駪駪征夫[3]，每怀靡及[4]。

二、我马维驹[5]，六辔如濡[6]。载驰载驱，周爰咨诹[7]。

三、我马维骐[8]，六辔如丝[9]。载驰载驱，周爰咨谋[10]。

四、我马维骆[11]，六辔沃若[12]。载驰载驱，周爰咨度[13]。

五、我马维骃[14]，六辔既均[15]。载驰载驱，周爰咨询[16]。

【注释】

[1]皇皇：同"煌煌"，指花色鲜亮、闪耀。华：花。 [2]于：在。原：高平之地。隰（xí）：低湿之地。 [3]駪駪（shēn）：众多疾行的样子。征夫：行人。 [4]每：常；另一说"虽"。怀：思，想。靡及：不及，不到，未想到之处。 [5]维：是。驹：马高五尺以上，六尺以下为驹。 [6]六辔：六根马缰绳。濡：润泽。 [7]周：广泛，普遍。爰：于，在。咨：问。诹（zōu）：聚集讨论。 [8]骐：青黑色的白马。 [9]如丝：四马的缰绳像丝一样均匀。 [10]谋：谋划。 [11]骆：黑鬃黑尾的马。 [12]沃若：马缰绳柔润。 [13]度（duó）：酌量。 [14]骃（yīn）：浅黑色与白色相间的马。 [15]均：整齐，协调。 [16]询：询问。

【译文】

鲜花朵朵开

（一）花儿开得多鲜艳，开在洼地和平原。
　　　众人行走急匆匆，常恐虑事不周全。

（二）我马雄壮又高骏，六条缰绳多滑润。
　　　策马赶车快快跑，调查民情广询问。

（三）我马青黑多骄骏，六条缰绳调配匀。
　　　策马赶车快快跑，广入民间来问讯。

（四）我马雪白黑尾巴，六条缰绳手中拿。
　　　策马赶车快快跑，到处访问订计划。

（五）我马浅黑带白花，六条缰绳多柔滑。
　　　策马赶车快快跑，细心查访无闲暇。

【简析】

　　本诗写使者调查民情、劳苦奔走的情况，表达出西周时期的使臣忠于职守、不辱使命的工作态度和严谨的社会风尚。西周王朝求贤若渴，野无遗才，表现出明君治国的英明决策和广阔胸怀。全诗八章。首章以鲜花开放、漫山遍野喻使者行色匆匆，为国事奔忙。以下各章反复赞叹骏马雄壮有力、缰绳美丽鲜亮，以马之骏、车之美衬托主人公的高尚品质，读来令人肃然起敬。

　　诗中有关于马的颜色的描述。在古代，马是重要的交通工具，马车的款式也较为多样。马的配件（如缰绳）多由麻和丝织品制成，这对纺织技术的发展是一个贡献。

南山有台

一、南山有台[1]，北山有莱[2]。乐只君子[3]，邦家之基[4]。乐只君子，万寿无期[5]。

二、南山有桑，北山有杨。乐只君子，邦家之光[6]。乐只君子，万寿无疆。

三、南山有杞[7]，北山有李。乐只君子，民之父母。乐只君子，德音不已[8]。

四、南山有栲[9]，北山有杻[10]。乐只君子，遐不眉寿[11]。乐只君子，德音是茂[12]。

五、南山有枸[13]，北山有楰[14]。乐只君子，遐不黄耇[15]。乐只君子，保艾尔后[16]。

【注释】

[1]台：通"苔"，又名"莎（suō）草"。 [2]莱：藜草，嫩叶可食。 [3]只：语助词。 [4]邦家：国家。基：基石。 [5]无期：无疆之意。 [6]光：荣耀。 [7]杞：落叶乔木，又名"狗骨"。 [8]德音：令名，美誉。 [9]栲（kǎo）：一种高大常绿乔木，质坚密；另一说为山樗（chū）树，即"臭椿树"。 [10]杻（niǔ）：檍树。 [11]遐：通"何"。眉寿：长寿。（年高者多长眉，称"秀眉""眉寿"。） [12]茂：盛。 [13]枸（jǔ）：又名"枳椇（zhǐ jǔ）"，果实可食。 [14]楰（jú）：山楸之类的树。 [15]黄耇（gǒu）：老人头发白后又变黄，此处指长寿。 [16]艾：养育。尔：你，指贤人。后：子孙后代。

【译文】

南山莎草

（一）南山莎草青又绿，北山之上长野藜。
　　　祝贺你啊诸君子，你是国家好根基。
　　　祝贺你啊诸君子，祝福万寿永不息。

（二）南山之上长满桑，北山之上有白杨。
　　　祝贺你啊诸君子，国家有你真光荣。
　　　祝贺你啊诸君子，祝福万寿寿无疆。

（三）南山之上有杞木，北山冈上长李树。
　　　祝贺你啊诸君子，民要尊你为父母。
　　　祝贺你啊诸君子，你的美名永记住。

（四）南山之上栲树长，北山冈上杻木旺。
　　　祝贺你啊诸君子，盼你长寿把福享。
　　　祝贺你啊诸君子，你的美名永传扬。

（五）南山之上枸树有，北山冈上有苦楸。

祝贺你啊诸君子，祝你黄发人长寿。

祝贺你啊诸君子，保养子孙传千秋。

【简析】

这是一首周王喜得贤才而宴请的祝贺诗。全诗六章，均以南山、北山之草木起兴，喻各位贤才具备各种美德，具有各种才智，将来必成国家之栋梁。首章称贤者为邦家之基石，颂其地位之重。第二章称得贤才为国家之荣耀，颂其声望之高。第三章称其可为民之父母，颂其德行之美。第四、五章祝贤者长寿，颂其声名美好，子孙相传，永保幸福。本诗采用民歌形式，句式基本相同，反复吟唱，读来畅快流漓，富有音乐美感。

"南山有桑"中的"桑"即桑树，桑树上的桑叶是养蚕的重要原料。"栲"指樗树，即"臭椿树"，也是养蚕的树种之一。

六 月

一、六月栖栖[1]，戎车既饬[2]。四牡骙骙[3]，载是常服[4]。玁狁孔炽[5]，我是用急[6]。王于出征[7]，以匡王国[8]。

二、比物四骊[9]，闲之维则[10]。维此六月，既成我服[11]。我服既成，于三十里[12]。王于出征，以佐天子[13]。

三、四牡修广[14]，其大有颙[15]。薄伐玁狁[16]，以奏肤公[17]。有严有翼[18]，共武之服[19]。共武之服，以定王国。

四、玁狁匪茹[20]，整居焦获[21]。侵镐及方[22]，至于泾阳[23]。织文鸟章[24]，白旆央央[25]。元戎十乘[26]，以先启行[27]。

五、戎车既安[28]，如轾如轩[29]。四牡既佶[30]，既佶且闲。薄伐玁狁，至于大原[31]。文武吉甫[32]，万邦为宪[33]。

六、吉甫燕喜[34]，既多受祉[35]。来归自镐，我行永久[36]。饮御诸友[37]，炰鳖脍鲤[38]。侯谁在矣[39]？张仲孝友[40]。

【注释】

[1]六月：夏历六月。（古代夏季六月通常不出兵。但狁犹侵犯，军情紧急，不得不六月出兵抗击。）栖栖（xī）：紧张、忙碌。 [2]戎车：兵车。饬（chì）：整治。 [3]骙骙（kuí）：形容马强壮。 [4]载：装载。常：绘有日月图案的军旗。服：兵士作战时穿的军服，包括皮衣、皮帽及白色下衣和鞋子。 [5]狁犹：见《采薇》注[6]。孔：很，甚。炽（chì）：盛，指气焰嚣张。 [6]是用：因此。急：紧急。 [7]王：周宣王姬靖，为厉王之子。（厉王无道，国势衰微。宣王继位后，内修国政，外御四夷，史称"宣王中兴"。）于：语助词。 [8]匡：扶正，救助。 [9]比：齐同，此处有比较选择之意。物：指马。比物：用同色的马配在一起。骊：黑色的马。 [10]闲：同"娴"，娴熟。维：语助词（下同）。则：法则。（此句意思是训练马匹，使之合乎作战的规则。） [11]服：军服。 [12]于：往，指行军。三十里：古代行军三十里为一舍。 [13]佐：辅佐。天子：周宣王。 [14]修：长。广：大。修广：战马又高又大。 [15]有颙（yóng）：即"颙颙"，头大，此处形容战马高大魁梧。 [16]薄：语助词。 [17]奏：成就。肤：大。公：通"功"，功业。 [18]有严：即"严严"，威武庄严。有翼：即"翼翼"，小心谨慎。 [19]共：共同；另一说通"恭"，恭敬，敬谨。武之服：行军打仗之事。服，事。 [20]匪：通"非"。茹：柔弱。 [21]整：整顿军队。居：占据。焦获：地名，在今陕西泾阳西北。 [22]镐（hào）：周地名，在今宁夏灵武一带，不是指周都镐京。方：朔方。 [23]泾阳：地名，在今甘肃平凉西。 [24]织：通"帜"，军旗。文、章：均指花纹。鸟章：军旗上画有鸟隼图案。 [25]白旆（pèi）：丝制旗帜。白：通"帛"。旆：旗飘带，此处泛指旗帜。央央：鲜明。 [26]元戎：大型战车。乘（shèng）：辆。 [27]启行：开路。 [28]安：安稳。 [29]如：乃。轾（zhì）：车向下俯。轩：车向上仰。 [30]佶（jí）：形容马健壮。 [31]大原：在今甘肃固原。 [32]文武：能文能武。吉甫：姓尹，字吉甫，此次出征的主帅。 [33]万邦：众多诸侯国。宪：榜样。 [34]燕喜：宴饮庆贺。 [35]祉：福。 [36]我行永久：出征很久。行：行役。永：路长。 [37]饮御：进献饮酒。御：招待。 [38]炰（páo）：同"炮"，烹煮。脍：细切鱼肉。 [39]侯：同"维"，语助词。 [40]张仲：尹吉甫的朋友。孝友：孝敬父母为孝，友爱兄弟为友，此处是对张仲的称赞。

【译文】

六 月

（一）六月出兵去打仗，整修战车备战忙。

四匹公马多健壮，旌旗军服载车上。

　　　　狎狁猖狂来侵犯，我军急行去抵抗。
　　　　宣王命令去征讨，辅佐周王保周邦。

（二）四匹黑马真雄壮，娴熟驯马守规章。
　　　盛夏六月去抗战，加紧工作制军装。
　　　我军戎服已备好，日行三十赴边疆。
　　　宣王命令去出征，辅佐周王讨强梁。

（三）四匹雄马体修长，高头大马气昂昂。
　　　讨伐狎狁赴前线，建功立勋凯歌唱。
　　　将帅威武又严谨，同心协力效宣王。
　　　同心协力讨敌寇，安邦定国保我王。

（四）狎狁猖狂不自量，占据焦获地一方。
　　　又侵朔方与镐地，长驱直入到泾阳。
　　　军旗绣上鹰隼鸟，丝帛锦旗随风扬。
　　　大型战车十辆整，冲锋陷阵无阻挡。

（五）战车行驶多安稳，俯仰自如无损伤。
　　　四匹公马真威武，雄壮熟练多安详。
　　　讨伐狎狁立战功，追到大原敌胆丧。
　　　文韬武略尹吉甫，四方诸侯好榜样。

（六）宴请吉甫庆胜利，得到天子重奖赏。
　　　来自镐地班师还，路途遥远时日长。
　　　美酒佳肴宴诸友，蒸鳖炖鲤珍馐香。
　　　席间宾朋还有谁？孝友张仲有声望。

【简析】

　　本诗记述周宣王时大将尹吉甫率军讨伐狎狁的事件，赞颂了尹吉甫的赫赫战功。全诗六章。首章写狎狁侵犯，战情紧急，宣王于盛夏六月命尹吉甫率军讨伐，叙述战前准备。第二、三章写军容之盛，训练战马，奔赴战场，为国家建功立业。第四章写周军抵御狎狁的战况，军旗指引，战车冲锋，周军英勇无比。第五章写征战结束，赞颂尹吉甫文武双全，堪为诸侯之榜样。末章写尹吉甫胜利归来后受周王赏赐，宴请诸友，共庆胜利。全诗写了战前、战中及战后庆功的情况，突出了抗敌主帅尹吉甫文韬武略、决胜千里的军事才能，称赞了周军士兵英勇杀敌、保卫家邦的爱国精神。篇末举张仲一人，实为暗写尹吉甫孝友之品德。"末赞张仲，正为吉甫添豪"（吴闿生《诗经会通》），是本诗用笔之妙处。

宣王中兴时期，命尹吉甫北伐狎狁，使大周王朝消弭外患而得以安定，此为"宣王中兴"之大事。本诗对此作了生动的记述，有重要的史料价值。

诗中的"常服"，"常"指带有日月图案的军旗，"服"指军服。周代的军服包括皮衣、皮帽及白色下衣和鞋子，可见当时皮革在军服中的使用很普遍。"织文鸟章，白斾央央"是对军旗和服装的描写，具有很大的研究价值。

采 芑

一、薄言采芑[1]，于彼新田[2]，于此菑亩。方叔莅止[3]，其车三千，师干之试[4]。方叔率止[5]，乘其四骐[6]，四骐翼翼[7]。路车有奭[8]，簟茀鱼服[9]，钩膺鞗革[10]。

二、薄言采芑，于彼新田，于此中乡[11]。方叔莅止，其车三千，旂旐央央[12]。方叔率止，约𫐄错衡[13]，八鸾玱玱[14]。服其命服[15]，朱芾斯皇[16]，有玱葱珩[17]。

三、鴥彼飞隼[18]，其飞戾天[19]，亦集爰止[20]。方叔莅止，其车三千，师干之试。方叔率止，钲人伐鼓[21]，陈师鞠旅[22]。显允方叔[23]，伐鼓渊渊[24]，振旅阗阗[25]。

四、蠢尔蛮荆[26]，大邦为仇[27]。方叔元老[28]，克壮其犹[29]。方叔率止，执讯获丑[30]。戎车啴啴[31]，啴啴焞焞[32]，如霆如雷[33]。显允方叔，征伐狎狁[34]，蛮荆来威[35]。

【注释】

[1]薄言：语助词。芑（qǐ）：一种野菜，初生时嫩叶可食。 [2]于：在。新田：新开垦的田。[开垦第一年为"菑（zī）"，第二年为"新田"，第三年为"畲（yú）"。] [3]方叔：周宣王时大臣，曾受命为南征蛮荆的主帅。莅（lì）：临。止：语助词。 [4]师：军队。干：盾牌，泛指武器。之：是。试：

用，练习。［5］率：率军出征。［6］骐：青黑色的马。［7］翼翼：形容排列整齐。［8］路车：大车，贵族所乘。有奭（shì）：即"奭奭"，鲜红。［9］簟茀（diàn fú）：用竹席编成的车帘。鱼服：用鱼皮制成的箭袋。［10］钩膺：古代马颈下胸前的饰物。鞗（tiáo）革：一种皮制铜饰的马缰头。［11］中乡：乡中，即田野中。［12］旂（qí）：绘有上下两条蛟龙的旗。旐（zhào）：绘有龟蛇的旗。央央：颜色鲜明。［13］约：束，缠。軝（qí）：车毂（gū），车轮中心部分，有孔，可以插轴。约軝：用皮缠绕兵车两端的长毂。错：花纹。衡：车辕前的横木。错衡：在车辕前的横木上涂上花纹。［14］鸾：通"銮"，古代马车上配的铃。玱玱（qiāng）：鸾铃声。［15］命服：天子赐给方叔的官服。［16］芾（fú）：通"韨"，蔽膝。斯：语助词。皇：即"煌"。斯皇：即"皇皇"，辉煌。［17］有玱：即"玱玱"，形容佩玉之声。葱珩（héng）：爵位很高的贵族佩带的玉饰。［18］鴥（yù）：鸟疾飞的样子。隼（sǔn）：鹞鹰之类的猛禽。［19］戾（lì）：至。［20］爰：于。止：止栖。［21］钲（zhēng）：古代进行军事训练或作战时用的一种类似铃的乐器，长柄，摇铃则止，击鼓则进。钲人伐鼓：钲人击钲，鼓人击鼓。［22］陈：陈列，集合。师旅：军队。鞠：告。鞠旅：做战斗动员。［23］显：明。允：诚信。［24］渊渊：鼓声。［25］振旅：指战前训练士兵。阗阗（tián）：鼓声；另一说指声势浩大。［26］蠢：动而无知，轻举妄动之意。蛮荆：荆地的蛮人，荆为古代楚国的别称。［27］大邦：指周王朝。为仇：作对。［28］元老：年长功高的功臣。［29］克：能。壮：宏大。犹：通"猷"，谋划。［30］执讯获丑：捕得俘虏。［31］啴啴（tān）：车子行进的声音。［32］焞焞（tūn）：声势浩大。［33］霆：迅雷为霆。［34］玁狁（xiǎn yūn）：亦作"猃狁"，我国古代西北边地民族名。［35］来：语助词。威：畏。蛮荆来威：使蛮荆畏惧。

【译文】

采摘苦菜

（一）采呀采呀采苦菜，首先来到新田采，接着又到菑田来。

方叔亲临来战台，战车三千一排排，军士持枪拿盾牌。

方叔率军去出征，四骐驾车跑得快，四马齐奔好气派。

朱漆战车闪光亮，竹席遮车鱼皮袋，马缰马勒用皮带。

（二）采啊采呀采苦菜，首先来到新田采，接着又到田中来。

方叔亲临来前线，战车三千一排排，军旗鲜明空中摆。

方叔战场作统帅，车毂皮缠雕花排，八只鸾铃响天外。

　　　　　王赐官服穿身上，朱红蔽膝放光彩，玉佩叮当声传来。
（三）鹞鹰疾飞快如箭，展翅高飞上蓝天，聚集又在树林间。
　　　　方叔亲临到前线，统领战车整三千，战士持盾苦操练。
　　　　方叔率军去出征，鸣钲击鼓声震天，列队誓师齐动员。
　　　　方叔英明又诚信，击鼓咚咚号令传，鼓声一响齐向前。
（四）蠢蠢欲动小荆蛮，意与周朝结仇怨。
　　　　方叔功高为元老，雄才大略智勇全。
　　　　方叔率军去出征，抓获俘虏斩凶顽。
　　　　战车隆隆向前进，排山倒海无阻拦，雷霆万钧声震天。
　　　　方叔英明又诚信，北伐猃狁大功建，荆蛮闻风心胆寒。

【简析】

　　本诗叙述周宣王时方叔率军征伐蛮荆（楚国）的历史事件，和前一首《六月》一样，都是描写周宣王时期的战争的诗篇。"宣王中兴"时期，有两件大事：一是尹吉甫北伐猃狁；二是方叔南征楚国。朱熹《诗集传》："宣王之时，蛮荆背叛，王命方叔南征，军行采芑而食，故赋其事以起兴。"这两首诗都有重要的史料价值。全诗四章。首章写军容之盛、兵车之多，装备精良，整装待发。第二章写主帅威严，光彩照人。第三章写周军军令严明，声势浩大。第四章写方叔率军杀敌、战果辉煌，不愧为功高德劭的元老、久经沙场的宿将。全诗运用夸张、反复等手法，极力渲染周军军力之强、气势之大，可谓"振笔挥洒，词色俱厉，有泰山压卵之势"（《诗经原始》）。如此军威，何坚而不摧，何往而不胜？

　　诗中多处与纺织服饰有关。"簟茀"是指用竹席编成的车帘。以竹为原料编制席子是古代重要的编织技术，当时已经把竹席用作战车的车帘，说明了竹席用途的扩展。"鱼服"是指用鱼皮制成的箭袋。鱼皮用于服饰在春秋时期已经出现。其他还有"钩膺""簟茀""旂""旐""约軝""错衡""芾""有玱""葱珩"。

146　　《诗经》纺织服饰文化解析

庭　燎

一、夜如何其[1]？夜未央[2]。庭燎之光[3]。君子至止[4]，鸾声将将[5]。

二、夜如何其？夜未艾[6]。庭燎晢晢[7]。君子至止，鸾声哕哕[8]。

三、夜如何其？夜乡晨[9]。庭燎有煇[10]。君子至止，言观其旂[11]。

【注释】

[1]夜如何其(jī)：夜到什么时间了？其：表疑问的语气助词。 [2]未央：未尽。 [3]庭燎：庭院中点燃的照明用的火把。 [4]君子：上朝的公卿大夫。止：语助词。 [5]鸾：通"銮"，车铃。将将(qiāng)：通"锵锵"，车铃声。 [6]艾：止，尽。 [7]晢晢(zhé)：明亮。 [8]哕哕(huì)：有节奏的铃声。 [9]乡：通"向"。乡晨：天将亮。 [10]煇：同"辉"。有煇：即"辉辉"，光明；另一说指烟火缭绕。 [11]言：语助词。旂(qí)：绘有双龙纹的旗帜。

【译文】

庭中火明

（一）夜色到了啥时光？长夜天未亮。

庭院火炬明晃晃。

诸侯朝见快来到，听见车铃响叮当。

（二）夜色到了啥时光？夜色天未亮。

庭中火炬正辉煌。

诸侯朝见快来到，銮声渐近响叮当。

（三）夜色到了啥时光？长夜天快亮。

庭中火炬快无光。

诸侯朝见快来到，已见龙旗随风扬。

【简析】

本诗写周宣王勤于政事、早起视朝的情景。全诗三章，均以"夜如何其"开篇，说明宣王勤于政事、不安于寝。从"鸾声将将（哕哕）""言观其旂"，可看出宣王之治纲纪严肃，公卿大臣恪尽职守，君臣同心，中兴王室。诗篇以设问开头，按时间顺序叙述，从"夜未央""夜未艾"到"夜乡晨"，表达了君王关心国事、急于早朝的心情。诗篇语言平实、有情有景、有声有色、亲切可人，读来颇有美好舒适、和谐愉悦之感。

诗中最后一句"言观其旂"中的"旂"是绘有龙纹的旗子，说明当时战旗上已使用龙纹图案。

黄　鸟

一、黄鸟黄鸟[1]，无集于榖[2]，无啄我粟[3]。此邦之人[4]，不我肯榖[5]。言旋言归[6]，复我邦族[7]。

二、黄鸟黄鸟，无集于桑，无啄我梁[8]。此邦之人，不可与明[9]。言旋言归，复我诸兄[10]。

三、黄鸟黄鸟，无集于栩[11]，无啄我黍[12]。此邦之人，不可与处[13]。言旋言归，复我诸父[14]。

【注释】

[1]黄鸟：黄雀。　[2]集：鸟群栖。榖（gǔ）：楮树。　[3]粟：谷类，去皮为小米。　[4]此邦：这个国家。　[5]不我肯榖："不肯榖我"的倒装句。榖：善。　[6]言：语助词。旋：归。　[7]复：返回。邦族：邦国家族，指故国。　[8]梁：粟类。　[9]明（méng）："盟"的假借字，盟约。　[10]诸兄：同族兄弟。　[11]栩（xǔ）：柞树。　[12]黍：黍子，去皮为黄米，有黏性。　[13]与处：与之共处。　[14]诸父：同族叔伯。

【译文】

黄雀鸟

（一）黄雀鸟啊黄雀鸟，不要飞落楮树上，
　　　不要啄吃我米粱。
　　　这个国家人不义，待我实在不善良。
　　　赶快回去往家返，再次返回我家乡。

（二）黄雀鸟啊黄雀鸟，不要飞落桑树上，
　　　不要啄吃我粟粱。
　　　这个国家人不义，不能与他结友邦。
　　　赶快回去返家乡，回到家乡见兄长。
（三）黄雀鸟啊黄雀鸟，不要飞落柞树上，
　　　不要啄吃我黍粱。
　　　这个国家人不义，难与他们相来往。
　　　赶快回去返家乡，回到我的叔伯旁。

【简析】

　　本诗写流浪者漂泊异乡所遭受的痛苦。全诗三章，皆言异邦不可居，而望归故国。诗以黄鸟喻异国的欺凌者，以榖、桑、栩喻被欺凌的流浪者，他们流浪异乡，遭到不友善的对待。黄鸟群飞群落，同啄黍粱，比喻流浪者遭受异邦欺凌之苦：孑然一身，六亲无靠，异乡不可居，思念父母兄长。诗篇运用排比手法，一唱三叹，感情真挚沉痛，读来引人共鸣。关于本诗主旨，说法甚多，如"刺宣王说""远嫁异乡女子思归说""痛恨本国统治者说"等。

　　诗中提到的楮树、桑树、柞树，都是和蚕有关的树种，说明当时对桑树已有三种树种的界定。

我 行 其 野

　　一、我行其野，蔽芾其樗[1]。昏姻之故[2]，言就尔居[3]。尔不我畜[4]，复我邦家[5]。

　　二、我行其野，言采其蓫[6]。昏姻之故，言就尔宿[7]。尔不我畜，言归斯复[8]。

　　三、我行其野，言采其葍[9]。不思旧姻，求尔新特[10]。成不以富[11]，亦祇以异[12]。

【注释】

[1]蔽芾(fèi)：枝叶茂盛。樗(chū)：臭椿树。 [2]昏：通"婚"，婚姻。 [3]言：语助词。就：相从。尔：你。（此句意思是前来和你同居。） [4]畜：容，留。尔不我畜：即"尔不畜我"。 [5]复：返回。邦家：指女子的娘家。 [6]蓫(zhú)：草名，又名羊蹄菜。 [7]尔宿：犹"尔居"。 [8]言、斯：均为语助词。归复：被弃而回娘家。复：返。 [9]葍(fú)：多年生蔓草，根茎可食。 [10]新特：新配偶。 [11]成："诚"的假借字，确实。以：因为。 [12]祇(zhǐ)：通"只"。异：异心。

【译文】

孤独行走在郊外

（一）我在野外独自行，臭椿树上叶青青。
　　　因为和你有婚约，同房欢度夫妻情。
　　　如今你已不容我，只有回到我家中。

（二）野外独行心彷徨，采摘蓫菜心内伤。
　　　因为和你有婚约，同房欢度情意长。
　　　如今你已不容我，只有回到我故乡。

（三）独自走在田野上，采摘葍菜充饥肠。
　　　夫妻恩情全忘记，又寻新人做配偶。
　　　不是她家比我富，喜新厌旧心不良。

【简析】

　　本诗写一位被弃女子的悲苦和控诉。前两章写女子被弃归家之情景。第三章写女子被弃之故，是丈夫不念旧情、另求新欢。诗篇开始描绘了一幅悲伤荒凉的画面：一位被弃女子在荒凉的原野上，跌跌撞撞、步履蹒跚地走来，而她的身后只有几棵臭椿树作伴。诗一开篇即烘托出一派悲凉的气氛，笼罩上一层凄苦的色彩。以下各章均以恶木野草（菜）起兴，象征被弃女子悲痛、愤恨的心情。她强忍悲愤，独行野外，风餐露宿，吃尽苦头，重返故里。也有注家认为此诗的主人公是男性，还有人认为此诗表达的是入赘女婿的哀怨之情。笔者以为这两种说法似与诗意不符。

　　诗中提到的"臭椿树"是蚕树的一种。

斯 干

一、秩秩斯干[1]，幽幽南山[2]。如竹苞矣[3]，如松茂矣。兄及弟矣，式相好矣[4]，无相犹矣[5]。

二、似续妣祖[6]，筑室百堵[7]，西南其户[8]。爰居爰处[9]，爰笑爰语。

三、约之阁阁[10]，椓之橐橐[11]。风雨攸除[12]，鸟鼠攸去，君子攸芋[13]。

四、如跂斯翼[14]，如矢斯棘[15]，如鸟斯革[16]，如翚斯飞[17]，君子攸跻[18]。

五、殖殖其庭[19]，有觉其楹[20]。哙哙其正[21]，哕哕其冥[22]，君子攸宁[23]。

六、下莞上簟[24]，乃安斯寝[25]。乃寝乃兴[26]，乃占我梦。吉梦维何[27]？维熊维罴[28]，维虺维蛇[29]。

七、大人占之[30]，维熊维罴，男子之祥；维虺维蛇，女子之祥。

八、乃生男子[31]，载寝之床[32]，载衣之裳[33]，载弄之璋[34]。其泣喤喤[35]，朱芾斯皇[36]，室家君王[37]。

九、乃生女子，载寝之地[38]，载衣之裼[39]，载弄之瓦[40]。无非无仪[41]，唯酒食是议[42]，无父母诒罹[43]。

【注释】

[1]秩秩：形容水流清澈。斯：此，这。干：通"涧"，山间流水。 [2]幽幽：深远。南山：终南山。 [3]如：有。苞：丛生。 [4]式：发语词。相好：相互友好、和睦。 [5]犹："獣"的假借字，欺诈。 [6]似："嗣"的假借字，继承。妣(bǐ)：死去的母亲。妣祖：此处指先妣姜嫄；另一说泛指祖先。 [7]堵：一面墙为一堵。百堵，言房屋之多。 [8]西南其户：向西向南开门。户：门。 [9]爰：于是，在这里。居：居住。处：止，息。 [10]约：捆扎。之：指筑墙用的木板。阁阁：捆扎筑墙木板时发出的声音。 [11]椓(zhuó)：敲打。橐橐(tuó)：夯土声。 [12]攸：乃，于是。除：去，消除。 [13]芋：通"宇"，居住。 [14]跂(qǐ)：踮起脚跟站立。斯：语助词。翼：端正。 [15]矢：箭头。棘：棱角。 [16]革：翅膀。 [17]翚(huī)：野鸡。 [18]跻(jī)：升，登，此处指住。 [19]殖殖：平整。 [20]有觉：即"觉觉"，形容高大。楹(yíng)：柱子。 [21]哙哙(kuài)：宽敞明亮。正：向阳的正室；另一说指白昼。 [22]哕哕(huì)：深暗。

冥：指背阳之处幽暗。　[23]宁：安居。　[24]莞(guān)：蒲草，此处指蒲草编的席子。簟(diàn)：竹席。　[25]乃：于是。斯：语助词。寝：睡。　[26]兴：起来。　[27]占梦：根据梦境占卜吉凶。　[28]罴(pí)：熊的一种，略大于熊。维：与前句中的"维"同，意思均为"是"。　[29]虺(huǐ)：毒蛇。　[30]大人：太卜，掌占卜的官吏。[31]乃：如果，若。　[32]载：则，就。床：安放在床上。　[33]衣：动词，穿。　[34]弄：玩弄。璋(zhāng)：玉器，形似半圭。（初生男孩玩玉，以象征将来显贵。）　[35]喤喤(huáng)：小孩哭声洪亮。　[36]朱芾(fú)：红色的护膝。斯皇：即"皇皇"，鲜明、辉煌。　[37]室家：家庭，指一家之中。君王：周王生的儿子，或为诸侯，或为天子。　[38]寝之地：放在地上睡。（生男寝床，生女寝地，为上阳下阴之意。）　[39]裼(tì)：包婴儿用的小被。　[40]瓦：陶制的纺锤。　[41]无非：无违，此处指无违长辈。仪：邪，指不合礼法的行为；另一说通"议"，意思是不要议论是非。　[42]议：商量，考虑，指女子应多考虑操办酒食等家务事。　[43]诒(yí)：通"贻"，给予。罹(lì)：忧患。

【译文】

清澈溪流

（一）流水清澈在溪涧，林木幽深见南山。
　　绿竹丛丛景色好，苍松茂密满山峦。
　　手足之情兄弟好，友爱和睦心相连，
　　彼此从不互欺瞒。

（二）继承祖业承遗愿，建造房屋千百间，
　　门开向西又向南。
　　一家和睦同居住，欢声笑语阖家欢。

（三）筑墙木板捆得响，填土通通用力夯。
　　刮风下雨全不怕，鸟雀老鼠无处藏，
　　君子住此心欢畅。

（四）端正高耸如跂立，棱角齐整如箭矢，
　　壮观好像鸟展翅，华丽恰似五色鸡，
　　君子住此心欢喜。

（五）庭院宽敞又平整，屋柱高大稳支撑。
　　正堂敞亮光线好，背阳之处甚幽静，

　　　　君子住此多安宁。

（六）下铺草垫上竹席，高枕无忧好寝息。
　　　晚间早睡晨起早，为我占梦求福气。
　　　梦中吉象是何物？
　　　那是黑熊有大罴，还有虺蛇也大吉。

（七）太卜占梦细谈论，梦见熊罴喜事临，
　　　要生男孩喜临门；
　　　梦见长蛇梦见虺，要生女孩是千金。

（八）若是生个男儿郎，让他睡在小张床，
　　　锦绣衣裳好穿戴，让他玩弄白玉璋。
　　　他的哭声多洪亮，红色蔽膝好辉煌，
　　　将是周室好君王。

（九）若是生个小姑娘，让她睡在地板上，
　　　给她盖个褓襁被，纺纱瓦锤玩具当。
　　　不违礼教无偏斜，酒食家务多担当，
　　　别给父母添忧伤。

【简析】

　　这是一首祝贺周王建筑宫室落成的诗。全诗内容可分两个部分，第一至五章写宫室，第六至九章颂主人。首章总写山势，面山背水，茂林修竹，清秀幽雅，并祝家族和美。第二章写建筑新宫的目的，继承先祖事业，造福子孙后代，使宗族安居乐业。第三章写宫室建筑之坚固严密。第四章写宫室之壮美，巧用排比，文辞优美。第五章写宫室宽敞明亮，美好舒适。第六章祝主人入住新宫安寝，并得吉梦。第七章假设占卜之辞，梦见熊罴则生男，梦见虺蛇则生女。第八章祝生男。第九章祝生女。本诗虽是对新建宫室的称赞，但更是对帝王权力、地位的歌颂。宫室的坚实壮观，意味着家族的兴旺发达。太卜占卜，祝颂子孙繁衍，继承祖业，宗族昌盛。诗中叙事、写景、抒情交织在一起，有建筑宫室的生动描写，有美好祝愿的想象，虚实结合，相辅相成。末两章中的"弄璋""弄瓦"，一般注家认为这反映了当时男尊女卑的观念。后世祝贺别人生男曰"弄璋之喜"、生女曰"弄瓦之喜",即源于此。"瓦",古代指纺专,是纺织的别称。生了女孩,将来要学会纺纱织布,所以在童年时期就让她玩弄纺坠,相当于现在的从娃娃抓起;而生了男孩,要"弄璋",还要让他睡在床上,而且用锦绣做衣裳。

无 羊

一、谁谓尔无羊[1]?三百维群[2]。谁谓尔无牛?九十其犉[3]。尔羊来思[4],其角濈濈[5]。尔牛来思,其耳湿湿[6]。

二、或降于阿[7],或饮于池,或寝或讹[8],尔牧来思[9],何蓑何笠[10],或负其餱[11]。三十维物[12],尔牲则具[13]。

三、尔牧来思,以薪以蒸[14],以雌以雄[15]。尔羊来思,矜矜兢兢[16],不骞不崩[17]。麾之以肱[18],毕来既升[19]。

四、牧人乃梦[20],众维鱼矣[21],旐维旟矣[22]。大人占之[23],众维鱼矣,实维丰年。旐维旟矣,室家溱溱[24]。

【注释】

[1]谓:说。尔:你,指牛羊的主人,即奴隶主;另一说指周宣王。 [2]三百:泛指牛羊多。(下句的"九十",同此意。)维:为,是。 [3]犉(rún):黄牛黑唇;另一说指肥大的牛。 [4]思:语助词(下同)。 [5]濈濈(jí):众多聚集的样子。 [6]湿湿:牛反刍时耳朵抖动。 [7]或:有的。降:下来。阿:丘陵。 [8]寝:休息。讹(é):同"吪",走动。 [9]牧:牧人。 [10]何:通"荷",披戴。蓑:蓑衣。笠:斗笠。 [11]餱(hóu):干粮。 [12]三十维物:牲畜的毛色很多。物:牲畜的毛色。 [13]牲:供祭祀的牛羊。具:齐备,具备。 [14]以:取,带着。薪:柴。蒸:细柴草。 [15]以雌以雄:指获得的鸟兽有雌有雄。 [16]矜矜(jīn):坚强。兢兢:形容牛羊紧张拥挤,唯恐失群。 [17]骞(qiān):亏损,此处指牛羊有走失。崩:牛羊溃散。 [18]麾(huī):通"挥",挥动,指挥。肱(gōng):手臂。 [19]毕:全。既:尽。升:牛羊入圈。 [20]牧人:此处指管理畜牧的官吏。 [21]众维鱼矣:即"维众鱼矣",指梦见众多的鱼。维:乃,是(下同)。众,一说为"螽"的借字,指蝗虫,梦见蝗虫变为鱼。 [22]旐(zhào):绘有龟蛇图案的旗。旟(yú):绘有鹰隼图案的旗。 [23]大人:指占卜的官。占:占卜。 [24]室家:

家庭。溱溱（zhēn）：通"蓁蓁"，茂盛，此处指人丁兴旺。

【译文】

无 羊

（一）谁说你家没有羊？三百羊群满山冈。
　　　谁说你家没有牛？黑唇黄牛九十头。
　　　你那羊群回来时，羊角攒动满山沟。
　　　你那牛群回来时，耳朵摇摆慢悠悠。

（二）有的下到山坡上，有的饮水在池塘，
　　　有的走动有的躺。
　　　牧人山野把歌唱，披蓑戴笠喜洋洋，
　　　有的身上背干粮。
　　　牛羊毛色三十种，品种齐全祭上苍。

（三）牧人从那西山归，带回柴草一大堆，
　　　还捉禽兽也带回。
　　　看那羊群下山时，挤挤撞撞紧跟随，
　　　不多不少未掉队。
　　　牧人手臂一挥动，羊群乖乖把圈回。

（四）牧官夜里做个梦，大群鱼儿多欢腾，
　　　旌旗猎猎飘空中。
　　　太卜圆梦说得好，鱼儿众多人欢庆，
　　　来年丰收好收成。
　　　旌旗猎猎迎风飘，家族兴旺香火盛。

【简析】

　　这是一首赞颂牧业兴旺的诗。诗人笔下描绘了一幅广阔绚丽的草原放牧图，景色秀丽，牛羊繁盛。诗中描写了牛羊的动作，有的在池边喝水，有的或走或卧，而且将牛吃草时耳朵扇动的神态写得生动形象、栩栩如生。诗中还描写了牧人

（或牧童），"何（荷）蓑何（荷）笠，或负其餱"，寥寥数笔，就把一位身披蓑衣、头戴斗笠、身背干粮的放牧者的形象生动地呈现出来了。当牧人（或牧童）放牧结束归来之时，他身背柴草、手提猎物，不能扬鞭指挥，仅"麾（挥）之以肱（手臂）"，牛羊即回归圈中。而牛羊归来时，挤挤撞撞，紧跟相随。这些细节描写如特写镜头，使读者如临其景、如观其行、如听其声，真可谓妙笔生花，神韵天成，感人至深。诗末又以太卜圆梦，祝福人丁兴旺、五谷丰登，忽出奇幻，虚虚实实，表达出对美好生活的向往。

诗中有对蓑衣和斗笠的记载。蓑衣由植物叶秆等编织而成，主要用于保暖和避雨。斗笠是帽子的一种，戴在头上，作用是避雨和遮阳。

蓑衣和斗笠

小　弁

一、弁彼鸒斯[1]，归飞提提[2]。民莫不穀[3]，我独于罹[4]。何辜于天[5]？我罪伊何[6]？心之忧矣，云如之何[7]？

二、踧踧周道[8]，鞫为茂草[9]。我心忧伤，惄焉如捣[10]。假寐永叹[11]，维忧用老[12]。心之忧矣，疢如疾首[13]。

三、维桑与梓[14]，必恭敬止[15]。靡瞻匪父[16]，靡依匪母[17]。不属于毛[18]，不罹于里[19]。天之生我，我辰安在[20]？

四、菀彼柳斯[21]，鸣蜩嘒嘒[22]。有漼者渊[23]，萑苇淠淠[24]。譬彼舟流[25]，不知所届[26]。心之忧矣，不遑假寐[27]。

五、鹿斯之奔[28]，维足伎伎[29]。雉之朝雊[30]，尚求其雌。譬彼坏木[31]，疾用无枝[32]。心之忧矣，宁莫之知[33]。

六、相彼投兔[34]，尚或先之[35]。行有死人[36]，尚或墐之[37]。君子秉心[38]，维其忍之[39]。心之忧矣，涕既陨之[40]。

七、君子信谗，如或酬之[41]。君子不惠[42]，不舒究之[43]。伐木掎矣[44]，析薪扡矣[45]。舍彼有罪[46]，予之佗矣[47]。

八、莫高匪山[48]，莫浚匪泉[49]。君子无易由言[50]，耳属于垣[51]。无逝我梁[52]，无发我笱[53]。我躬不阅[54]，遑恤我后[55]！

【注释】

[1]弁(pán)：快乐。鸒(yù)：鸟名，鸦类，小于鸦。斯：语助词。[2]提提(shí)：鸟群飞。[3]榖：善。[4]罹(lì)：忧愁。[5]辜：罪，得罪。[6]伊：是。[7]云：语助词。如之何：怎么办。[8]踧踧(dí)：平坦。周道：大道。[9]鞫(jú)：阻塞；另一说为尽，穷，完全。[10]怒(nì)：忧思伤痛。捣：撞击。[11]假寐：和衣而睡。永叹：长叹。[12]维：因。用:而。维忧用老：因忧愁而衰老。[13]疢(chèn)：病。疾首：头痛。[14]维：发语词。桑、梓：桑树、梓树为古代宅院旁常栽的树木，此处代指父母，因为树由父母所栽。[15]止：语助词。[16]靡：无。匪：不。瞻：瞻仰，敬仰。靡……匪……：无……不……。[17]依：依恋。[18]属(zhǔ)：连。毛：身体外表的皮肤、毛发，喻父亲。[19]罹：通"丽"，附着。里：身体内部的血肉，喻母亲。[20]辰：时，指时运、运气。[21]菀(wǎn)：茂盛。斯：语助词。[22]蜩(tiáo)：蝉。嘒嘒(huì)：蝉鸣声。[23]有漼(cuǐ)：即"漼漼"，指水深。[24]萑(huán)苇：芦苇。淠淠(pèi)：茂盛。[25]舟流：船漂流于水上。[26]届：至。[27]不遑：不暇，顾不得。[28]斯：语助词。[29]维：发语词。伎伎(qí)：四足飞奔。[30]雉(zhì)：野鸡。雊(gòu)：野鸡鸣叫。[31]坏：通"瘣(huì)"，病，树木多瘤而无枝。[32]用：因。疾用无枝：即"用疾无枝"，树木因病而无枝。[33]宁：竟。莫之知：即"莫知之"。[34]相：看。投：掩。投兔：被捕在网中的兔子。[35]或：有人。先：开放，放掉。[36]行(háng)：道路。[37]墐(jìn)：通"殣"，埋葬。[38]君子：指作者的父亲。秉心：存心。[39]维其：何其，多么。忍：狠心，残忍。[40]涕：眼泪。陨：坠落。[41]酬：敬酒。[42]惠：仁爱。[43]缓究：慢慢地追究。之：指谗言。[44]掎(jǐ)：牵引，拉住。（伐木时用绳拉树，以控制树向下倒的方向。）[45]析薪：劈柴。扡(chǐ)：顺着木材的纹理劈开。[46]舍：放过。有罪：指进谗言之人。[47]佗(tuó)：加给，加在。[48]匪：通"非"。[49]浚：深。[50]君子：指明智的人。易：轻易。由：于。[51]属(zhǔ)：连，引申为"贴"。垣：墙。[52]逝：往。梁：拦水捕鱼的石坝。[53]发：打开。笱(gǒu)：捕鱼的竹篓。[54]躬：自身。不阅：不见容。[55]遑：闲暇，何暇。恤：忧虑。

【译文】

快 乐 林

（一）小小寒鸦多快活，成群飞回鸟儿窝。
　　　人们生活多美好，我独心中忧愁多。
　　　我怎得罪那苍天？我的罪过所谓何？
　　　心中忧愁说不尽，我又对此怎么着？

（二）平平坦坦一大道，如今长满丛生草。
　　　我的心中很悲伤，痛苦忧伤如棒捣。
　　　和衣而眠长叹息，忧伤过度人变老。
　　　心中忧愁说不尽，痛心疾首要病倒。

（三）桑树梓树父母种，对它必恭又必敬。
　　　没有儿子不敬父，儿子都要依恋母。
　　　有谁不是父亲养，有谁不是母养护。
　　　苍天既然把我生，我的好运在何处？

（四）杨柳茂盛枝条青，树上蝉儿声声鸣。
　　　池塘深深水色碧，池边芦苇密丛丛。
　　　我像船儿顺水飘，不知飘在何处停。
　　　心中忧愁说不尽，和衣打盹也不能。

（五）鹿儿求偶在奔腾，四蹄奔跑快如风。
　　　野鸡清晨不住叫，向那母鸡来求情。
　　　我像长瘤多病树，枝干枯萎叶凋零。
　　　心中忧愁说不尽，谁人知我苦伶仃。

（六）野兔误入罗网中，尚会有人放开它。
　　　道路之上有野尸，也会有人埋葬他。
　　　谁料父亲心太狠，这样狠心是为啥。
　　　心中忧愁说不尽，心中悲凄热泪下。

（七）父亲轻易听谗言，像吃敬酒笑开颜。
　　　父亲对我无情义，不肯静心查谣言。

砍树要用绳牵引,劈柴要顺木纹砍。

放过罪人造谣者,加之我身罪名担。

(八)如果不高不是山,如果不深不是潭。

君子出言要慎重,隔壁有耳贴墙边。

别到我的鱼坝来,不要打开鱼篓看。

叹我自身不相容,哪顾身后世事艰!

【简析】

此诗是儿子被父亲放逐而抒发忧愤之作,还是写弃妇哀怨之作,一直是古今学者争议不休的问题。《毛诗序》认为:"刺幽王也。太子之傅作焉。"幽王宠幸褒姒,放逐太子宜臼,因而宜臼请老师代作或自作此诗。也有人说此诗由宣王时期的大臣尹吉甫的儿子伯奇所作。吉甫惑于后妻,伯奇被逐而作此诗。另有一说为弃妇诗,根据"雉之朝雊,尚求其雌"的诗句,且诗中频呼"君子",故认为不像子呼父之口气。全诗八章。首章以鸟儿飞翔起兴,反衬自己无罪遭弃,抒发忧伤之情。第二章以道路被杂草堵塞的荒凉景象起兴,表达被逐的悲伤心情。第三章诉说自己对父母毕恭毕敬,却得不到父母的爱,责问苍天,所谓何故。第四章以茂柳蝉鸣、渊深苇长起兴,哀叹自己如浮舟漂流,无所依归。第五章以野鹿急奔觅偶、野鸡鸣啼求伴为喻,哀叹自己被弃之苦,表达极度悲哀之心情。第六章诉说人皆有怜悯同情之心,责怨父亲心狠绝情。第七章以砍木劈薪为喻,埋怨父亲不明事理、轻信谗言,使自己身受不白之冤。第八章写自己虽放逐在外,仍关心父亲安危,表明自身既不见容,也难顾及身后事了。本诗采用多种表现手法抒发感情,有反衬,有比喻,赋、比、兴三种手法交替使用。诗人善用眼前景物,诉说心中悲哀,读来凄楚不已,引人伤感同情。诗中对桑林的描写表明当时桑树之普遍及其深受人们的重视。

巷 伯

一、萋兮斐兮[1],成是贝锦[2]。彼谮人者[3],亦已大甚[4]!

二、哆兮侈兮[5],成是南箕[6]。彼谮人者,谁适与谋[7]?

三、缉缉翩翩[8]，谋欲谮人。慎尔言也[9]，谓尔不信。

四、捷捷幡幡[10]，谋欲谮言。岂不尔受[11]，既其女迁[12]。

五、骄人好好[13]，劳人草草[14]。苍天苍天，视彼骄人，矜此劳人[15]。

六、彼谮人者，谁适与谋？取彼谮人，投畀豺虎[16]。豺虎不食，投畀有北[17]；有北不受，投畀有昊[18]。

七、杨园之道[19]，猗于亩丘[20]。寺人孟子[21]，作为此诗[22]。凡百君子[23]，敬而听之[24]。

【注释】

[1]萋、斐(fēi)：花纹错杂。 [2]成：织成。贝锦：花纹如贝的丝织品。 [3]谮(zèn)人：进谗言、说别人坏话的人。 [4]亦已：也已。大：太。 [5]哆(chǐ)：张口。侈：大。 [6]南箕：箕星，二十八宿之一，四星连成梯形，形似簸箕，俗称"簸箕星"，因位于南方而称"南箕"。古人认为箕星主口舌是非，故以此喻谗人。 [7]适：喜；另一说去，往。 [8]缉缉(qī)：通"咠咠"，贴耳私语。翩翩：往来不停；另一说通"谝谝"，指花言巧语、巧佞之言。 [9]慎：谨慎小心。尔：你，指谮人。 [10]捷捷(jiàn)：同"伐伐"，能言善辩。幡幡(fān)：反复不定；另一说同"翩翩"。 [11]受：受骗。岂不尔受：即"岂不受尔"的倒装，意思是岂不受你欺骗。 [12]女：同"汝"。迁：避去，离去。女迁："迁女"，指离开谮人。 [13]骄人：得志的谮人。好好：得意忘形。 [14]劳人：忧伤之人，指被谮言者。草草：忧愁。 [15]矜：怜悯。 [16]畀(bì)：给予。 [17]有北：北方，荒凉之地。有：名词词头（下同）。 [18]有昊：即昊天，上天。 [19]杨园：园名。 [20]猗：通"倚"，加，靠在。亩丘：丘名；另一说指高地。 [21]寺人：阉人，相当于后世的宦官。孟子：寺人之名，即作者自称。 [22]作为：写作。 [23]凡：一切，所有。 [24]敬：通"警"，警惕，警戒。之：指此诗。

【译文】

巷 伯

（一）花纹交错颜色新，织成五色贝纹锦。

　　那个奸佞进谗人，冤枉好人心太狠。

（二）张大嘴呀张大嘴，嘴巴张成簸箕星。

　　　　　那个奸佞进谗人，谁愿和他谋事情？
（三）跑来跑去讲坏话，企图阴谋陷害人。
　　　　　做人说话要谨慎，你说谎言人不信。
（四）花言巧语把人骗，阴谋害人进谗言。
　　　　　难道没人受你害，终究识破离你远。
（五）小人得志就忘形，愁苦君子忧无穷。
　　　　　老天爷呀老天爷，看那害人的骄横者，
　　　　　可怜有人遭苦痛。
（六）那个害人的进谗者，谁愿和他把事商？
　　　　　快快将他来捉住，投给豺虎做食物。
　　　　　豺虎嫌臭不想吃，把他扔到北方去；
　　　　　北方要是不接受，送他西天见阎王。
（七）一条大道通杨园，依傍亩丘土坡边。
　　　　　我是寺人叫孟子，受人诬陷作诗篇。
　　　　　诸位君子执政者，都要警惕记心间。

【简析】

　　这是一首一个叫孟子的寺人所作的发泄愤懑的怨诗。诗中并无"巷伯"二字，而诗题名为"巷伯"，是因为寺人即巷伯。他被谗言所害而受到宫刑，愤而作此诗。全诗七章。首章以花纹如贝的锦缎设喻，讽刺谗人花言巧语、进谗害人。第二章写谗人嘴大如箕，极尽用谗言陷害他人之能事。第三章揭露谗人穿梭来往、串通一气、进谗害人的行径。第四章警告谗人作恶多端，终会被人识破而将自食其果。第五章写坏人得志、好人受害，呼唤苍天，抒发愤恨之情。第六章明确提出要惩罚坏人，投畀豺虎、弃之荒漠，表达了极度痛恨之情。第七章自诉其名，交代身份，说明作诗原由，并警告当政者警戒。诗篇言辞强烈明快，将谗人巧言令色、私下交头接耳、窃窃私语的丑态，刻画得惟妙惟肖、形态逼真。花言巧语如"贝锦"、多嘴多舌如"南箕"等比喻，更加鲜明、深刻地表达了痛恨之情。

诗中的"萋兮斐兮,成是贝锦"是对丝织品——锦的描写。锦是非常高贵的丝织品,如锦上再织花纹,就更加漂亮和珍贵,所以有"锦上添花"一词。现在用"前程似锦"来形容一个人的未来有美好的发展前途。

大　东

一、有饛簋飧[1],有捄棘匕[2]。周道如砥[3],其直如矢[4]。君子所履[5],小人所视[6]。睠言顾之[7],潸焉出涕[8]。

二、小东大东[9],杼柚其空[10]。纠纠葛屦[11],可以履霜[12]。佻佻公子[13],行彼周行[14]。既往既来[15],使我心疚[16]。

三、有洌氿泉[17],无浸获薪[18]。契契寤叹[19],哀我惮人[20]。薪是获薪[21],尚可载也[22]。哀我惮人,亦可息也[23]。

四、东人之子[24],职劳不来[25]。西人之子,粲粲衣服[26]。舟人之子[27],熊罴是裘[28]。私人之子[29],百僚是试[30]。

五、或以其酒[31],不以其浆。鞙鞙佩璲[32],不以其长[33]。维天有汉[34],监亦有光[35]。跂彼织女[36],终日七襄[37]。

六、虽则七襄,不成报章[38]。睆彼牵牛[39],不以服箱[40]。东有启明[41],西有长庚[42]。有捄天毕[43],载施之行[44]。

七、维南有箕[45],不可以簸扬[46]。维北有斗[47],不可以挹酒浆[48]。维南有箕,载翕其舌[49]。维北有斗,西柄之揭[50]。

【注释】

[1]有饛(méng):即"饛饛",食物装满食器的样子。簋(guǐ):古代食器。飧(sūn):熟食。 [2]有捄(qiú):即"捄捄",长而弯曲的样子。棘:酸枣木。匕:古代一种形似汤勺的食器。 [3]周道:大路。砥(dǐ):磨刀石。 [4]矢:箭。 [5]君子:指贵族。履:踩,走过。 [6]小人:指平民。 [7]睠(juàn)言:犹"睠然",回头的样子。之:指周道。 [8]潸焉:犹"潸然",流泪的样子。涕:眼泪。 [9]小东大东:指东方各诸侯国,以周京为准,离京远者为大东,离京近者为小东。 [10]杼柚(zhù zhú):织布机上的两个重要部件,此处代指织布机。(杼是梭子,内装纬线。柚是卷经线的大轴。此句的意思是,连织布机上的织物都被周王搜刮一空。) [11]纠纠:绳索缠绕的

162　《诗经》纺织服饰文化解析

样子。葛屦（jù）：用葛布做的鞋。［12］履：踩。［13］佻佻（tiāo）：轻狂的样子。［14］周行（háng）：即"周道"。［15］既往既来：来来往往，此处指征收赋税者。［16］疚：忧虑，内心痛苦。［17］有冽（liè）：即"冽冽"，寒冷。氿（guǐ）泉：泉水上涌受阻，从侧面流出。［18］无：不要。获薪：砍下的木柴。［19］契契：愁苦的样子。寤叹：睡不着而叹息。［20］惮（dàn）：通"瘅"，劳苦。［21］薪：前一个"薪"作动词，烧；后一个"薪"作名词，柴。是：此，这。［22］载：装载。［23］息：休息。［24］东人之子：指东方百姓子弟。（下文"西人之子"，指西周贵族子弟。）·［25］职：通"只"，只是。来（lài）：通"徕"，慰问。［26］粲粲：鲜明华丽的样子。［27］舟："周"的假借字。舟人：即周人，周王室的贵族。［28］罴（pí）：一种似熊而大的动物。熊罴是裘：即"裘熊罴"，裘作动词，穿，此句意思是穿着熊、罴皮制的皮衣。［29］私人：小人，指下层人物；另一说指周王室的亲戚、私属。［30］僚：西周时一种奴隶的名称。百：各种，所有的。百僚，另一说指各种官职。试：任用。［31］或：有的人，指西人。以：用，饮。浆：薄酒。［32］鞙鞙（juān）：形容佩玉长长的样子。璲（suì）：瑞玉，可以作为佩玉。［33］不以其长：西人认为不够长。［34］维：发语词。汉：银河。［35］监：通"鉴"，镜子。［36］跂（qí）：通"歧"，三角形，形容织女星三星鼎足而立的样子。［37］终日：整日。七襄：指织女星七次更换位置。襄：更动，越过。［一昼夜十二个时辰，从早到晚为七个时辰（自卯至酉，十四个小时），织女星一个时辰更动一个位置。故称"七襄"。］［38］报：复，往来之意，此处指纬线一来一往。章：纹理。报章：代指布帛。［39］睆（huàn）：星光明亮的样子。牵牛：牛郎星。［40］以：用。服箱：驾车。［41］启明：启明星，即金星，早晨出现在东方。［42］长庚：和金星为同一星，日落后出现在西方。（早出东，晚出西，故称"长庚"。）［43］天毕：星名，共八颗，形状像网。［44］载：则，乃。施（yí）：斜行。行（háng）：行列。［45］箕：星名，由四星连成梯形，像张口的簸箕。［46］簸扬：指簸米粮以去糠秕。［47］斗：星座名，南斗星，共六颗。（斗星和箕星都在南方，排列形状如酒斗，有柄，像勺。因斗星位于箕星之北，因此说"维北有斗"，二者并称"南箕北斗"）［48］挹（yì）：舀取。［49］翕（xī）：吸，向内收敛。［50］西柄：南斗星的斗柄常指向西方。揭：高举。

【译文】

大　东

（一）盒中饭食装得满，枣木勺子长又弯。

大路平如磨刀石，路面笔直如箭杆。

二｜雅　163

　　　　　贵族大人常来往，小民只能路边看。
　　　　　回过头来望一望，不禁伤心泪潸然。
（二）东方远近诸侯国，织机布帛都搜光。
　　　　　脚上缠绕穿草鞋，怎能用它踏冰霜。
　　　　　西方公子轻佻相，阔步行走大道上。
　　　　　来往不断征赋税，使我忧愁又心伤。
（三）侧出泉水清又寒，别把木柴泡里边。
　　　　　愁苦忧伤难入睡，哀叹苦人实可怜。
　　　　　砍下柴薪来烧火，还得装车往回搬。
　　　　　可怜我们劳苦人，也该休息暂得安。
（四）东方小民苦难深，累死也不来慰问。
　　　　　西方子弟享福贵，艳丽服装光照人。
　　　　　贵族子弟更优越，熊黑皮衣穿在身。
　　　　　周室贵族众家奴，也被任用有福分。
（五）东人进贡献美酒，西人说是淡酒浆。
　　　　　东人献上美佩玉，西人说它不精良。
　　　　　天上虽然有银河，镜不照人空无光。
　　　　　织女三星三角立，一天七次换地方。
（六）七次换位日奔忙，不能织布成彩章。
　　　　　牵牛星座虽明亮，不能用它拉车辆。
　　　　　东方有颗启明星，西方长庚闪闪亮。
　　　　　毕星柄弯似天网，高挂天空无用处。
（七）还有南天那箕星，不能用它簸米糠。
　　　　　箕星之北有南斗，不能用它舀酒浆。
　　　　　南边有个簸箕星，舌头内吸大口张。
　　　　　北斗星光闪闪亮，斗柄高举向西方。

【简析】

本诗写西周王室赋税繁多、大肆掠夺,东方诸侯小国不堪其苦的状况。全诗七章。首章写东方之人望周道而伤怀,因为东方的赋税财物是由此道运往西周王室的。第二章写东国之财产已被搜刮殆尽,"杼柚"皆空,但西周王室仍不断勒索。第三章以寒泉浸柴草喻东方之人得不到片刻休息,苦不堪言。第四章用对比手法,写东方、西方贫富悬殊、苦乐不均。第五章承前写东人无力满足西人之贪欲,启后过渡到天上的星宿。第六、七章用比拟手法,写天星虚设、有名无实,喻西周王室徒具虚名,不能解救东人之苦。

诗中有关纺织服饰的内容较多,具有重要的研究意义。我国古代纺织技术先进,杼和柚是织布机上的两个重要部件。杼是梭子,内装纬线,可起到引纬的作用。柚是卷绕经线的大轴,放在织布机的后面。其他还有葛屦、熊罴、鞗鞗、璲、七襄、织女等。

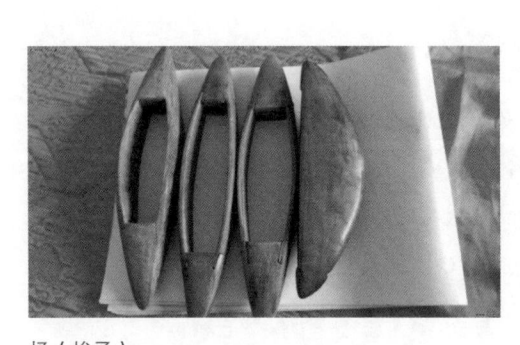

杼(梭子)　　　　　　织布机

颊　弁

一、有颊者弁[1],实维伊何[2]?尔酒既旨[3],尔殽既嘉[4]。岂伊异人[5],兄弟匪他[6]。茑与女萝[7],施于松柏[8]。未见君子,忧心奕奕[9];既见君子,庶几说怿[10]。

二、有颊者弁,实维何期[11]?尔酒既旨,尔殽既时[12]。岂伊异人,兄弟具来[13]。茑与女萝,施于松上。未见君子,忧心怲怲[14];既见君子,庶几有臧[15]。

三、有颊者弁,实维在首[16]。尔酒既旨,尔殽既阜[17]。岂伊异人,兄弟甥舅[18]。

如彼雨雪[19]，先集维霰[20]。死丧无日[21]，无几相见[22]。乐酒今夕，君子维宴[23]。

【注释】

[1]有頍（kuǐ）：即"頍頍"，形容帽顶尖尖。弁（biàn）：皮帽。[2]实：是。维：为。伊：语助词。[3]尔：你，指设宴者。既：尽。旨：美。[4]殽（xiáo）：通"肴"，菜肴。嘉：美。[5]伊：是。异人：外人。[6]匪：非。[7]茑（niǎo）：茑萝，一种攀缘植物，夏季开花。女萝：又名"菟丝"，也是攀缘植物。[8]施（yì）：蔓延攀附。[9]奕奕（yì）：心神不安的样子。[10]庶几：差不多。说：通"悦"。怿（yì）：高兴。[11]期（jī）：语助词。何期：同"何其"，和上章的"伊何"，都是"为何"之意。[12]时：善，美。[13]具：通"俱"。[14]怲怲（bǐng）：充满忧愁的样子。[15]臧：善。有臧：有好处，指心情。[16]在首：戴在头上。[17]阜：丰盛。[18]甥舅：此处泛指异姓亲戚。[19]雨雪：下雪。[20]集：聚。维：是。霰（xiàn）：雪粒。[21]无日：不知何日。[22]无几：没有多少时候。[23]维：同"惟"，只有。宴：安乐。

【译文】

尖顶皮帽

（一）头戴皮帽有尖角，这人来此做什么？
你的美酒味醇厚，你的佳肴美又多。
难道来的有外人，都是兄弟一块坐。
看那茑萝与女萝，藤蔓攀缘松与柏。
还未见到君子面，忧心忡忡难诉说。
既已见到君子面，心中舒畅又快乐。

（二）头戴尖顶大皮帽，为何相聚在今朝？
你的美酒味醇厚，你的菜肴好精美。
难道来的是外人，兄弟至亲都来到。
看那茑萝和女萝，攀缘松柏长势茂。
还未见到君子面，忧心忡忡我心焦。
既已见到君子面，心中高兴减烦恼。

（三）头戴皮帽尖尖顶，这人戴上正相称。
　　　你的美酒味醇厚，你的菜肴多丰盛。
　　　难道来的是外人，兄弟舅舅和外甥。
　　　人生好像下大雪，先下雪珠亮晶晶。
　　　死丧之日难预料，机会不多再相庆。
　　　今晚大家要痛饮，君子宴乐应尽兴。

【简析】

本诗写贵族宴请兄弟亲戚的场面。诗中写茑萝、女萝施于松柏，以此比喻兄弟亲戚缠绵依附之意。前两章写聚宴相乐，第三章写相乐忘忧以尽饮，进而笔锋一转，"死丧无日，无几相见"，可见此诗写于西周末年王室危乱之时，人们对国家前途悲观、失望，预感到末日将至，需及时行乐、与世沉浮。全诗表达出一种忧患余生、消极颓废的悲凉气氛。

诗中的弁是皮帽，为贵族所戴。本诗以皮帽为题，各章反复出现，说明了这种帽子的特点以及戴这种帽子的人须具备贵族身份。

采　菽

一、采菽采菽[1]，筐之筥之[2]。君子来朝[3]，何锡予之[4]？虽无予之[5]，路车乘马[6]。又何予之？玄衮及黼[7]。

二、觱沸槛泉[8]，言采其芹[9]。君子来朝，言观其旂。其旂淠淠[10]，鸾声嘒嘒[11]。载骖载驷[12]，君子所届[13]。

三、赤芾在股[14]，邪幅在下[15]。彼交匪纾[16]，天子所予[17]。乐只君子[18]，天子命之[19]。乐只君子，福禄申之[20]。

四、维柞之枝[21]，其叶蓬蓬[22]。乐只君子，殿天子之邦[23]。乐只君子，万福攸同[24]。平平左右[25]，亦是率从[26]。

五、泛泛杨舟[27]，绋纚维之[28]。乐只君子，天子葵之[29]。乐只君子，福禄膍之[30]。优哉游哉[31]，亦是戾矣[32]。

【注释】

[1] 菽：豆。 [2] 筥（jǔ）：圆形竹器。 [3] 君子：指诸侯。 [4] 锡：通"赐"，赏赐。锡予：给予。 [5] 虽：即使。 [6] 路车：即"辂车"，诸侯所乘之车。乘（shèng）马：四匹马。 [7] 玄：黑色。衮（gǔn）：画有卷龙纹的礼服。黼（fǔ）：绣有黑白色相间花纹的礼服。 [8] 觱（bì）沸：泉水涌出的样子。槛："滥"的假借字，涌。 [9] 言：语助词。芹：水芹。 [10] 旂：画有蛟龙的旗。淠淠（pèi）：旗帜飘动的样子。 [11] 鸾：车铃。嘒嘒（huì）：车铃声。 [12] 载：则，乃。骖：一车驾三马。驷：一车驾四马。 [13] 届：至。 [14] 赤芾（fú）：红色蔽膝。股：大腿。 [15] 邪幅：相当于今之绑腿。 [16] 彼：通"匪"，不是。交：通"绞"，急切；另一说指傲慢。纾：缓，轻慢。 [17] 予：赐予。 [18] 只：语助词。 [19] 命：策命。（古代天子对诸侯大夫有所赏赐，一般都写在简策（册）上，在宗庙举行仪式，由史官宣读简策上的文辞。） [20] 申：重复，指福上加福。 [21] 维：发语词。柞：树名。 [22] 蓬蓬：茂盛的样子。 [23] 殿：镇，安抚。 [24] 攸：所。同：聚，集。 [25] 平平（pián）：通"便便"，长于口才，办理事务有才干。左右：指君王左右的辅臣。 [26] 率从：遵从。 [27] 泛泛：随水漂流的样子。杨舟：杨木造的船。 [28] 绋纚（fú lí）：绋，麻制大绳；纚，竹制大绳。维：系住。 [29] 葵："揆"的假借字，揣度，估量。 [30] 膍（pí）：厚赐。 [31] 优、游：从容不迫，闲适自得。 [32] 戾（lì）：安定。

【译文】

采 菽

（一）采豆子啊采豆子，方筐圆筐都装上。
　　　各路诸侯来朝见，用何礼物把他赏？
　　　即使没有厚赏赐，一辆路车四马壮。
　　　另外还有啥赐品？花纹礼服绣龙裳。

（二）泉水涌出奔远方，来摘芹菜味道香。
　　　各路诸侯来朝见，远望龙旗随风扬。
　　　龙旗飘飘随风舞，鸾铃声声响叮当。
　　　三马四马各驾车，诸侯陆续来朝堂。

（三）红皮蔽膝罩腿上，裹腿斜扎腿下方。
　　　不急不躁不松懈，天子高兴将他赏。

　　　　君子和乐心欢喜，天子策命赐嘉奖。

　　　　君子和乐心欢喜，福禄层层加身上。

（四）柞树枝条长得壮，叶子茂密多兴旺。

　　　　君子和乐心欢喜，安抚四境定国邦。

　　　　君子和乐心欢喜，万福齐聚在身上。

　　　　身边辅臣才能大，都能从命报君王。

（五）杨木船儿河中荡，绳索紧系难启航。

　　　　君子和乐心欢喜，天子英明善衡量。

　　　　君子和乐心欢喜，厚赐福禄重嘉奖。

　　　　悠闲自在度日月，生活安定幸福长。

【简析】

　　本诗写诸侯朝见天子及天子赏赐诸侯的场面。全诗五章。首章写诸侯朝见天子的情景，天子拟将车马礼服重赏来朝诸侯。第二章写诸侯来朝见的盛况，龙旗招展、车马成群，场面壮观。第三章写来朝诸侯服饰华美、举止从容，周王赏赐，层层相加。第四章称赞诸侯不愧为天子的得力辅臣，忠心耿耿，定国安邦。第五章写天子英明，上下和谐，生活安定，优闲自得。各章以采菽、采芹、柞枝、杨舟起兴，表现出当时自然、美好的生活状况，烘托出君臣和谐、融洽的气氛，读来情感温厚、清新可人。

　　诗中多处出现描写纺织服饰的词语：玄、衮、黼、赤芾、绂、绷、维等。

都 人 士

一、彼都人士[1]，狐裘黄黄[2]。其容不改[3]，出言有章[4]。行归于周[5]，万民所望[6]。

二、彼都人士，台笠缁撮[7]。彼君子女[8]，绸直如发[9]。我不见兮，我心不说[10]。

三、彼都人士，充耳琇实[11]。彼君子女，谓之尹吉[12]。我不见兮，我心苑结[13]。

四、彼都人士，垂带而厉[14]。彼君子女，卷发如虿[15]。我不见兮，言从之迈[16]。

五、匪伊垂之[17]，带则有余。匪伊卷之，发则有㫋[18]。我不见兮，云何盱矣[19]。

【注释】

[1]彼：那个。都：京都，指镐京；另一说"都"即"美"，"都人士"即"美人士"。 [2]狐裘：狐皮大衣。黄："煌"的假借字。黄黄：形容色泽鲜亮。 [3]容：容貌，态度。不改：不变，即符合常规、庄重平和。 [4]有章：有条理，有文采。 [5]行：将。周：即周都镐京。 [6]望：仰望。 [7]台：通"苔"，沙草。苔笠：苔草编织的草帽。缁撮（zī cuō）：黑色的束发带子。 [8]君子女：指贵族小姐。 [9]绸：形容头发很多。直：发直。如：其。（此句相当于"其发绸直"。） [10]说：悦。 [11]充耳：古代悬于冠冕两旁的玉饰。琇（xiù）：美石。实：美，坚。 [12]吉：通"姞"。（尹、姞为两大贵族的姓氏，可能女子的夫家姓尹、娘家姓姞。） [13]菀（yùn）结：即"郁结"，忧郁成结。 [14]垂带：下垂的衣带。厉：余。 [15]虿（chài）：蝎类毒虫。 [16]言：语助词。迈：行。（此句是说愿追随他们行游。） [17]匪：非。伊：是。 [18]有㫋（yú）：即"㫋㫋"，形容头发上翘。 [19]云：发语词。盱（xū）：忧伤。

【译文】

京都美男

（一）京都男子好漂亮，黄色狐裘闪亮光。
　　　容貌举止无异样，出口成章文采强。
　　　那人将回京城去，万民艳羡皆敬仰。

（二）京都男子好漂亮，头戴斗笠黑带长。
　　　那位贵族美小姐，稠密黑发好模样。
　　　不能见到女子面，心中郁闷不舒畅。

（三）京都男子好漂亮，宝石美玉坠耳旁。
　　　那位贵族美小姐，人称尹吉好姑娘。
　　　不能见到女子面，心中郁结实难忘。

（四）京都男子好漂亮，衣带下垂长又长。
　　　那位贵族美小姐，卷发如蝎翘头上。
　　　不能见到女子面，真想跟她奔远方。
（五）不是故意垂佩带，是因带子细又长。
　　　不是故意卷头发，稠密头发高高扬。
　　　不能见到女子面，我的心中好忧伤。

【简析】

　　这是一首怀旧诗。周朝东迁后，西都镐京失去了往日的繁华景象。人们怀念镐京昔日的繁荣，思念旧日人物的仪容，"伤今不复见古人也"（《毛诗序》），诗人写下这首具有浓重的历史沧桑感的诗篇。诗中并未写旧京都昔日的繁华景象，而是通过描写当时男女的衣着服饰，表达出"今不如昔"的感慨和不见"都人士"的忧伤。诗中对一对贵族男女的穿着佩戴描写得很细致，成为后世研究西周服饰文化的重要历史资料。

　　诗中的"狐裘"是用狐皮做的大衣。古代用兽皮做衣服的现象很普遍，狐狸皮是比较高贵的皮料。"苔笠"是用苔草编织的草帽。"充耳"是古代悬于冠冕两旁的玉饰，前文已述及。

采　绿

一、终朝采绿[1]，不盈一匊[2]。予发曲局[3]，薄言归沐[4]。
二、终朝采蓝[5]，不盈一襜[6]。五日为期，六日不詹[7]。
三、之子于狩[8]，言韔其弓[9]。之子于钓，言纶之绳[10]。
四、其钓维何[11]？维鲂鱮及鲔[12]。维鲂及鲔，薄言观者[13]。

【注释】

　　[1]终朝：整整一个早晨。绿：通"菉"，草名，又称"荩（jìn）草"。[2]盈：满。匊（jū）：通"掬"，一捧。[3]曲局：头发弯曲蓬乱。[4]薄言：语助词；薄，有急迫之意。沐：洗头发。[5]蓝：草名，即靛青，可以染

青。［6］襜（chān）：系在衣服前的围裙。［7］詹：至，到。［8］之子：指她的丈夫。于：往。狩：打猎。［9］言：语助词。韔（chàng）：弓袋，此处作动词，装入袋中。［10］纶：钓绳。［11］维：是。［12］鲂（fáng）：鳊鱼。鱮（xù）：鲢鱼。［13］者：同"之"。

【译文】

采 绿

（一）整个早晨采荩草，采得一捧还不到。
　　　我的长发已蓬乱，赶快回去梳洗好。

（二）整个早晨采靛蓝，连一围裙未装满。
　　　五天为期丈夫回，如今六天还未还。

（三）丈夫打猎到外边，我把弓箭装袋间。
　　　丈夫想要去钓鱼，我就帮他缠钓线。

（四）丈夫钓的什么鱼？既有鳊鱼又有鲢。
　　　既有鳊鱼又有鲢，我在一旁仔细观。

【简析】

　　本诗写妻子思念逾期不归的丈夫，表达她对丈夫的绵绵深情。全诗四章。前两章写妇人一个早晨"采绿""采蓝"，所得却不足"一匊""一襜"，衬托出她对丈夫的思念之情。后两章写妇人设想丈夫回来后帮助丈夫整理打猎、钓鱼工具，与丈夫肩并肩，观看丈夫钓鱼。诗中对女子的心理活动、一举一动描写得生动真切、温馨动人，她愈想象与丈夫共欢之乐趣，愈见其思念丈夫的痛苦。此种以虚写实的手法更加丰富了诗篇的诗意神韵。品味此诗，颇有"风"诗韵味，有学者评论此诗曰："千古闺情，此为压卷。"

　　诗中提到了两种植物染料，"绿"和"蓝"。"绿"是一种叫荩草的绿色染料。蓝是靛蓝，也叫靛青，是一种重要的蓝色染料。"青出于蓝而青于蓝"中的"蓝"指的就是靛蓝。"不盈一襜"中的"襜"指围裙，这说明当时已经使用围裙。

苀草　　　　　　　　靛蓝

隰桑

一、隰桑有阿[1]，其叶有难[2]。既见君子[3]，其乐如何。

二、隰桑有阿，其叶有沃[4]。既见君子，云何不乐[5]。

三、隰桑有阿，其叶有幽[6]。既见君子，德音孔胶[7]。

四、心乎爱矣，遐不谓矣[8]？中心藏之[9]，何日忘之。

【注释】

[1]隰（xí）桑：生长在低洼地的桑树。有阿：即"阿阿"，通"婀婀"，树枝柔美的样子。 [2]有难（nuó）：即"难难"，通"傩傩"，茂盛的样子。 [3]君子：指她的情人（或丈夫）。 [4]有沃：即"沃沃"，肥厚柔嫩。 [5]云：语助词。 [6]有幽：即"幽幽"，形容颜色黑青的样子。 [7]德音：好听的话，指男女互诉衷情之语。孔胶：非常融洽，缠绵；另一说指很牢固。胶，黏合在一起。 [8]遐：通"何"。谓：说，告诉。 [9]中心：即心中。

【译文】

隰　桑

（一）洼地桑树多婀娜，叶子丰茂又婆娑。

已经见到君子面，心中该有多快乐。

（二）洼地桑树多婀娜，叶子润泽又肥阔。
　　　已经见到君子面，心中怎能不快活。

（三）洼地桑树多婀娜，叶子茂密黑青色。
　　　已经见到君子面，互诉衷肠蜜语多。

（四）心中深深爱上他，为何没有直接说？
　　　我把爱情藏在心，哪有一天能忘却。

【简析】

本诗抒写一位女子对情人深深的热爱、眷恋之情。前三章以枝叶茂盛、婀娜多姿的桑树起兴，比喻情人像桑树那样美好、体态优美、英姿勃勃，表达了女子心中深深的爱意。第四章直抒胸臆，"心乎爱矣，遐不谓矣？"，表达了女子对情人深深爱慕又不敢表白的矛盾心理。而越是把爱情埋在心底、不敢明言，越能说明爱慕之情深。诗篇委婉曲折、生动活泼，充满生活情趣。"中心藏之，何日忘之"为传世名句。

此诗以桑树起兴，对桑树进行多方面的描写，提到了桑树种植的地方"洼地"，而且多次对桑树的长势进行描写。情人相见约在桑树林，说明了当时桑树已普遍种植。把桑树描写得如此美妙，表达了情人相见时的快乐幸福，也体现出桑树在人们心目中的地位之高。

大 雅

文 王

一、文王在上[1]，於昭于天[2]。周虽旧邦[3]，其命维新[4]。有周不显[5]，帝命不时[6]。文王陟降[7]，在帝左右[8]。

二、亹亹文王[9]，令闻不已[10]。陈锡哉周[11]，侯文王孙子[12]。文王孙子，本支百世[13]。凡周之士[14]，不显亦世[15]。

三、世之不显，厥犹翼翼[16]。思皇多士[17]，生此王国[18]。王国克生[19]，维周之桢[20]。济济多士[21]，文王以宁[22]。

四、穆穆文王[23]，於缉熙敬止[24]。假哉天命[25]，有商孙子[26]。商之孙子，其丽不亿[27]。上帝既命，侯于周服[28]。

五、侯服于周，天命靡常[29]。殷士肤敏[30]，祼将于京[31]。厥作祼将，常服黼冔[32]。王之荩臣[33]，无念尔祖[34]。

六、无念尔祖，聿修厥德[35]。永言配命[36]，自求多福。殷之未丧师[37]，克配上帝[38]。宜鉴于殷[39]，骏命不易[40]。

七、命之不易，无遏尔躬[41]。宣昭义问[42]，有虞殷自天[43]。上天之载[44]，无声无臭[45]。仪刑文王[46]，万邦作孚[47]。

【注释】

[1]文王：周文王，姓姬名昌，商代末年为西伯，是周朝的缔造者，在位五十年。在上：指文王的神灵在天上。 [2]於（wū）：通"呜"，叹美之词。昭：昭明。 [3]旧邦：古老的国家。（周的始祖为后稷，至文王祖父古公亶父迁居于

周（今陕西岐山），前后历经夏、商两朝，故称旧邦。）［4］命：天命。维：语助词。［5］有周：即周朝，"有"为名词词头。［6］不（pī）：通"丕"，大。（下句中的"不"与此同。）显：光耀。帝：上帝。时：美，善。不时：甚善。［7］陟：升。陟降：偏义复词，偏指陟。［8］在帝左右：文王的神灵在上帝左右。［9］亹亹（wěi）：勤勉。［10］令闻：美好的声誉。不已：不尽。［11］陈："申"的假借字，一再地，重复。锡：赐。哉：通"载"，造。哉周：造周，建设周国。［12］侯：语助词。孙子：子孙后代。［13］本支：树木的干和树枝，引申为本宗和支系。"支"为"枝"的假借字。［14］士：指周朝的百官群臣。［15］亦世：同"奕世"，累世。［16］厥：其，他的。犹:通"猷"，谋划。翼翼：恭敬谨慎。［17］思：语助词。皇：美。［18］王国：指文王之国。［19］克：能。［20］维：是。桢（zhēn）：古时筑墙时竖立于两端的木桩，引申为骨干之意。［21］济济：众多。［22］以：赖以。［23］穆穆：肃穆，庄严。［24］於（wū）：叹美词。缉熙：光明正大的样子。敬：谨慎，负责。止：语助词。［25］假：大。［26］有商：即商朝，"有"为名词词头。［27］丽：数目。不亿：其数不止于亿，周代时以十万为亿；另一说为"不"，语助词，无实义。［28］侯：语助词。周服：即"服周"，指商代的子子孙孙臣服于周。［29］靡常：无常，指天命并非恒久不变，而是完全按照人的道德表现而变化，说明周灭殷的合法性。［30］殷士：殷商之后代（有史家认为指微子启）。肤：美。敏：勤勉。［31］祼（guàn）：灌祭，祭祀的一种仪式。将：举行。祼将：即"将祼"，举行祭祀仪式。于：往。京：周京师，指镐京。［32］常：通"尚"，还是。服：穿。黼（fǔ）：殷商的礼服，绣有黑白色花纹。冔（xǔ）：殷商的礼帽。［33］王：指周成王。荩（jìn）臣：进用之臣，忠臣。［34］无：语助词。［35］聿：发语词。修厥德：修其德行。厥，其。［36］永：长。言：语助词。配命：命合天意。［37］殷：殷商。师：众。丧师：失去人心。［38］克：能。配上帝：犹"配命"。［39］宜：应该。鉴：镜子，借鉴。［40］骏命：大命。骏，大。不易：不容易。［41］无：不要。遏：停止，断绝。尔躬：你身上。［42］宣昭：宣扬昭明。义：善。问：同"闻"。义问：好名声。［43］有：同"又"。虞：揆度，审察。殷自天：殷商的兴亡皆由天定。［44］载：事。［45］臭（xiù）：气味。［46］仪刑：效法。［47］作：则，就。孚：信服。

【译文】

文王之歌

（一）文王神灵在天堂，光明显赫闪光芒。

　　岐周虽然建国早，承受天命新气象。

周朝功业多伟大，上天意志永兴旺。
　　　文王之灵有升降，常在天帝身两旁。

（二）勤勉奋发周文王，令闻美誉传四方。
　　　天赐福祉把国建，文王子孙多福祥。
　　　文王子孙受福禄，本宗旁支百世昌。
　　　凡是周朝文武官，世代尊贵享荣华。

（三）世代尊贵显荣光，谋事勤勉甚周详。
　　　众多卿士多贤才，此生有幸生周邦。
　　　周邦能出众贤士，都是王朝好栋梁。
　　　人才济济众贤才，文王由此得安康。

（四）庄严肃穆周文王，心底光明仪端庄。
　　　上天之命诚伟大，殷商子孙都归降。
　　　殷商子孙实在多，数以亿计难估量。
　　　天帝降命周文王，殷商称臣服周王。

（五）殷商称臣服周王，天命无常不可抗。
　　　殷商旧臣多勤勉，京城助祭周先王。
　　　他们来行灌祭礼，衣冠还是殷时装。
　　　成王任用忠良臣，先祖功德不能忘。

（六）先祖功德永不忘，要把品德来修养。
　　　永言修德配天命，争取多福要自强。
　　　殷商未失民心时，能应天命治家邦。
　　　当以殷商为借鉴，永保天命不寻常。

（七）永保天命不容易，切莫断送你身上。
　　　美好声誉要广大，审时度势把事想。
　　　上天之事难猜测，无声无闻难知详。
　　　只有效法周文王，天下信服都敬仰。

【简析】

　　本诗内容是周王祭祀祖先周文王。后代学者多认为此诗由周公姬旦所作。全诗采用赋的手法，追述文王事迹，歌颂文王是天命所归，能保百代相传，借以告诫成王（包括后世周王）敬天法祖，以殷为戒，永保周邦。全诗七章。首章写文王显现英灵，上天降命于周，保佑周邦兴旺。第二章写天命降至文王，子孙后代能同享福禄，世代为王。第三章写周王身边人才济济，贤士俊杰都勤于政事，为国家栋梁。第四章写文王光明正大、谨慎善良，殷商旧臣、众多子孙皆臣服于周王。第五章写天命难违，殷商后人赴京助祭，表明周朝感召力之强。第六章劝诫周成王以殷商为鉴，继承文王之荫德，"永言配命，自求多福"。第七章写借鉴殷商教训，效法文王，取信万民，永保周邦。此诗的突出特点是运用了"顶真"格修辞法，上下衔接、浑然一体，读来亲切流畅、一气呵成，富于韵律感，开"顶真"修辞格之先河。

　　诗中的"黼"为殷商的礼服，绣有黑白色花纹；"冔"为殷商的礼帽。周代还保留着殷代的服饰，说明了以殷为鉴的治国思想，而且殷商的很多旧臣仍服于周王，所以沿用殷服是可以理解的。

公　　刘

　　一、笃公刘[1]，匪居匪康[2]，迺场迺疆[3]，迺积迺仓[4]；迺裹糇粮[5]，于橐于囊[6]，思辑用光[7]。弓矢斯张[8]，干戈戚扬[9]，爰方启行[10]。

　　二、笃公刘，于胥斯原[11]。既庶既繁[12]，既顺迺宣[13]，而无永叹[14]。陟则在巘[15]，复降在原[16]。何以舟之[17]？维玉及瑶[18]，鞞琫容刀[19]。

　　三、笃公刘，逝彼百泉[20]，瞻彼溥原[21]；迺陟南冈，迺觏于京[22]。京师之野[23]，于时处处[24]，于时庐旅[25]，于时言言[26]，于时语语。

　　四、笃公刘，于京斯依[27]，跄跄济济[28]，俾筵俾几[29]，既登乃依[30]。乃造其曹[31]，执豕于牢[32]，酌之用匏[33]，食之饮之，君之宗之[34]。

　　五、笃公刘，既溥既长[35]，既景迺冈[36]，相其阴阳[37]，观其流泉[38]，其军三单[39]；度其隰原[40]，彻田为粮[41]，度其夕阳[42]，豳居允荒[43]。

　　六、笃公刘，于豳斯馆[44]。涉渭为乱[45]，取厉取锻[46]。止基乃理[47]，爰众爱有[48]。夹其皇涧[49]，溯其过涧[50]。止旅迺密[51]，芮鞫之即[52]。

【注释】

[1] 笃(dǔ)：忠厚。公刘：后稷后代，周部族早期的领袖。[2] 匪：非，不。居：安居。康：安康。[3] 迺：同"乃"。埸(yì)：疆，此处指田界。[4] 积：露天粮仓。仓：作动词，把粮储入仓中。[5] 裹：包。糇(hóu)粮：干粮。[6] 于：放在。橐(tuó)：无底口袋，装入物品后，用绳扎住两头。囊：有底口袋。[7] 思：发语词。辑：和睦。用：以，而。光：光荣，显耀。[8] 斯：语助词。张：备好；另一说指张开、拉开弓。[9] 干：盾牌。戈：戈矛。干戈：泛指各种兵器。戚：古代一种长柄斧。扬：又称"钺(yuè)"，斧类兵器。[10] 爰：于是。方：开始。启行：动身，出发。[11] 于：往。胥：察看。斯：此。原：指豳地的原野。[12] 庶、繁：均指众多，此处指跟随公刘迁居豳地的人很多。[13] 顺：民心归顺。宣：畅通，心情舒畅。[14] 永叹：长声叹息。[15] 陟：登。巘(yǎn)：孤立的小山。[16] 复：又。降：下。[17] 何以：用什么。舟："周"的假借字。环绕：指佩带。[18] 维：是。瑶：美玉。[19] 鞞(bǐ，又读bǐng)：刀鞘。琫(běng)：刀鞘上的玉饰。容刀：装着刀。[20] 逝：往。百泉：泉水众多之处。[21] 溥原：广阔的平原。[22] 觏(gòu)：看见。京：豳的地名。[23] 京师：京邑。[24] 于时：于是，在此。处处：居住。[25] 庐旅：古时此二字通用，即"旅旅"，寄居之意。[26] 言言、语语：此二词同义，指谈笑声不断。[27] 于：在。京：京师。斯：此。依：依凭，指安居。[28] 跄跄(qiāng)：步履有节奏。济济：从容，端庄。[29] 俾：使。筵：竹席。几：几案。[30] 登：入席。乃：于是。依：指依几。[31] 造：通"告"，告祭。曹：众，指众宾；另一说同"槽"，畜养牲口的地方。[32] 执：捉。豕：猪。牢：猪圈。[33] 酌：斟酒。匏(páo)：葫芦，酒器。[34] 君：动词，为京地君主。宗：动词，为宗族之长。[35] 溥：广大。（此句指开垦的土地面积广大。）[36] 景：通"影"，动词，测量日影。冈：动词，上高冈。迺：同"乃"，于是。[37] 相：察看。阴：山北。阳：山南。[38] 观其流泉：观察此地的水利情况。[39] 单(chán)：通"禅"，轮流更换。（此句是说成立三军，每次只用一军，轮流替换，以节省人力。）[40] 度(duó)：测量。隰原：低湿之地。[41] 彻：治。彻田：开垦荒地。为粮：生产粮食。[42] 夕阳：山的西面。[43] 豳居：豳人所居的地方。允：确实。荒：大。[44] 斯：语助词。馆：馆舍，此处作动词，建造房屋。[45] 渭：渭水。为：而。乱：横流而渡。[46] 厉：同"砺"，一种粗糙坚硬的磨石。锻：通"碫"，锻铁的砧石。[47] 止基：指房屋地基。理：清理，治理。[48] 爰：于是。众：人口众多。有：富有。[49] 夹：夹岸而居。皇涧：豳地涧名。[50]

溯：面向。过涧：涧名。［51］旅：寄居。密：密集。［52］芮（nuì）：通"汭"，水边向内凹处。鞫（jū）：水边向外凸处。即：就。

【译文】

（一）诚实忠厚祖公刘，不敢安居不安康，
　　　整治田地划疆界，堆积粮食实粮仓；
　　　包好干粮准备好，大袋小包一齐装，
　　　族人团结增荣光。
　　　拉开弓来箭上弦，盾戈斧钺肩上扛，
　　　开始动身赴远方。

（二）诚实忠厚祖公刘，考察豳地忙又忙。
　　　人口众多事务繁，人心归顺民舒畅，
　　　无人长叹无悲伤。
　　　登上山坡细察看，又下山到平原上。
　　　身上佩带为何物？
　　　美玉宝石闪亮光，佩刀玉鞘好漂亮。

（三）诚实忠厚祖公刘，来到百条流泉旁，
　　　眺望广阔大平原；
　　　登上南山看地形，发现京师好地方。
　　　京师居处地方好，
　　　于是定居建新邦，于是定居建造房，
　　　于是谈笑声不断，于是欢笑人喧嚷。

（四）诚实忠厚祖公刘，定居京师建新邦，
　　　大宴群臣威仪好，入席就坐凭几上，
　　　入席凭几依次坐。
　　　先祭猪神告吉祥，
　　　圈中捉猪做佳肴，芦葫瓢里酒味香，

　　　　　　大家喝酒又进餐，公推公刘做君王。
（五）诚实忠厚祖公刘，开垦豳地宽又长，
　　　　　测定日影上山冈，察看山的南北方，
　　　　　查明水源何处淌，军队轮换分三班；
　　　　　测量洼地来开荒，开垦田亩广收粮，
　　　　　又到西山去测量，豳地原野实在广。
（六）诚实忠厚祖公刘，豳地之上建宫房。
　　　　　渡过渭水采石料，运回砺碫建房忙。
　　　　　馆舍基地治理好，民多财广心欢畅。
　　　　　住在皇涧岸两边，过涧两边甚宽敞。
　　　　　居民众多安然居，河弯内外好地方。

【简析】

　　这是一首记述周人先祖公刘带领周部族迁徙豳地的开国史诗，是研究周部族历史的重要资料。相传公刘是后稷之曾孙，"公"是称号，"刘"是名，约生活在夏末商初时期，因避商乱而迁豳（今陕西彬县、郇邑一带）。公刘是周人历史上六大先公先王之一，有学者称他们为周代开国六大伟人。本诗作者据《毛诗序》是："召康公（即召公姬奭，成王时任太保）戒成王也。"成王将莅政，戒以民事，美公刘之厚于民，而献是诗也。对此，后人无多歧见。

　　全诗六章。首章写公刘迁徙之前所作的准备工作，备足干粮，弓矢干戈，浩浩荡荡，向豳地进发。第二章写公刘初到豳地，跟随人员众多，民心归顺，公刘身着盛装，威武神勇，不辞辛苦，察看地形。第三章写公刘选择吉地，营建京邑，人民安居，生活欢乐。第四章写定都京邑，公刘宴请群臣，臣下尊公刘为君王宗主。第五章写京邑地脉形胜，公刘率领民众开垦田地，发展生产。第六章写公刘治豳地有方，人口日众，继续营建房舍宫室。全诗各章之首均以"笃公刘"开端，后代子孙六呼先祖之名，深深表达了他们对先祖的无限怀念和崇敬之情。

　　诗中有关纺织服饰的内容为"维玉及瑶"，既有佩带，又有美玉，表明公刘盛装出行。

桑　　柔

一、菀彼桑柔[1]，其下侯旬[2]，捋采其刘[3]。瘼此下民[4]，不殄心忧[5]。仓兄填兮[6]，倬彼昊天[7]，宁不我矜[8]？

二、四牡骙骙[9]，旟旐有翩[10]。乱生不夷[11]，靡国不泯[12]。民靡有黎[13]，具祸以烬[14]。於乎有哀[15]，国步斯频[16]。

三、国步蔑资[17]，天不我将[18]。靡所止疑[19]，云徂何往[20]？君子实维[21]，秉心无竞[22]。谁生厉阶[23]，至今为梗[24]。

四、忧心慇慇[25]，念我土宇[26]。我生不辰[27]，逢天僤怒[28]。自西徂东[29]，靡所定处[30]。多我觏痻[31]，孔棘我圉[32]。

五、为谋为毖[33]，乱况斯削[34]。告尔忧恤[35]，诲尔序爵[36]。谁能执热[37]，逝不以濯[38]？其何能淑[39]，载胥及溺[40]。

六、如彼溯风[41]，亦孔之僾[42]。民有肃心[43]，荓云不逮[44]。好是稼穑[45]，力民代食[46]。稼穑维宝[47]，代食维好。

七、天降丧乱，灭我立王[48]。降此蟊贼[49]，稼穑卒痒[50]。哀恫中国[51]，具赘卒荒[52]。靡有旅力[53]，以念穹苍[54]。

八、维此惠君[55]，民人所瞻[56]。秉心宣犹[57]，考慎其相[58]。维彼不顺[59]，自独俾臧[60]。自有肺肠[61]，俾民卒狂[62]。

九、瞻彼中林[63]，甡甡其鹿[64]。朋友已谮[65]，不胥以穀[66]。人亦有言，进退维谷[67]。

十、维此圣人[68]，瞻言百里[69]。维彼愚人，覆狂以喜[70]。匪言不能[71]，胡斯畏忌[72]。

十一、维此良人[73]，弗求弗迪[74]。维彼忍心[75]，是顾是复[76]。民之贪乱[77]，宁为荼毒[78]。

十二、大风有隧[79]，有空大谷[80]。维此良人，作为式谷[81]。维彼不顺，征以中垢[82]。

十三、大风有隧，贪人败类[83]。听言则对[84]，诵言如醉[85]。匪用其良，覆俾我悖[86]。

十四、嗟尔朋友[87]，予岂不知而作[88]。如彼飞虫[89]，时亦弋获[90]。既之阴女[91]，反予来赫[92]。

十五、民之罔极[93]，职凉善背[94]。为民不利[95]，如云不克[96]。民之回遹[97]，职竞用力[98]。

十六、民之未戾[99]，职盗为寇[100]。凉曰不可[101]，覆背善詈[102]。虽曰匪予[103]，既作尔歌[104]。

【注释】

[1]菀（wǎn）：茂盛。桑柔：即"柔桑"，指嫩桑叶。[2]侯：维，是。旬：树荫遍布。[3]捋（luō）：成把地采摘。刘：剥落而稀疏。[4]瘼（mò）：病，害。[5]殄（tiǎn）：断绝。[6]仓兄：通"怆怳（chuǎng huǎng）"，凄凉、悲伤。填（chén）：久。[7]倬（zhuō）：广大光明的样子。[8]宁：何。矜（jīn）：同情，哀怜。宁不我矜：即"宁不矜我"。[9]四牡：四匹驾车的公马。骙骙（kuí）：形容马强壮。[10]旟（yú）：画有鹰隼的旗。旐（zhào）：画有龟蛇的旗。有翩：即"翩翩"，形容旗帜飘动。[11]夷：平定。[12]靡：无。泯（mǐn）：乱。[13]黎：众。[14]具：通"俱"。以：而。烬：灰烬。[15]於乎：通"呜呼"，叹词。[16]国步：国运。斯：如此。频：危急。[17]蔑：无。资：财。[18]将：扶助。[19]疑（nǐ）：通"凝"，定。止疑：停息。[20]云：发语词。徂：往。[21]君子：贤人。实：语助词。维：通"惟"，思考。[22]秉心：存心。无竞：无争。[23]厉阶：祸端。[24]梗（gěng）：灾害。[25]慇慇：同"殷殷"，忧伤。[26]土宇：土地和房屋，指家园。[27]辰：时。我生不辰：生不逢时。[28]僤（dàn）：大怒。[29]徂：往。[30]定处：安身之处。[31]觏（gòu）：遇。痻（mín）：病，灾难。[32]孔：很。棘：通"急"。圉（yǔ）：边疆。[33]谋：谋虑。毖（bì）：谨慎。[34]乱况：祸乱的情况。削：减少。斯：则，乃。[35]告：劝告。尔：你，指周厉王。忧恤（xù）：忧患国事。[36]诲：教诲。序爵：按次序安排爵位，计功授爵之意。[37]执热：救热，指解除祸患。[38]逝：发语词。濯（zhuó）：洗涤。[39]其：语助词。淑：善。何能淑：怎能好转。[40]载：则，就。胥：相与。及：及于。溺：沉溺，淹没灭亡。[41]溯风：逆风。[42]亦：语助词。孔：很。僾（ài）：呼吸不舒畅。[43]肃心：进取心。[44]荓（pīng）：使。云：语助词。不逮：不及。[45]好（hào）：喜爱。是：此。稼穑：泛指农业生产。[46]力民：

使民出力劳作。代食：官吏靠劳动者奉养。〔47〕维：是。宝：珍宝。〔48〕立王：所立之王，指周厉王。〔49〕蟊贼：吃苗根的害虫，此处泛指天灾人祸。〔50〕卒：尽。瘏（yǎng）：病。〔51〕恫（tōng）：痛。中国：指西周王畿之地。〔52〕具：通"俱"。赘（zhuì）：通"缀"，接连。荒：荒芜。〔53〕靡：无。旅力：体力。〔54〕念：感动。穹苍：苍天。〔55〕维：只，只有。惠君：指顺理之君。〔56〕瞻：瞻仰。〔57〕秉心：存心。宣：明。犹：通"猷"，道。宣犹：光明之道。〔58〕考慎：慎重考察。相：辅佐之臣。〔59〕不顺：指不顺天道、不顾事理的暴君。〔60〕俾：使。臧：善。〔61〕自有肺肠：别有一副心肠。〔62〕卒狂：全都狂乱。〔63〕中林：树林中。〔64〕甡甡（shēn）：众多。〔65〕谮（zèn）：不信任。〔66〕胥：相。以：与。穀：善。〔67〕维：是。谷：山谷。进退维谷：进退都是山谷，无路可走。〔68〕圣人：同"哲人"，聪明的人。〔69〕言：语助词。瞻言百里：深谋远虑，高瞻远瞩。〔70〕覆：反而。以：而。覆狂以喜：愚人反而狂妄而喜。〔71〕匪：非。匪言不能：即"匪不能言"。〔72〕胡：何。斯：如此。畏忌：畏惧忌惮。〔73〕良人：善良的人。〔74〕弗：不。迪：任用。〔75〕忍心：内心残忍的人。〔76〕顾：顾念。复：反复无常，包庇。是：此，如此。〔77〕贪乱：贪欲作乱。〔78〕宁：乃。荼毒：祸害。〔79〕有隧：即"隧隧"，风势急速。〔80〕有空：即"空空"，山谷空旷广大。〔81〕作为：所作所为。式：是。穀：善。〔82〕征：行。以：而。中垢：中多污垢秽行。〔83〕贪人：贪赃枉法之人。败：残害。类：善。败类：残害善良的人；另一说指残害同类。〔84〕听言：顺从的话。对：答应。〔85〕诵言：讽谏劝诫之言。〔86〕覆：反。俾：以为。悖：违背道义。〔87〕嗟：叹词。朋友：指同僚。〔88〕予：作者自称。而：你们。作：作为。〔89〕飞虫：指飞鸟。〔90〕时：有时。弋：用丝绳系在箭上射鸟。〔91〕既：已经。之：助词。阴：通"谙"，熟悉，了解。女：汝，你们。〔92〕予：我。赫：通"吓（hè）"，威吓。（此句是说反而来威吓我。）〔93〕网极：无法则。〔94〕职：只，主要。凉：刻薄。善背：善于背信欺诈。〔95〕为民不利：做不利于民的事。〔96〕云：语助词。克：胜。如云不克：惟恐不胜。〔97〕回遹（yù）：邪僻。〔98〕竞：争，争着使用暴力。〔99〕戾（lì）：善。未戾：人们未向善。〔100〕职盗为寇：指专做残害民众的坏事。〔101〕凉：诚，确实。〔102〕覆：反倒。背：背后。善詈（lì）：大骂，指造谣中伤。〔103〕匪：通"诽"，诽谤；另一说通"非"，认为我说的不对。〔104〕既：终究。作尔歌：为你作歌，意思是作诗劝诫你们。

【译文】

嫩嫩的桑叶

（一）桑树茂盛叶儿嫩，树下洒满凉树荫，
　　　枝条桑叶都捋尽。
　　　就像受苦众黎民，心中忧伤难消除。
　　　长久悲伤永在心，皇天在上很明亮，
　　　怎不怜悯老臣心？

（二）驾车四马真强壮，彩绘大旗随风扬。
　　　祸乱爆发不太平，各国无不遭祸殃。
　　　民众惨死人稀少，都因战乱而伤亡。
　　　唉声长叹心悲痛，国运危急屡动荡。

（三）国运艰难无财粮，上天也不扶周邦。
　　　无有地方可容身，不知走向何地方？
　　　君子想想自反思，存心为国相礼让。
　　　何人制造此祸端，至今为害民遭殃。

（四）心中苦闷好悲伤，思我国土念家乡。
　　　哀我今生不逢时，老天震怒火气旺。
　　　从西到东天地广，无有安息好地方。
　　　我遭灾祸实在多，敌寇又犯我边疆。

（五）制定策略要谨慎，祸乱状况可削减。
　　　劝你忧国又恤民，按功受爵识良贤。
　　　谁能解除酷暑热，不用水冲避暑患？
　　　如何能使国运转，奈何相继把命献。

（六）如同逆风大而狂，呼吸困难心发慌。
　　　人民空有进取心，形势使他难担当。
　　　喜爱耕田种庄稼，庶民劳动官吃粮。
　　　种好庄稼是个宝，官吏坐吃视正当。

（七）天降祸乱人丧亡，要灭我们在位王。

二｜雅　185

　　　　　　上天降下病虫害，庄稼禾苗全吃光。
　　　　　　哀叹我们王畿地，接连不断闹灾荒。
　　　　　　已经无力把事干，惟有感动我上苍。
（八）惟有顺理好君王，庶民百姓共瞻仰。
　　　　圣君存心光明道，审慎考察择贤相。
　　　　那些背理坏君王，只让自己得安康。
　　　　他的心肠不同众，使得庶民皆迷惘。
（九）看那山野树成林，麋鹿众多一群群。
　　　　同僚朋友不信任，不肯相助表诚心。
　　　　人有名言说得好，进退维谷难行进。
（十）惟有圣哲眼光亮，百里之外见景况。
　　　　惟有愚昧糊涂人，反而欢喜自狂妄。
　　　　非我不敢直言讲，奈何畏惧心发慌。
（十一）惟有善良人称颂，不求名利不钻营。
　　　　　惟有那些残心人，反被顾念受重用。
　　　　　庶民为何要作乱，只因暴政多苦痛。
（十二）狂风呼啸又迅猛，出自空旷山谷中。
　　　　　那些心地良善人，所作所为品行正。
　　　　　那些蠢人理不顺，中多污垢秽乱行。
（十三）狂风呼啸又迅猛，暴人竟把良人毁。
　　　　　恭维之语喜答对，忠谏之言昏如醉。
　　　　　良臣贤士全不用，反而以我为昏愦。
（十四）哀叹我友和同僚，我岂不知你所为。
　　　　　如同天空飞行鸟，有时被射会坠落。
　　　　　你们底细我了解，对我恐吓来示威。
（十五）人们行为没准则，做事刻薄坏事多。
　　　　　专做不利民众事，还嫌做得不苛刻。
　　　　　人们行为多邪僻，争用暴力被逼迫。

（十六）人们现在不安宁，专门结伙来掠夺。

诚心相告莫如此，你却背地里骂我。

虽然遭到你诽谤，还要劝你作此歌。

【简析】

此诗由周厉王的大臣芮良夫为讽谏厉王而作，诗中对厉王之朝的国政昏乱、君王残暴、奸臣当道、民不聊生的社会状况做了真实的反映。

关于周厉王的暴行以及他当政时的国情，《国语·周语》中有一段记载："厉王虐，国人谤王。邵公（召穆公）告曰：'民不堪命矣！'王怒，得卫巫（卫国的巫者）使监谤者。以告，则杀之。国人莫敢言，道路以目（不敢讲话，以目示意）……三年，乃流王于彘。"

本诗共十六章，是《诗经》中章数最多的一篇。首章以嫩桑叶被捋尽设喻，写人民失去庇荫，呼告苍天，痛苦不堪。第二章写战事频繁，人民忧国事之乱。第三章追查祸乱根源，小人作祟，国运艰难，君子受害，无所归属。第四章感叹自己生不逢时，忧国忧民。第五章以救热为喻，写救乱之道，任用贤人，救国安民。第六章写贤者报国无门，只有退隐归耕。第七章写天降灾难，无力救助。第八章以明君与昏君对比，斥责周厉王荒淫无道、咎由自取。第九章以群鹿相亲起兴，反喻群臣相交为恶，致使贤者进退维谷。第十章斥周厉王专横残暴，群臣不敢进言。第十一章斥周厉王远贤才，近小人，失去民心。第十二章斥小人之行，指出良人与恶人之别。第十三章斥坏人专权，不听善言。第十四章警告同僚，若胡作非为，必自食其果。第十五章斥责专权的坏人反复无常，专干坏事。第十六章写作诗原由，不怕打击中伤，坚决予以揭露。

本诗规模庞大，内容丰富，结构严整。诗人忧时伤乱，"忠愤郁积"，不吐不快，有情有理，有警有戒，反复陈情。"进退维谷""生不逢辰（时）"这两个成语，即源于此。

本诗以"桑柔"作为题名，说明当时对桑叶之重视。

韩奕

一、奕奕梁山[1]，维禹甸之[2]，有倬其道[3]，韩侯受命[4]。王亲命之："缵戎祖考[5]，无废朕命[6]。夙夜匪解[7]，虔共尔位[8]。朕命不易[9]。榦不庭方[10]，以佐戎辟[11]"。

二、四牡奕奕，孔修且张[12]。韩侯入觐[13]，以其介圭[14]，入觐于王。王锡韩侯[15]，淑旂绥章[16]，簟茀错衡[17]。玄衮赤舄[18]，钩膺镂钖[19]，鞹鞃浅幭[20]，鞗革金厄[21]。

三、韩侯出祖[22]，出宿于屠[23]。显父饯之[24]，清酒百壶。其肴维何[25]？炰鳖鲜鱼[26]。其蔌维何[27]？维笋及蒲[28]。其赠维何？乘马路车[29]。笾豆有且[30]，侯氏燕胥[31]。

四、韩侯取妻[32]，汾王之甥[33]，蹶父之子[34]。韩侯迎止[35]，于蹶之里[36]。百两彭彭[37]，八鸾锵锵[38]，不显其光[39]。诸娣从之[40]，祁祁如云[41]。韩侯顾之[42]，烂其盈门[43]。

五、蹶父孔武[44]，靡国不到[45]。为韩姞相攸[46]，莫如韩乐[47]。孔乐韩土，川泽訏訏[48]，鲂鱮甫甫[49]，麀鹿噳噳[50]，有熊有罴[51]，有猫有虎。庆既令居[52]，韩姞燕誉[53]。

六、溥彼韩城[54]，燕师所完[55]。以先祖受命[56]，因时百蛮[57]。王锡韩侯，其追其貊[58]，奄受北国[59]，因以其伯[60]。实墉实壑[61]，实亩实籍[62]。献其貔皮[63]，赤豹黄罴。

【注释】

[1]奕奕(yì)：高大。梁山：山名，在今河北省固安县附近。 [2]维：发语词。禹：大禹。甸：治理。 [3]有倬(zhuō)：即"倬倬"，广大。道：既指道路，也指治国之道。 [4]韩侯：武王的后代，成王时受封于今河北固安县东南。受命：接受册封之命。 [5]缵(zuǎn)：继承。戎：你。祖考：先祖。 [6]朕：周宣王自称。 [7]夙夜匪解：早晚不放松；解，通"懈"。 [8]虔：诚敬。共：通"恭"，恭谨。 [9]不易：不轻易赐给；另一说为不轻易改变。 [10]榦(gàn)：匡正，此处指征伐。不庭方：指不来朝见天子的诸侯国。庭，通"廷"，朝廷，作动词，朝见。方，方国，方国诸侯。 [11]佐：辅佐。辟：君王。 [12]孔：甚，很。

188 《诗经》纺织服饰文化解析

修:长。张:大。　[13]觐(jìn):朝见。　[14]以:用。介圭:大圭,一种玉制礼器。　[15]锡:通"赐"。　[16]淑:美。旂(qí):绘有蛇龙纹的旗子。绥章:旗杆头上有彩色的羽毛。　[17]簟茀(diàn fú):遮蔽车厢的竹席。错衡:涂有花纹的车前横木。　[18]玄衮(gǔn):画有龙纹的黑色礼服。赤舄(xì):贵族穿的红色厚底鞋。　[19]钩膺:马颈下的带饰。镂:刻。锡(yáng):马额上的刻金饰物。　[20]鞹(kuò):去毛的兽皮。鞃(hóng):车前横木(车轼)上蒙的兽皮。浅:浅毛虎皮。幭(miè):车轼上的覆盖物。　[21]鞗(tiáo)革:马笼头。厄:通"轭"。金厄:装饰辕首的金环。　[22]出祖:出行前先祭路神。　[23]屠:地名,在今陕西西安东面。　[24]显父:人名,身世不详。饯之:设酒宴为韩侯送行。　[25]殽(yáo):通"肴",荤菜。维:是。　[26]炰(páo):烹煮。　[27]蔌(sù):蔬菜。　[28]笋:通"笋",竹笋。蒲:水生植物。　[29]乘(shèng)马:四匹马。路车:贵族所乘之车。　[30]笾豆:古代竹制、木制的两种食器,高脚。有且(jū):即"且且",众多。　[31]侯氏:指韩侯。燕:宴乐。胥:语助词。　[32]取:通"娶"。　[33]汾王:指周厉王。(周厉王无道,被国人赶跑,逃至彘,彘地在汾水之旁,所以时人称他为"汾王"。)　[34]蹶(guì)父:周宣王卿士,姞(jí)姓。子:女儿。　[35]迎:迎娶。止:语助词。　[36]于蹶之里:在蹶父所居的乡邑。　[37]两:通"辆"。彭彭:众多的样子。　[38]八鸾:鸾,通"銮",车铃。四马八铃。锵锵:铃声。　[39]不:通"丕",大。显:显赫。不显其光:大大显耀迎娶的光荣。　[40]娣(dì):古代诸侯嫁女,以同姓诸女陪嫁做妾。　[41]祁祁:众多。　[42]顾:曲顾,行曲顾之礼。(古代男子到女家迎亲,要回顾三次。)　[43]烂其:即"烂烂",灿灿。盈门:满门。　[44]孔武:很勇武。　[45]靡国不到:到处为女儿择婿。　[46]韩姞:蹶父之女,姞姓,嫁给韩侯,所以称"韩姞"。相:看。攸:所。(此句是说蹶父为女儿寻找可嫁之所。)　[47]乐:快乐。　[48]訏訏(xū):广大。　[49]鲂:鳊鱼。鱮(xù):鲢鱼。甫甫:形容肥美。　[50]麀(yóu):母鹿。噳噳(yǔ):群鹿相聚。　[51]罴:熊的一种,大于熊。　[52]庆:喜庆。令:美,善。令居:好的住处。　[53]燕:安乐。誉:通"豫",欢乐。　[54]溥(pū):广大。韩城:韩国都城。　[55]燕师:燕国的民众。燕国,今河北。完:建筑完成。　[56]以:因。先祖:指韩国祖先。受命:接受天子的册封为诸侯。　[57]因:依靠。时:是,这。百蛮:指北方诸部族。　[58]追、貊:古代北方的两个北狄国名。　[59]奄:全,尽。(此句是说北方各国都归附韩侯。)　[60]以:为。伯:长。　[61]实:是。墉(yōng):城,此处为筑城。壑:城壕,挖城壕。　[62]亩:整治田亩。籍:制定赋税。　[63]貔(pí):猛兽,似虎。

【译文】

大　韩

(一)巍峨梁山入天空,大禹治水建奇功,
　　　开山修路大道通,韩侯入朝受册封。

周王亲自下命令：

"先祖事业你继承，我的命令记心中。
早起晚睡莫懈怠，忠于职守应虔敬。
我颁册命不轻发。
四方诸侯你匡正，辅佐君王多效命。"

（二）四匹公马多强壮，又高又大体修长。
韩侯入朝拜天子，手捧玉圭上朝堂，
恭谨参拜周天王。

周王赐重多嘉奖，锦绣画旗彩羽装，
竹篷车衡闪金光。

黑色龙袍红色靴，装饰马匹雕文章。
浅色虎皮蒙车轼，笼头车軜黄金装。

（三）韩侯出行祭路神，中途住在屠地方。
显父设宴来饯行，百壶清酒共品尝。
席上佳肴为何物？蒸鳖鲜鱼味道香。
席上蔬菜为何物？竹笋鲜蒲好多样。
所赠礼品为何物？路车四马肥又壮。
竹笾木豆摆满桌，韩侯宴饮喜洋洋。

（四）韩侯娶妻做新郎，妻子舅父是厉王，
她是蹶父小女郎。

韩侯驾车来迎娶，来到蹶邑好地方。
百辆彩车气派大，八只鸾铃响叮当，
场面盛大显荣光。

陪嫁众妾随车至，美女如云着盛装。
韩侯举行三顾礼，满门灿烂真辉煌。

（五）蹶父勇武多雄壮，出使各国游四方。
他为女儿选佳婿，没有更比韩国强。
韩国之地是乐土，山川河流地宽广，

鲂鱼鲢鱼肥又美，雌鹿雄鹿满山冈，
还有熊来又有罴，山猫猛虎深谷藏。
庆贺找到好居处，韩姞安乐心欢畅。
（六）看那韩城宽又广，燕民筑城献力量。
韩国先祖受册命，依靠蛮族势力强。
周王下令赏诸侯，追族貊族属韩邦，
北方各国都统领，你是北方大长官。
高筑城墙挖城壕，垦田收税两相当。
各族贡献白狐皮，豹黑兽皮都献上。

【简析】

　　这是一首歌颂韩侯的诗，诗中所指的韩侯是宣王时期的韩侯。西周后期，厉王时期政治腐败，社会动乱。至宣王（厉王之子）时期施行开明政策，国家中兴。为安定边陲，保国家太平，巩固政权，宣王加封韩侯，韩侯来京朝见天子。宣王谆谆告诫，多加鼓励，并赏赐厚礼，又将蹶父的女儿嫁给韩侯为妻，并任命他为北方诸侯之长，使北方边陲得以稳定。此诗记述了这一事件的详细过程。

　　全诗六章。首章以巍峨梁山起兴，以大禹开山治水之功开篇，喻北方边陲本为大周之地，以此引出宣王诏告韩侯之辞。第二章具体写韩侯朝见天子时所受的赏赐。第三章写韩侯返回时途经屠地，显父为其设宴饯行。第四章写韩侯迎娶蹶父之女时豪华、盛大之场面。第五章写韩国地域广大，物产丰富。第六章写韩侯回国，雄踞北方，为北国之长，与首章呼应。全诗事件纷繁、人物众多，但逐层叙述、次序井然，主人公的形象突出、性格鲜明。《毛诗序》说此诗为尹吉甫所作，但无确证。

　　诗中多处涉及服饰，不仅对人们的着装进行描述，而且对马饰进行叙写。"介圭"即大圭，是一种玉制礼器；"旂"是绘有蛇龙纹的旗子；"绥章"指旗杆头上有彩色的羽毛；另有"簟茀""错衡""玄衮""赤舄""钩膺""钖""鞹""靯""幭""金厄"。这些内容对当今服饰文化研究的意义重大。

瞻卬

一、瞻卬昊天[1]，则不我惠[2]。孔填不宁[3]，降此大厉[4]。邦靡有定[5]，士民其瘵[6]。蟊贼蟊疾[7]，靡有夷届[8]。罪罟不收[9]，靡有夷瘳[10]。

二、人有土田[11]，女反有之[12]。人有民人[13]，女复夺之[14]。此宜无罪[15]，女反收之[16]。彼宜有罪，女复说之[17]。

三、哲夫成城[18]，哲妇倾城[19]。懿厥哲妇[20]，为枭为鸱[21]。妇有长舌[22]，维厉之阶[23]。乱匪降自天[24]，生自妇人。匪教匪诲[25]，时维妇寺[26]。

四、鞫人忮忒[27]，谮始竟背[28]。岂曰不极[29]，伊胡为慝[30]？如贾三倍[31]，君子是识[32]。妇无公事[33]，休其蚕织[34]。

五、天何以刺[35]？何神不富[36]？舍尔介狄[37]，维予胥忌[38]。不吊不祥[39]，威仪不类[40]。人之云亡[41]，邦国殄瘁[42]。

六、天之降罔[43]，维其优矣[44]。人之云亡，心之忧矣。天之降罔，维其几矣[45]。人之云亡，心之悲矣。

七、觱沸槛泉[46]，维其深矣。心之忧矣[47]，宁自今矣。不自我先，不自我后。藐藐昊天[48]，无不克巩[49]。无忝皇祖[50]，式救尔后[51]。

【注释】

[1]瞻卬（yǎng）：同"瞻仰"。昊天：皇天，指周幽王。 [2]则：竟。惠：爱抚。则不我惠：即"则不惠我"。 [3]孔：很。填（chén）：通"陈"，久。 [4]厉：祸患，灾难。 [5]邦：国家。 [6]瘵（zhài）：病，忧患。 [7]蟊贼：一种吃禾根的害虫，此处指祸国殃民的恶人。蟊疾：蟊虫危害。 [8]夷：语助词；另一说指平息。届：极，尽头。 [9]罟（gǔ）：网。罪罟：条目繁多的罪名。收：拘捕。 [10]瘳（chǒu）：病愈。 [11]土田：土地，田地。 [12]女：汝，指周幽王。有：强行占有。 [13]民人：指家奴。 [14]复：反。 [15]宜：应该。 [16]收：拘捕。 [17]说（tuō）：通"脱"，解脱。 [18]哲夫：有智慧、见识多的人。城：指国家。成城：保卫国家。 [19]哲妇：善弄机巧的女子，此处指褒姒。倾城：倾覆国家。 [20]懿：通"噫"，叹词；另一说指美。厥：其。为：是。 [21]枭（xiāo）：恶鸟名。鸱（chī）：猫头鹰，古人以为是不祥之鸟。 [22]长舌：喜搬弄是非之人。 [23]维：是。厉：恶，灾祸。阶：阶梯，此处指祸之根由。 [24]匪：非。 [25]匪

教匪诲：不可教诲；另一说是指并非别人教王施行暴政。［26］时：是，此。维：为。妇：指褒姒。寺：寺人，指幽王身边的近臣。［27］鞫（jū）人：穷究人。鞫：穷究；另一说指审问。忮（zhì）：残害。忒（tè）：邪恶。（此句是说褒姒以诡诈之术陷害贤人。）［28］谮（zèn）：进谗言。始：开始。竟：终。背：违背。［29］岂曰：难道说。极：甚，极恶。［30］伊：发语词。慝（nì）：通"嫟"，喜欢；另一说为慝（tè），意思是邪恶。［31］贾（gǔ）：做买卖。三倍：泛指利润之多。［32］君子：贵族从政者。是：此。识：知道；另一说同"职"，事。［33］公事：政事。［34］休：停止。蚕织：养蚕织帛。［35］刺：责罚。［36］富：通"福"，赐福。（这两句是说，上天为什么反而指责我，不赐福给我呢？）［37］舍：舍弃。尔：你。介：大。狄：邪恶。介狄：大恶；另一说大狄指西边部落的戎人。［38］维：同"惟"，只。予：我们。胥：相。忌：忌恨。［39］吊：善。不吊：品行不佳；另一说吊指慰问、抚恤。不祥：不吉利，指天灾人祸。［40］威仪：礼节。类：善。［41］人：贤人。云：语助词。亡：逃亡。［42］邦国：国家。殄（tiǎn）瘁：困病，此处指危难。［43］罔：通"网"，罪网。［44］维：发语词。优：厚，多。［45］几：危险。［46］觱（bì）沸：泉水翻腾。槛："滥"的假借字，泛滥。［47］宁：岂，难道。［48］藐藐：高远。［49］克：能。巩：固。［50］忝（tiǎn）：辱没。皇祖：先祖。［51］式：发语词。救：拯救。尔：你的。后：子孙后代。

【译文】

皇天在上

（一）抬头仰望我苍天，竟不对我施恩典。

天下很久不安宁，上天降下大灾难。

四方各国不安定，人民受苦遭病缠。

蟊贼祸国又害民，为害作乱没有完。

有罪之人不拘捕，人民疾苦永无边。

（二）别人如有好田产，你却强行把田占。

别人如有众奴仆，你却夺去自己管。

这人本来无有罪，你却拘捕下监牢。

这人本来有罪过，你却开脱把罪免。

（三）贤哲之人能保国，女子机巧失政权。

可叹此妇太作孽，如枭如鸱把国乱。

　　　　　此妇长舌太多嘴，她是灾祸总根源。
　　　　　祸乱不是从天降，自是此妇惹祸端。
　　　　　不听教诲行不正，妇人寺人添坏言。
（四）妇人诡诈巧计端，前后说话不一般。
　　　　　难道还不太凶狠，为何对她竟喜欢？
　　　　　商贾谋求三倍利，王公贵族识其奸。
　　　　　妇女不能干国政，她却干政不养蚕。
（五）上天何以责罚我？神明为何不赐福？
　　　　　舍开恶徒你不管，我的忠言相嫉妒。
　　　　　行事不端不吉利，礼节不讲走邪路。
　　　　　良臣贤士都离去，周邦政权将倾覆。
（六）上天降下刑罪网，灾祸深重又严酷。
　　　　　良臣贤士都离去，我心忧伤多悲苦。
　　　　　上天降下刑罪网，情势危急难救助。
　　　　　良臣贤士都离去，心中悲伤向谁诉。
（七）泉水翻腾乱流奔，泉源深深流不尽。
　　　　　我心忧伤由来久，哪是今天才动心。
　　　　　祸患不在我前生，也不生在我后边。
　　　　　皇天在上神通大，无事不能保周全。
　　　　　不要辱没你先祖，挽救子孙把业传。

【简析】

　　这是一首讽刺、抨击周幽王祸国乱政的诗。诗中斥责周幽王宠幸褒姒、滥施暴政、信用奸佞、斥逐贤良，致使朝政败坏、国运濒危，终于导致国家灭亡。首章呼告上天，人间苦难，国不安宁，何不救助万民？第二章斥责幽王君臣巧取豪夺，政刑颠倒，倒行逆施。第三、四章斥责褒姒干预国政，无中生有，陷害别人，祸国殃民。第五章斥责周幽王施政不善，迫害贤良，国运危殆。最后两章抒发诗人忧愤之情，他感叹自己生不逢时，希望幽王悔改自新，为继承祖宗家业、为子孙造福着想。诗篇感情真挚、语气激昂，开篇即高呼"瞻卬昊天，则不我惠"，末章又以"藐藐昊天，无不克巩"作结，前后呼应，深深表达了诗人忧思之烈、感慨之深。诗中多用反问、感叹、排比、比喻等修辞手法，语言质朴，结构严谨，人物形象鲜明。细读全诗，"女色祸水"，恨莫如深！

"蚕织"，即养蚕织帛，帛是我国古代重要的织物，是丝绸之路形成的关键因素。诗中多次提到"丝织"一词，说明诗人对丝织物的钟爱。

织帛图

三
颂

周 颂

丝 衣

丝衣其紑[1]，载弁俅俅[2]。自堂徂基[3]，自羊徂牛[4]，鼐鼎及鼒[5]，兕觥其觩[6]，旨酒思柔[7]。不吴不敖[8]，胡考之休[9]。

【注释】

[1]丝衣：丝织祭服。其紑（fóu）：即"紑紑"，洁白鲜明。[2]载：通"戴"。弁（biàn）：皮帽。俅俅（qiú）：形容帽饰美丽。[3]堂：庙堂。徂：往。基：通"畿"，门槛。[4]自羊徂牛：从羊看到牛。（此句是说，主祭者巡视牛、羊等祭品的准备情况。）[5]鼐（nài）：大鼎。鼒（zī）：口小的鼎。（鼎是古代的一种礼器，三足两耳。）[6]兕觥（sì gōng）：用犀牛角制作的酒杯。觩（qiú）：兽角弯曲。[7]旨酒：美酒。思：语助词。柔：酒味温和。[8]吴：大声娱乐喧哗。敖：通"傲"，傲慢。[9]胡考：长寿。休：美好，吉庆。

【译文】

丝 衣

尸神穿着白丝衣，头戴皮帽好华丽。

庙堂走到门槛内，从羊到牛看祭礼。

大小鼎器仔细看，犀角酒杯真美丽，

美酒醇厚甜如醴。

语音温和不骄傲，福禄长寿事如意。

【简析】

　　这是一首写周王祭神的乐歌。有学者认为它是祭神结束后的第二天酬谢装扮成祖先神灵的神尸及君臣的乐歌，古人称之为"绎祭"。前两句先写主祭者的穿戴，着白色祭服，庄重肃穆；接着写祭祀的情况；最后写祭祀结束后，周王与祭祀者宴饮祝福。

　　"丝衣"是一种祭服，洁白鲜明。"弁"，前已提及，为皮帽。本诗描写祭神的场景，对研究祭服具有重要意义。